庚子年笔记

凌鼎年微型小说新作精选

凌鼎年 著

首都师范大学出版社
CAPITAL NORMAL UNIVERSITY PRESS

图书在版编目（CIP）数据

庚子年笔记：凌鼎年微型小说新作精选 / 凌鼎年著. —北京：首都师范大学出版社，2021.12

ISBN 978-7-5656-6290-4

Ⅰ. ①庚… Ⅱ. ①凌… Ⅲ. ①小小说－小说集－中国－当代 Ⅳ. ① I247.82

中国版本图书馆CIP数据核字（2021）第278635号

庚子年笔记

——凌鼎年微型小说新作精选

凌鼎年 著

责任编辑 刘群伟

首都师范大学出版社出版发行

地 址 北京西三环北路105号

邮 编 100048

电 话 68418523（总编室） 68982468（发行部）

网 址 http://cnupn.cnu.edu.cn

印 刷 中煤（北京）印务有限公司

经 销 全国新华书店

版 次 2021年12月第1版

印 次 2021年12月第1次印刷

开 本 710mm×1000mm 1/16

印 张 17

字 数 183千

定 价 52.00元

凌鼎年：世界华文微型小说领军人

◎ 徐习军

在中国乃至世界华文文学圈里，“凌鼎年”是个出镜率、见报率十分高的作家。

在“识字人”的阅读视界，“凌鼎年”又是个“老少皆宜”的“故事家”。他的微型小说曾经让许多不同层次的读者欣赏不已，文学青年把他的作品当范本，初高中学生把他的作品当作文高分的法宝，城市白领说读凌鼎年的作品能学到很多知识性东西与人生道理，退休老人说读凌鼎年的作品能引起共鸣、调动起毕生的生活积累来把玩思索。

在教育乃至学界，“凌鼎年”还是个值得研究的“师表楷模”。世界范围内的多家大中小学，闪动着他讲学的身影；各种国际国内的论坛研讨会场上，常有他慷慨激昂的报告演说；各类学术刊物上，关于凌鼎年及其微型小说的研究比比皆是。

在与凌鼎年30年的交往中，我所知、所识、所感、所悟的“凌鼎年”，不仅是个著名作家、世界华文圈的社会活动家、地方文化研究专家、文化史料收藏家；还是个助人为乐的“雷锋式”师友、业界的“劳动模范”；“凌鼎年”这三个字俨然成为“微型小说”的代名词和品牌标志。

伴着吴韵唱大风

凭我近半个世纪的阅读经历，我相信，“认识”凌鼎年的人一定很多，据说他有整整一抽屉的名片。翻开报章杂志，那大量署名为“凌鼎年”的文章，让许许多多读者“认识”、至少知道“有个作家叫凌鼎年”。我是在20世纪80年代从报刊上那些署名为“凌鼎年”的文章开始知道他的，旋即有幸见面相识、相交、相知。

在与凌鼎年见面之前，凭着报刊上的文章及其介绍，我认为，“凌鼎年”这三个字就透露着凝重而又厚实的信息，加之他的文章里常常有那些内蕴十足的历史文化，更由于那时他在苏鲁交界的微山湖畔的一个煤矿上工作，我断定他一定是个“唱大风”的金戈铁马式的汉子。20世纪80年代末90年代初，南京《青春》杂志筹备成立“中国微型文学研究会”（这是全国最早的微型文学组织，1992年改为“金陵微型小说学会”），我才见到了在书刊上“认识已久”的凌鼎年，一见面就让我“一头雾水”，在我面前的竟是一个说着一口柔软细绵的“吴语”、长相十分文静秀气的“奶油小生”，一个地道的江南小生、苏州“土著”！

见了面，我有机会更深地了解凌鼎年，他的祖籍浙江湖州，1951年6月出生于江苏太仓一个书香门第，是明代文学家凌濛初之后裔，祖父凌公锐毕业于日本早稻田大学，出版过《法制理财》《万国史纲要》等著作，还是民国政府“文胆”陈布雷的老师。而凌鼎年则在1970年高中毕业，因受到“海外关系”的影响，20岁的江南小生便到微山湖畔的大屯煤矿去“摔打青春”，当过工人、做过教师，编过报刊、写过史志，丰富的经历也夯实了他的文化积累。

集吴越之地小桥流水的婉约、苏北鲁南金戈铁马的豪放于一身，就不难理解凌鼎年的创作之所以那么勤快、那么高产、那么吸引读者；沐浴着汉风、萦绕着吴韵，成就凌鼎年与其他作家的不同风格，因为，南北交融的生活阅历使得他能够独享“伴着吴韵唱大风”。

世界华文文学圈的社会活动家

在当今世界范围内的华文微型小说圈里，可能有很多人说不清楚哪些人得过诺贝尔文学奖，但是我相信：这个圈里极少有人不知道凌鼎年。国内的：中央电视台、中国教育电视台、中央广播电台、上海东方电视台、江苏卫视、香港凤凰卫视、台湾东森电视台，国外的：美国蓝海电视台、美国中文电视台、澳洲SBS国家电台、澳亚民族电视台，各国各地区多家海外报刊采访报道过凌鼎年，他还名列《世界名人录》《世界名人辞典》《国际名人辞典》《亚洲艺坛名流》《东方之子》等100多种辞典，并入编《国家名人档案》。2010年我去韩国考察，在朝韩边境遇到一群不知来自何国何地的青年学生，说起微型小说都知道中国有个凌鼎年是搞微型小说的；日本大地震之后我去日本，和那位来自我国台湾的张姓导游聊起江苏风光，导游居然说：“你们江苏有个叫凌鼎年的作家，他写了好多文章。”凌鼎年的名气之响亮，占尽了华文圈的每个角落，真让人“羡慕嫉妒恨”。

当然，这一切都源自于凌鼎年自己的努力以及他为世界华文微型小说所做出的奉献。近年来，凌鼎年跑遍了中国所有的省市，还两次去美国，七次去欧洲，三次去非洲，两次去大洋洲，十几次去东南亚，跑了四十多个国家与地区，如应邀去美国伯克莱加州大学参加过“世界华文文学国际学术研讨会”，应邀去维也纳参加过欧洲华文作家协会的年会，应邀去新西兰奥克兰参加大洋洲华文作家协会的文学研讨会，应邀去澳洲参加“墨尔本华人作家节”与“中澳作家悉尼文学研讨会”，应邀参加过联合国世界汉语日系列活动，全球范围内的奔走，全都是为了华文文学。

作为世界华文微型小说研究会秘书长、会长，是一个为华文微型小说作家和组织干实事的角色。他是迄今中国大陆唯一应邀参加过在新、泰、马、菲、印尼、文莱，中国香港、上海召开的1至12届世界华文微型小说研讨会的作家。说起世界华文微型小说研讨会，故事多多，单说第5届，2004年12月在印度尼西亚万隆召开，12月26日我从电视上得知印尼发生特大海啸，十分揪心地想到一帮微型小说朋友还在那里开会，我几乎是本能地拨通凌鼎年的手机，鼎年告诉我：这次在印尼他代表中国的作家上台，与新加坡、马来西亚、泰国、菲律宾、文莱、印尼华文作家协会的会长一起敲响平安锣，祝福东南亚华文繁荣、昌盛。已平安回到国内，电话里他也在庆幸自己躲过一劫。

在华文文学界，凌鼎年为微型小说做了大量的中外交流工作，借助他兼任的美国纽约商务出版社特聘副总编，中国香港《华人月刊》、《澳门文艺》特聘副总编，新加坡《环球华人作家》（数字版）主编，美国“汪曾祺世界华文小小说奖”终审评委，中国香港“世界中学生华文微型小说大赛”总顾问、终审评委，美国“国际《金瓶梅》研究会”副会长，新西兰中华文学艺术联合会顾问等职务，将中国内地微型小说作家作品大量推介到海外，组织海外作家、学者研究内地作家作品，组织海外翻译家翻译出版中国微型小说作家作品，中国微型小说作家在海外发表的作品、翻译的作品，大部分与他的力荐有关系。

2011年10月，凌鼎年率中国微型小说作家代表团访问美国，应邀在哈佛大学作微型小说主题演讲，并组织向美国哈佛大学、耶鲁大学捐赠微型小说书籍，协助建立“中国微型小说作家作品文库”，为了建立这个文库，他自费购买了6000多元460多本整套的微型小说丛书。在海内外微型小说文坛，“凌鼎年”这个名字就是一个标志品牌，“凌鼎年”已成为“微型小说”的代名词。

微型小说界的“劳动模范”

若是谁将来编著微型小说史，我想有关“凌鼎年”必定是要有浓墨重彩的章节，在他的条目上会留下这么几条具有研究和史料意义的内容：

凌鼎年是当代世界华文微型小说作家中作品发表量最大的。自1980年底发表处女作以来，迄今在《人民文学》《北京文学》《天津文学》《香港文学》《新华文学》《小说界》《中华散文》等数百种报刊发表过5000多篇文学作品，约1000万字，出版过中篇小说集、短篇小说集、微型小说集、散文集、随笔集、诗歌集、评论集、文史集等53本，正在出版的还有多本。他的作品还被国内多家大专院校选为教材，入选高中语文教材及教辅教材，并收入《全球100位名人与中学生谈名利》《全球100位名人与中学生谈诚信》《世界华文微型小说获奖作品集》《微型小说鉴赏辞典》《新文学大系·微型小说卷》《中国当代小小说大系》《21世纪微型小说排行榜》《中国微型小说名家名作百年经典》等海内外520多种集子。他还主编、出版过230多本集子。

凌鼎年是第一个把作品推向国外多家报刊，并且在海外发表量最大的。他的作品被译成英、法、日、德、韩、泰、荷兰、土耳其、西班牙、维吾尔文等10种文字，有500多篇作品发表在世界28个国家与地区的报刊。《茶垢》《让儿子独立一回》等16篇收入日、韩、美、加拿大、土耳其、新加坡、中国香港的大学教材、中学教材和当地国家、地区汉语培训教材；他是微型小说界创作和理论研究双栖型作家，他写过的微型小说评论文章以及为作家的集子写序多达数百篇，光代序就写过300多篇，应该是业界最多的。

凌鼎年是海内外微型小说活动的主要策划、组织、实施者。大凡微型小说界的研讨、采风、作品集出版几乎都离不开他的操劳。他应邀访问过中国台湾地区，并应邀去美国，澳洲墨尔本、悉尼，瑞士日内瓦，泰国曼谷，马来西亚吉隆坡，在中国香港、中国澳门、北京、上海、新疆、内蒙古、贵州、四川、湖北、湖南、河北、福建、山东、浙江、江苏等各地讲课，多少场次、听众有多少已经无法统计。

微型小说创作给凌鼎年带来很高的声誉，使他成为获奖"专业户"。凌鼎年的作品曾获世界华文微型小说大赛最高奖、冰心儿童图书奖、紫金山文学奖、吴承恩文学奖、叶圣陶文学奖，先后七次获中国微型小说年度评选一等奖、小小说金麻雀奖等大小230多个奖；被2010年上海世博会联合国馆UNITAR周论坛组委会特别授予"世界华文微型小说创新发展领军人物金奖"；2011年被全美中国作家联谊会授予"世界华文微型小说大师"奖。

其实，为凌鼎年在世界华文文学界赢得声誉的，不仅仅是微型小说，他的中短篇小说和诗歌同样精彩。凌鼎年1991年5月曾在江苏文艺出版社出版过诗集《心与心》，2012年又在中国文联出版社出版了第二本诗歌集《岁月拾遗》，收录了199首作品，2012年9月第32届世界诗人大会在以色列首都特拉维夫举办，凌鼎年应邀出席大会，他获第32届世界诗人大会主席奖，给他颁奖的是以色列诺贝尔奖得主卡汉博士。

凌鼎年不仅作品写得好，他的人品也让人赞赏有加。在他的办公桌上，时常会看到全国各地的一些文友的来稿，请他编辑审定，然后，他再根据"各取所需"的原则，批量将这些朋友的文稿推荐到他熟悉的一些报刊。

凌鼎年不抽烟、不喝酒、不会打牌，热衷于写作和为微型小说建设与发展鼓与呼，在圈子内文友的口碑中，他就是一个地地道道的微型小说界的"劳动模范"。

娄东文化传承人

阅读凌鼎年的作品，丰富多彩，姿色斑斓，或讲究某种境界，或朴素空灵，或诡谲深奥，或者是哲学意义上的，或者是人性意义上的。在这些作品里，我们会真切地体味到什么叫语境，什么叫人物，什么叫氛围，什么叫底蕴，什么叫内涵。我们会感受到人与人的那分关爱和温情，那种怀旧的晖光和依恋的韵味，那种绵长悠远的少年情结，那种悲悯、怅惘的人生体验。感受更多的是他对地方文化——娄东文化的弘扬与传承，这一点限于篇幅只能简略介绍，留待另文详细阐述。

凌鼎年著的《江苏太仓旅游》，是了解太仓的钥匙。他的随笔集《弇山杂俎》《娄水文存》《太仓史话》《太仓老字号》，写太仓历史、文化与太仓文化界人与事，纳入《娄东文化丛书》出版。他撰写过《麻将起源太仓说》《牛郎织女传说降生太仓说》《昆曲起源太仓说》《江南丝竹起源太仓说》《太仓王世贞写〈金瓶梅〉说》《太仓吴梅村写〈红楼梦〉说综述》《李时珍与太仓》《董其昌与太仓》《汤显祖与太仓》《凌濛初与太仓》《戚继光与太仓》《建文帝与太仓》《范仲淹与太仓》《林则徐与太仓》《唐伯虎与太仓》《郑和与太仓》等发掘太仓文化历史的文章，在海内外发表。他还花费三年时间搜集资料、撰写、修改、编辑，完成50万字的《太仓近当代名人》一书，收录560位太仓名人的简介与照片，该书由太仓市委书记写序，市长题词，可以说是研究和传承娄东文化的一本必备的工具书。

凌鼎年的微型小说代表作《茶垢》《再年轻一次》《此一时，彼一时》《秘密》《红玫瑰》《剃头阿六》《了悟禅师》《法眼》《天下第一桩》《诚信专卖店》《血色苍茫的黄昏》《让儿子独立一回》《狼来了》《沉重的鸡蛋》等，无不浸润着娄东文化的醇厚底蕴。创作之外他担任过第11、第12届太仓市政协常委，期间写了上百个提案，被公认为提案大户，几乎都与文化有关，他极力呼吁保护和恢复文化古迹，为传承娄东文化不遗余力，被视为娄东文化的代言人。如今，凌鼎年被苏州健雄学院娄东文化研究所聘为研究员，用他的话说，他目前做两件事：一是微型小说创作、研究；二是娄东文化发掘、研究。前者创作型，后者研究型，他是微型小说圈内为数极少的学者型作家，中央电视台等采访凌鼎年时都采用的“文化学者”。

作为作家网副总编、世界华文微型小说研究会会长、央视中国微电影与微小说创作联盟常务副主席、江苏省微型小说研究会会长、蒲松龄文学奖（微型小说）评委会副主任、全国12+3微型小说大奖赛终评委、全国高校文学作品征文小说终评委、世界华文微型小说大赛终评委，有着100多个社会兼职的凌鼎年，主打仍然是微型小说，他在微型小说界的出色贡献，得到海内外数十家报刊与网站关注，先后介绍过凌鼎年其人其文，做过杂志封面、封二、封三，登过照片，配过作者简介，发过记者专访、人物写真，以及研究凌鼎年作品的作家论、评论等，有多位大学毕业生的学士论文或硕士论文、博士论文是研究凌鼎年微型小说的，广东湛江师范学院的大学生还撰写了系统研究凌鼎年微型小说的20万字的评论专著《感动大学生的六位小小说作家之凌鼎年卷——先飞之鸟》。一些高校教师纷纷开设“凌鼎年微型小说研究”课程和讲座。

关于凌鼎年，可以写多卷来介绍，我在此浓缩成一句话：凌鼎年就是世界华文微型小说代名词。

原载《中华英才》半月刊总630期

作者简介：

徐习军，作家、评论家、学者，系江苏省连云港《淮海工学院学报》副主编、连云港文艺评论家协会副主席。

目 录

凌鼎年：世界华文微型小说领军人 …… Ⅰ

历史篇

劫道 …… 2
禁燃指碑 …… 6
明崇祯十七年 …… 9
轻重伤员 …… 12
蝗灾 …… 15
传家宝物 …… 19
镇国公 …… 22
回归大唐 …… 25
火梨花枪传人 …… 28
张骞与他的匈奴女人 …… 31
老将军挂帅出征 …… 35
孔明灯 …… 38
谋士 …… 41

墨子守城 …… 44
当票姻缘 …… 47
探花夫人 …… 50
吃香 …… 53
丁忧 …… 56
致仕 …… 59

宫廷篇

微服私访 …… 64
你会明白的 …… 68
传国玉玺 …… 71
算命世家 …… 74
宫中大火 …… 77
皇家秘事 …… 80
寻找建文帝 …… 83

文化篇

画坛花絮 …… 88
园林之殇 …… 91
编撰《娄城名门望族》一书 …… 94
杨将军庙碑 …… 97
“一根筋”的梦想 …… 100
匾额收藏家 …… 104

“米粉”之最 …… 107
小镇著名诗人 …… 110
另辟蹊径的摄影家 …… 113
抽象画家尹无极 …… 116
斗鸡 …… 119
汉服秀 …… 122
捧角家 …… 126
猛犸牙雕 …… 129
蟋蟀玩家 …… 132
琼花大使 …… 135

近代篇

乡尖黄后浪 …… 140
千金散尽还复来 …… 143
鬼市 …… 147

异域篇

水源污染事件 …… 152
留学伦敦曾大厨 …… 155

民间篇

隔壁老王 …… 160

钓鱼轶事 …… 163
奶奶的怪癖 …… 168
弄级名人谭老三 …… 170
灵丹妙药 …… 174
救援驴友 …… 177
质疑者 …… 179

武侠篇

拜师 …… 184
冷家四杰 …… 187
结拜兄弟 …… 190
容之祖 …… 193

情感篇

彼岸花 …… 198
瞒报年龄 …… 201
相亲 …… 204

动物篇

老狮王与新狮王 …… 208
动物法院 …… 210
猴子称大王 …… 213

麋鹿的野性 …… 216

荒诞篇

《三个和尚》续篇 …… 220
农夫的儿子 …… 222

法制篇

你还记得我吗？ …… 226
老宅院·破门楼 …… 229
认养古树 …… 232
你为什么不来骗我？ …… 236
二手房 …… 239
昆石收藏家 …… 242

附录：《先飞斋笔记》欣赏与漫议 …… 246

难忘的2020年（跋） …… 253

凌 鼎 年 微 型 小 说 新 作 精 选

庚 子 年 笔 记

历史篇

劫 道

农历春节快到了，柳家大小姐大学也放假了，在老管家、私塾先生的陪同下，雇了一辆马车高高兴兴地回家去。

老管家是看着大小姐长大的，像长辈似地问长问短。私塾先生到柳家当塾师不久，他很想看看大学是啥样子的，就主动要求跟着老管家来接小姐，顺便开开眼界。

回家的途中，要经过一个野猫岭的山口，早年闹过匪患，后来被官兵剿灭后，倒也太平无事。

过野猫岭山口时，突然蹿出几个青壮汉子，说："停停停！"

一个戴着狗皮帽子的斜眼，上前往车里一看，见是一个女洋学生，淫笑着自言自语："俺家大王有福了。"他对老管家说："走，上山去！去拜见一下大王。"

老管家走南闯北瞧的多了，意识到遇上劫道的了。逃，逃不了，硬拼更不可能，只能走一步看一步了。此刻，他最担心的是大小姐，千万不能暴露是柳家的大小姐，这身份一露，后果不堪设想。

他暗暗关照私塾先生，一切我来应对，你什么都不要说，切记切记！

山大王姓董，占山为王也就才几个月，也就几十号人。他曾对手下的兄弟说过，我董某人是要做大事的人，落草为寇是暂时的，所以要严格执行"七不抢，八不夺”的道上规矩，即：盲、哑、疯、瘫、僧、道、尼不抢；娶媳嫁女不夺，送殡不夺，搬家不夺，山沟不夺，码头不夺，鳏、寡、孤、独不夺，医生不夺，进京赶考的举子不夺。

董大王觉得手下颇能领会他的心意，很是满意，更满意的是竟带来了一个与村姑、山妮全然不同的女洋学生，他盘算着如果把这洋学生纳为压寨夫人，那可是山寨之福啊。

老管家已从山大王的眼神里瞧出了什么，连忙谦卑地说：“大王吉祥！小老儿姓管，这是我的女儿与女婿，回老家去过年，车上只有点年货，小老儿愿意全部孝敬给大王，请大王行个方便，让我们早早回家团圆，享天伦之乐！”

老管家这话既是说给山大王听的，也是说给大小姐与私塾先生听的，给他们定个调，统一口径，好一起应付下面的盘问。

山大王一看这老头是个老江湖，知道在他嘴里想套出话太难。他见私塾先生的腿在抖，料定是个没有见过世面的怂货，对付这样的老实人，他有的是办法。他拔出手枪，朝走进来的一只黄狗抬手就是一枪，那狗惨叫一声，应声倒地，血流了一地。

董大王再看私塾先生裆下已湿了，几乎笑出声来。他对私塾先生说：“别学这老头，满嘴胡话，免得见血。说！我只想听实话，如有半句虚话，你能不能见到明天的太阳就不好说啰。”

私塾先生好为难，他知道老管家是为大小姐好，不暴露她的身份。但父母从小教导自己，老师也从小教导自己不能说假话。再说，眼下，保命是第一位的。他犹豫了半晌说：“这位是柳半湖的女儿柳大小姐，你们不能对她无礼。人在做，天在看！”

私塾先生如实说后，如释重负，对大小姐说：“对不起！对不起！！”

老管家气得恨不能上前揍他几下，嘴里喃喃自语道：“完了完了。”

山大王哈哈大笑地说：“好啊，还是黄花闺女呢，今晚拜堂，做我的压寨夫人！”

老管家知道私塾先生很可能因了这几句真话而送了小命。你想想，山大王会留你我两个知根知底的外人之命？他要的只是小姐。

这私塾先生真是迂腐透顶，死到临头还糊里糊涂。

老管家发现小姐到底是在省城读过大学、见过大场面的人，没有丁点的花容失色，始终不言不语很淡定。不过事到如今，只能听天由命了。只要小姐没事，就算拼了自己的老命，也算对得起老爷的知遇之恩了。

山大王一脸凝重，问：“柳半湖，就是开柳氏钱庄的掌柜？”

坏了坏了，山大王一听是柳氏钱庄，必狮子大开口。

老管家马上说：“开柳氏义学的。这位就是义学的塾师。”

“果然是他！柳半湖，我总算找到你了。天意天意！”

柳家大小姐、老管家、私塾先生三人一听山大王这么说，都同时心一沉，沉到了冰窟窿里。

哪晓得山大王突然高叫：“摆宴！吩咐下去，立即准备摆宴！”

似乎不用再说了，肯定是要逼小姐做压寨夫人。这可万万使不得，老管家准备豁出去了。

山大王面露笑容对柳大小姐说：“请，请上坐！”

老管家把大小姐拉到身后，满脸怒气面对着山大王，有点像母鸡护小鸡的样儿。

谁知，山大王对老管家说：“别误会别误会，你也请上座。”

这让老管家一时云里雾里，找不着北，咋了？

山大王露出不堪回首的样子，说：“我十岁那年，家乡旱灾，父母带我出来逃荒讨饭，结果父母双双饿死在路上。我成了孤儿。有次饿得奄奄一息的我，偷了一个馍馍，被人辱骂、追打。正好有位老爷经过，给我买了十个馍，还给了我一块银圆，我才没有饿死。后来听人说，那位老爷叫柳半湖。我记了二十年了，我当年受过老爷的恩惠，理应报答啊。”

老管家一颗心才算放了下来，对小姐说：“善人有好报，古语不谬。”

私塾先生讨好地说：“幸亏我说了真话。”

大小姐不置可否，陷入了深深的沉思，想了很多很多。

写于2020年1月16日

禁燃指碑

帆山是长江入海口的一座山，也是当地一景。

帆山之所以被称为帆山，是因为此山靠江的一面是悬崖峭壁，陡直壁立，整个山体远望之，犹如风帆迎风招展。山不高，也就两三百米，大约是元代的时候，有僧人在山顶建了寺庙，名曰江安寺，香火挺旺。

明代时，帆山已成了远近闻名的景点。

江安寺的方丈广济大和尚开了讲经堂，初一、十五各一次，听课的善男信女不仅有老妪村妇，也有老爹壮汉，更难得的是还有员外、秀才也自觉自愿、诚心诚意前来听课。广济大和尚从不收任何人一文听课费，来者对菩萨、对寺庙孝敬不孝敬，他也从不过问。

那些有钱人、有求人往往恭恭敬敬、爽爽气气地把银子、银票放进了捐钱的箱子，以表诚意。那些经济条件弱一点的，会把自家院前院后树上结的苹果、生梨、橘子，或地里种的蔬菜放到供桌上，也算尽了一分心。最不济的那些进香者，只能在菩萨像前，把头磕得咚咚直响。广济大和尚一视同仁，不会因捐多捐少而另眼相看。

事情的转折是有年秋天，来了一个叫二牛的屠夫，他说因为自己的杀孽太重，害得儿子溺水而亡，老婆得了恶疾，花光了家里所有的积蓄，还是没有起色，他决定来江安寺求菩萨保佑。可二牛已家徒四壁，连香油钱也掏不出了。

为了表示自己对菩萨的虔诚，他想出了一个办法：燃指供佛。

他用清水洗了手，把白麻布绕在食指上，再把绕麻布的食指，在长明灯的香油里浸了一会儿，然后用长明灯的火，点燃了食指。他跪在了菩萨像前，把手指高高举起，所有来进香、还愿的善男信女都亲眼目睹了二牛自虐的一幕。赞者夸二牛虔诚，勇气可嘉；贬者说二牛疯狂，愚不可及。

但江安寺自从二牛开了头后，看样学样的还不是一个两个。更不可思议的是有人为了表示比二牛更虔诚，竟想出了燃臂供佛，让人看了触目惊心。

广济大和尚几次来劝燃指供佛、燃臂供佛之人放弃这野蛮而自虐的行为。但没有用。更可怕的还在后头，有个叫马三的说佛教故事里有舍身饲虎，以做功德的王子，我一介草民，没那么伟大，何况，帆山一带老虎早就绝迹，我就舍身供佛吧。他从帆山最高处，跳到了滚滚的长江水里……

等广济大和尚闻讯赶来，已既成事实。方丈自责不已，伤心不已。

广济大和尚最担心的是有人仿而效之，那岂不罪过？！

广济大和尚料理好马三的丧事，为他超度后，就专程去拜访了县太爷，要求官府出面禁止燃指供佛、燃臂供佛、舍身供佛。

县太爷说，寺庙向来自收自支，独成体系，官府不宜过多干涉，燃指也好、燃臂也罢，都是自愿，没人求他、逼他，官府没有理由禁止啊。至于舍身供佛，虽为极端，可不碍律法，不能抓、不能关，一禁了之，有用吗？还得方丈去开化他们、教化他们，方为上上之策。

广济大和尚说，佛家以慈悲为怀，实在不忍心看到有自虐、自残、自毁的事发生。还望县太爷看在敬畏生命、百姓为重的份上，由官府授权，由小庙刻“禁燃碑”，由官家落款，以增加碑的分量。

县太爷也不想在自己任上，长江浮尸一个接一个，再说，一切由寺庙操办，也就勉强同意了。

广济大和尚回江安寺后，就请石匠刻了“禁燃碑”。

碑文系广济大和尚亲自撰写，其中有："燃指、燃臂、舍身，均有污禅林，有违人性，我佛不喜，徒增罪过。立碑示谕，禁此行为，如有故犯，定行追究！"

从此，燃指等蠢事得以刹住。

因落款为县太爷之名，他做梦也没有想到，自己名传五百余年，广济大和尚的功德反而无考。幸好民间口口相传，成就了我这篇小文。

写于2020年1月25日

明崇祯十七年

1644年，是中国历史上的多事之秋。

崇祯帝朱由检登上皇位已第十七个年头了。平心而论，崇祯是个有大志的皇帝，也是个勤政的皇帝，他曾发誓要把大明王朝治理成中兴王朝、开明王朝、强盛王朝。

可事与愿违，从崇祯十四年始，大名府出现了一种可怕的病疫，一旦患病，开始怕冷发热，慢慢发展为只发热不畏冷，持续高烧多日后，或头痛，或胸痛，或咳嗽，或吐血，或胡言乱语，或身上起肿块，或大溃烂，不久就一命呜呼。民间称之为“疙瘩瘟”“疙疽病”。传教士谓之黑死病，用现代医学术语就是鼠疫。

这瘟疫，人传人，传播速度之快之烈，超过了人们的想象，超过了崇祯的预判，也超过了医生抢救的速度，以致死亡枕藉，十室九空。

大名府还有不少中医，还有药店药材，官宦人家与富家大户舍得花银子的，用槟榔12克、厚朴9克、知母9克、芍药9克、黄芩9克、草果3克、甘草3克等煎煮着喝，有防病治病效果，或许能死里逃生，免于一死。一般穷家小户、普通百姓就只有等死的份了。这瘟疫从大名府一路传染开去，迅速蔓延，死者无数，民有绝户，街市如同鬼市，人影儿都难见一二。有人窜改唐诗曰：“清明时节雨纷纷，路上行人欲断魂。借问亲人何处有？乞儿遥指又新坟。”

大名府每天都在死人，有的走着走着就倒毙于街头，最多的一天有上万人成了亡魂，道路竟为抬棺队伍所阻塞。

守城兵士病的病，死的死，连一半都不到了，就算能来点卯，也是病歪歪的，有气无力。当官的气得不轻，破口大骂。可骂归骂，啥用没有。气急了恨毒了，就用鞭子抽，往往没有抽几下，当官的自己也乏力倒下了。

偏这时，李自成的农民军逼近了。

崇祯心急如焚，许多天没有睡囫囵觉的他只能放下皇帝的尊严，觍着脸要求各大臣有钱的出钱，有力的出力，共渡难关。谁知大臣们一个个哭穷，说地主家也没有余粮了。

农历3月，李自成与刘宗敏、郝摇旗领着号称五十万军队进军大名府，原本李自成只是想虚晃一枪，一路抢点掠点，去西北舒舒服服做个王爷。万万没有料到瘟疫帮了他大忙，那些大名府的守军完全不堪一击。京城北郊的居庸关，乃北京城的最后一道天险，总兵唐通竟不战而降。谢天谢地，天助也。没有了居庸关这天堑，闯王大军一路长驱直入，大名府的老弱病残守军，以及那些临时上阵的太监，哪是如狼似虎的大顺军的对手，李自成牛刀宰小鸡般把那些毫无战斗力的守军，打了个稀里哗啦，杀了个血流遍地，在狂欢与呐喊声中，一路高歌轻松进城。那皇帝老儿一看大势已去，就在煤山的歪脖子老槐树上自缢了。

李自成的部下，除了少数几个将领与谋士，大部分是贫苦农民出身，有的一辈子连县城也没有去过，不要说京城，更不要说金銮殿了，大名府的繁华让他们一个个如刘姥姥进了大观园，眼花缭乱。“天下是我们的了！”“该我们泥腿子也享受享受了！”于是，妓院爆满，酒肆爆满，赌场爆满。连日来，大顺军在大名府抓人的抓人，抄家的抄家，京城乱成了一锅粥。常言道“烂船还有三千钉”，那些原本在崇祯皇帝面前哭穷的京官，在士兵的拷打下，大都乖乖地交钱，舍命不舍钱的也有，对不起，先送去见阎王，再掘地三尺。

刘宗敏抢了吴三桂的爱妾陈圆圆，早堕入温柔乡，快活逍遥、忘乎所以，已懒得治军了。

闹腾了一阵后，李自成发现坏了，不少士兵也染上了瘟疫，病死的虽然不多，但战斗力大大降低。

可屋漏偏遇连夜雨，进北京城也就个把月，多尔衮率八旗军打了过来，还有原明总兵吴三桂也帮着清军打了过来。两军合一，势不可挡。刘宗敏不知是抢了吴三桂的爱妾陈圆圆，自知理亏，还是感觉不是多尔衮的对手，或者其他什么原因，竟不肯面对吴三桂，不肯领兵去打清军。李自成无法可想，只得亲率大军去山海关迎战。享了一个多月福的士兵都惜命了，加之瘟疫的原因，李自成铩羽而归。

山海关失败，对李自成打击颇大。他觉得“梁园虽好，非久留之地”。他考虑来考虑去，决定放弃大名府，回老家陕西去发展。说起来他在西安已建立了大顺政权，但总有点名不正言不顺。如今进了大名府，不正儿八经做回皇帝，心不甘啊，有了名号，在江湖上就算正统了，史书就有载了，即便张献忠也不能与自己相提并论了。于是，匆匆忙忙正式宣布坐上皇帝宝座。

第二天，李自成撤出大名府。他原以为能屈能伸大丈夫，总有东山再起的一天，做梦也没有想到，这回走上了一条不归路……

1644年，从此在青史上留下了抹不去的一笔。

写于2020年1月30日

原载《中文导报》2020年2月13日

被《小小说选刊》2020年11期选载

轻重伤员

两军对阵，杀得昏天黑地，老话说“杀敌一千，自损八百”，来犯者终于退去，鏖战告一段落。暮色笼罩的野地里尸横遍野，伤员累累，哀号声凄厉瘆人。

年将军命手下火速打扫战场，救治伤员。

因为开始是远距离打斗，箭伤较多，最后是面对面搏杀，刀伤、剑伤不计其数。

被砍一刀，劈一剑，刺一枪，或中一箭的比比皆是，算是轻伤；有的身中数箭、数刀、数抢、数剑，断手的，断腿的，血流满面的，浑身是血的，不是一个两个，所有的轻伤员、重伤员一个又一个被找了回来，抬了回来，看着让人心痛。

几个军医恨不能生出三头六臂来，可还是忙不过来。今夜又得一个通宵，这是一定的。如果不及时止血，不及时包扎，不及时抢救，不少伤员可能熬不到天亮。

负责的蒋医官再忙再累他不怕，他愁的是绑带告急，纱布告急，金疮药告急。没有药，怎么救人，巧媳妇难为无米之炊啊。

他只能如实向主帅年将军汇报。

年将军是死人堆里爬出来的人，自己身上大大小小的刀伤、箭伤就十几处，一个从鬼门关去晃悠过多次、大难不死的将军，自然最清楚没有金疮药对伤员意味着什么。

八百里加急早已派出了，再快，没有十天半月，朝廷的物资到不了边关、到不了前线，远水不解近渴。怎么办，怎么办?

蒋医官等着年将军做决定。

偏将看出了年将军的为难，就直言说："校尉以上先救，将军优先救。"

蒋医官说："这是惯例，早就这样做了，兵士们也没有意见。"

偏将又说："那就先救跟随年将军多年的弇山老乡，乡里乡亲的，岂能见死不救？"

年将军没有表态，他当然想先救追随他多年的弇山老乡，但这话摆不到台面上，其他地方当兵的就不重要了？万一被其他兵士知道厚此薄彼，队伍的凝聚力就会打折扣。不行不行！

蒋医官觉得不能再浪费时间，干脆问："年将军，你下个令吧，先救重伤员，还是轻伤员？"

年将军心里明白，绑带、纱布、金疮药就剩这么点了，救了重伤员，救不了轻伤员；救了轻伤员，救不了重伤员，可手心手背都是肉。

年将军心里更明白，如果先救重伤员，这点药救不了几个，就算活了命，半年之内也不大可能再上战场。而先救轻伤员，这些药，不但能多救好多，更重要的是一两个月后，轻伤员就能够重返前线。只是作为主帅，这话不能说，说了就寒了那些浴血奋战、身负重伤的兵士的心，以后谁还肯拼命搏杀。

有兵士来催蒋医官，说有个校尉昏过去了，叫赶快抢救。蒋医官只得匆匆走了。

年将军随后也来到了救治伤员的营帐。他巡视一遍后，心里一沉，就算朝廷的药物马上到，也没有足够的医官进行救治，伤得实在太多了。

金疮药不够，伤员大多心知肚明，没有金疮药，就等于等死，这伤员也清楚。他们见年将军来了，其中一个喊道："年将军，你要救我们，我是跟随了你九年的弇山兵。"

另一个喊道："年将军，我可亲手杀了两个辽兵，要不也不会挨了好几刀。"

年将军知道，救谁都有理由，但此时此刻，他不能随便表态。考虑再三，就说："你们都是有功人员，我代朝廷，代百姓谢谢你们！但金疮药所剩不多，救了田鸡饿死蛇，你们自己说怎么办？先救谁？"

"先救重伤员！"

"先救轻伤员！"

年将军说："说说理由。"

"重伤员不及时救，必死无疑，一刻也不能拖……"

"轻伤员救了还能上战场，还能杀敌。孰重孰轻，将军你心里肯定有谱……"

年将军说："你们各有各的理，这样吧。你们自己表决。"

正这时，有探子来报：辽军正在集结军队，有可能卷土重来。又一场恶战要来了。

气氛骤然紧张了起来。

有个重伤员说："大战在即，先救轻伤员吧。我们不能拖累大家，更不能浪费有限的金疮药等医疗资源。"

另一个重伤员说："我们投票吧。赞成先救轻伤员的请举手。"

结果，大部分重伤员都举了手，轻伤员一个都没有举手。

年将军的眼睛湿润了，他向所有伤员鞠了一躬。喊了一声："准备迎敌！"

写于2020年2月3日

蝗 灾

崇祯末年，长江以北、淮河两岸大旱，连续两三个月天天赤日炎炎，不见雨沫星子。不少湖塘都见底能走人了，农田干得都开裂了。幸好江南乃水乡，河道密布，池塘处处，庄稼虽不如往年长势，比不得风调雨顺之年，但看来还不至于像大旱地区颗粒无收。

娄城的县令蒯立德还是很担心，担心其他地区旱极而蝗，殃及江南。要知道，历史上，这种灾情也不是没有过，难怪老祖宗把旱灾、水灾与蝗灾并列为三大自然灾害。

蒯立德的担心还是应验了。干旱促成了蝗虫的繁殖，而且蝗虫大军向江南逼近了。别看这小小的飞蝗也就中指那么长短大小，一点不起眼，可它多啊，成群结队，铺天盖地，以千万亿只计，而且行进速度还极快，每天可飞行一百多公里呢。

蝗虫飞抵娄城田野那天，遮云蔽日，如暴雪一般，那蝗虫翅膀的震动声竟如雷声滚滚。有衙役报告：那蝗虫群前不见头，后不见尾，整个娄城乡村全覆盖。蝗虫所到之处，野地里的芦苇、稗草、荻草，以及庄户人家种的小麦、玉米、高粱、水稻、蔬菜等几乎被吃了个精光。那些农民为了保护庄稼，全家老小不顾危险，拿了网兜，折了树枝，能网的网，能打的打，可杯水车薪，无济于事。农田里、道路上到处是蝗虫的尸身，多的地方厚达盈尺，几日以后腥臭难闻……庄稼人欲哭无泪。

蝗灾过后，物价飞涨，粮食更是一天一个价，甚至一日几涨。即便如此，不少粮铺高挂“无粮可售！”，有价无货。

偶尔有几家黑心奸商乘机哄抬米价，稍微拿点存米出售探探市场，也是一抢而空。

眼看饿死人就要发生在眼前，撑不了多少时间了。

周边的几个县的县令为了稳住粮价，稳住民心，雷厉风行地抓了不少发国难财的奸商，斩立决，把人头挂在了城门上，以儆效尤。

娄城的高县尉建议县令蒯立德也赶快仿而效之，该抓的抓，该罚的罚，该杀的杀，不能心慈手软。

出乎高县尉意外的是，蒯立德竟说，商人逐利，自古而然，市场的铁律乃物以稀为贵，涨就涨吧，不能抓，不能罚，更不能杀！

那些奇货可居、囤积粮食的商贩其实一直在观望中、犹豫中，他们见蒯县令不像其他县对抬高粮价的商贩痛下杀手，胆子开始肥了，尝试着销售，蒯立德睁一眼闭一眼，只当没有看到。

高县尉怀疑平时一向自诩清高的蒯立德可能已与粮商勾结，以图坐地分赃，要不难以解释。他暗暗注意起了县令蒯立德的一举一动。他发誓：只要抓到证据，一定弹劾县令。

蒯立德换了便装，走街串巷，察看民情。无米下锅的已不是一家两家。就算殷实大户，有田有房，有金有银，不如有粮。到处都在喊：“粮！粮！！粮！！！”到处都在求：“米！米！！米！！！”……

可作为一县之首的蒯立德就是不肯下令捉拿奸商。

高县尉实在看不下去了，悄悄告诉拿着米袋买不到米的百姓，那正在米铺与掌柜聊天的就是蒯县令，找他啊，唯有找他才有一丝生机。

那些四处寻觅粮食无果的母亲，想想家里嗷嗷待哺的孩子简直就要疯了，一听县令大人在粮铺，就像落水者抓到救命稻草，立马围了上去，高喊：“县令大人，救救小民吧！”

不知谁带了个头，一群人齐刷刷地跪下了。

蒯立德没有想到会这样，连忙招呼大家起来，说：“粮食会有的，会有的。”

有个黑脸汉子粗着嗓门喊：“县令大人，杀了奸商，绝不能让他们发不义之财！”

蒯立德说：“杀不得，开了杀戒，就真的死路一条了。”

“什么屁话！”黑脸汉子忍不住骂县令，“你黑了良心，要遭天谴的！”

蒯立德知道，此时不管怎样解释都是多余的、苍白的，不会有人信。想来想去，只好赌一赌了，他说：“相信我，粮食已在运来的路上，不出三天，娄城就会有粮食了，如果再没有粮食，我蒯某人以死谢罪！”

县令大人话说到这份上了，大家半信半疑地散了。

第二天，就有外地的粮贩子把一车车的大米运到了娄城，以期卖个好价钱。到第三天、第四天，各地的粮商粮贩陆陆续续到了娄城……

常言道“物以稀为贵”，各地粮食运来多了，粮价也就涨不上去，往周边县城去卖高价，有杀头危险，往回运，也不划算，只能降价。

蝗灾终于过去了。

周边的几个县最少的也饿死二到三成人，多的饿死一半，有些村里十室九空，新坟遍野。

周边几个县的县令联名参奏娄城县令蒯立德，说他与不法奸商勾结，大发横财，并列举自己的县抓不法粮商多少名，杀多少名，总算抑制了暴涨的粮价，并建议娄城县令由高县尉取而代之……

蒯立德的自辩状只有一句话：“此次蝗灾，娄城饿死之人近乎零，孰是孰非，请皇上定夺。我，对得起娄城百姓，死而无憾！”

据说，朝廷派人查了半年，也没有查到蒯立德与粮贩子勾结、从中渔利的证据，只好不了了之。

娄城史书记载：蝗灾过后，娄城竟有一座百姓集资自建的蒯立德生祠，还有两座老的猛将庙，原本是祭祀驱蝗将军刘猛的，这后，有百姓为蒯县令塑了像，与刘猛将军并列供奉，香火还一直很旺。

写于2020年2月18日

传家宝物

明朝兵部侍郎荣鼎鼐临终时叫四个儿子到床前，断断续续地说出了一通有点大逆不道的话，大意是：大明朝民心已失，气数已尽，大厦将倾，非人力可挽回。改朝换代只是时间问题。朝廷里那些公侯将相，谁都似吃了萤火虫一般——肚里明，都在等，等靴子落地，估计撑不了几天了。为父的大限将至，是殉国是苟活都不重要了，重要的是你们四兄弟要好好活着，为荣家传宗接代，开枝散叶——

大儿子荣一甲见父亲讲话很吃力的样子，就对父亲说："您别说了，喝口茶，休息吧。"

荣鼎鼐摆摆手，说："我再不说，就没有机会了，我自病自得知。"

荣一甲招呼荣二龙、荣三元、荣四喜等三个弟弟到父亲床前，他带头跪在了父亲床前，其他三兄弟也跪下了。

荣鼎鼐喝了一口参汤后，精神头似乎稍稍好些，他又说："改朝换代，往往天崩地裂，生灵涂炭。我乃明朝大臣，到时灭满门，诛九族，所谓覆巢之下无完卵，随时有这种可能。你们四兄弟，必须趁现在尚未封城、尚未开杀戒之前，逃出京城，逃得越远越好，且万万不能一个方向、一个城市。万一被抓被杀，也不至于四兄弟全都罹难。"

荣一甲、荣二龙、荣三元、荣四喜四兄弟听父亲这么一说，感到了问题的严重性，异口同声说："孩儿谨遵父亲教诲！"

荣鼎鼐打起精神，拿出一只盒子，盒子里有一块四方的玉，这块玉由四小块组成，他郑重其事地给四个儿子每人一块方形的小玉，再三强调各自保管，绝不能丢失。为安全计，暂时尽量不要见面，实在想见，十年后的中秋，到京城和记当铺相见。如果你们四兄弟这辈子难以相见，那来日孙子辈可以凭此玉牌相认。

果然，没多久，李自成的农民军进了京城，绝望中的崇祯皇帝用一根绳子去见了列祖列宗，大明朝大厦倾倒。好在荣一甲、荣二龙、荣三元、荣四喜四兄弟已按父亲生前关照的，从东南西北四个方向离开了京城，走啊走啊，一直走到确定再没有人能认识的地方，才各自落脚、谋生。

荣鼎鼐死前，把总管、账房、护院、佣人等都遣散了，李自成的部队在京城的时间不长，来不及追问荣鼎鼐子女的去向与财产的下落，所以四兄弟如今在哪，也就成了谜。

再后来，清兵入关，坐了江山。清廷对明朝余孽一直追得很紧，对于兵部侍郎荣鼎鼐四个儿子的去向是登记在册，需要追查的。

不知从什么时候开始，坊间有一种传言，说崇祯皇帝上吊前，把大批的金银珠宝交给了某个大臣埋藏，以图复国之用。

清廷追查了很久，没有结果，怀疑与兵部侍郎荣鼎鼐有关系。其一，荣鼎鼐是领兵打仗的。其二，荣鼎鼐早不死，晚不死，明朝亡前几天，他一命呜呼了，真死还是假死？其三，他的四个儿子，在李自成进城前集体人间蒸发，不知所踪，绝不简单。

花开两朵，各表一枝。再说荣鼎鼐遣散的家丁中，有个叫阿珲的，好赌，常言道十赌九输，被赌坊逼债，要剁他的手，情急之下，他脱口而出：我家主子有钱！

清廷知道他是荣鼎鼐家遣散出来的，如获至宝，严刑拷打，逼他讲出荣家的秘密。

这后，坊间又传出荣鼎鼐死前把藏宝图给了四个儿子，这藏宝图就是方形玉牌，由四块小玉牌组成。

江湖惊动，朝廷惊动，朝廷与各门各派都在各地寻找荣一甲、荣二龙、荣三元、荣四喜四兄弟的下落。幸好四兄弟都火烛小心，行事低调，不露富不露财，不露底不露才，也互不来往，竟没有露出什么破绽，过了十年提心吊胆的太平日子。

白驹过隙，一晃十年过去了，清王朝也算坐稳了江山，虽偶尔有所谓明朝余孽复国的骚动，但都不成气候。

荣一甲十年未见三个弟弟了，甚是挂念，看看留发不留头的惨烈都尘封于历史了，他抚摸着玉牌，思来想去，决定去京城赴十年之约，但不知三个弟弟会去吗？

荣一甲到京城找到了和记当铺，拿出玉牌，掌柜很客气地邀他去里间雅室相谈，结果荣一甲很快被擒住。

原来阿珲早把和记当铺供出了，清廷的密探在此守株待兔已好几年了。

到晚饭前，荣二龙、荣三元、荣四喜三弟兄也先后千里迢迢赶到了，被逐一拿下，四兄弟的玉牌全部缴获，呈到了皇帝的御桌上。皇帝反复观看，晶莹剔透，白玉无瑕，确是上好的和田玉牌，但正反两面都没有图案，更看不出有什么藏宝图的秘密。四小块玉牌分别镌刻着“家”“和”“万”“事”四个字，合在一起，玉牌的背面是一个“兴”字。

难道这就是荣家的传家宝物？

皇帝反复琢磨，反复参悟，最后竟出乎意外地没有诛杀荣家四兄弟，仅仅是没收了四块玉牌。

写于2020年3月2日

镇国公

信使八百里加急，马不停蹄赶到京城急报：边境强敌来犯！边城危在旦夕！

救场尚且如救火，救边陲比救火更急，急需派大军驰援。

俗话说兵马未动，粮草先行，筹款筹粮，刻不容缓。

皇帝头都大了，急召大臣殿前商议。

因和亲，边陲已太平了二十多年了，虽然未刀枪入库，马放南山，只是常年不打仗，如今的兵士已不知道两军交战，血肉横飞，尸横遍野了。那些将领也大都泡在温柔乡里，陌生了排兵布阵，战斗力已大不如从前。

派谁挂帅领兵出征呢？皇帝急啊。

满朝文臣武将，没有一个肯站出来勇挑重担，替皇上分忧。

皇帝气得摔了茶杯。

宰相裴隐峰建议启用已闲居乡下的老将军崔西铭。

皇帝不是没有想过崔大将军，是崔西铭将军在军中威望极高，门生弟子遍军营，一呼百应，民间有“常胜将军”的美誉。尽管他忠心耿耿，但对皇权来说，能打仗、会打仗的将军手握兵权总是个潜在的威胁，皇帝不能不防。二十年前还是听取了翰林院编修新科探花裴隐峰的妙计，才卸了崔西铭将军的兵权。如今又是这个裴隐峰要朕重新启用崔西铭将军，葫芦里卖的什么药？算是病急乱投医，还是闻鼙鼓而思良将？抑或有什么阴谋？

只是，眼下朝中无人有资格有本事挂帅出征，扳着指头数过来，也只有请崔西铭将军出山了。

皇帝还有个小九九，他也想趁这机会看看崔西铭将军到底什么态度，是不甘寂寞，急于重掌兵权呢，还是只想颐养天年，真的不问政事了？

皇帝命太监去乡下宣旨，任命他为天下兵马大元帅，统兵五十万，急驶边陲，抗击来犯之敌。

崔西铭将军已料到皇帝会请他出山。他考虑再三，决定婉谢。为什么呢？因为他知道皇上对他始终不放心，如果再度兵权在手，难免又成皇上心病。

崔西铭将军借口身体不好，说医嘱不宜外出，无法领命。

皇帝见崔西铭将军不恋权，反倒稍稍放了几分心。

无奈边陲一日一信使，催得紧，说边城已顶不住了，再无援兵，就可能兵败如山倒，一旦屏障尽失，京城危矣。

皇帝已顾不得崔西铭将军是否功高盖主，先救眼前再说，宰相裴隐峰胸有成竹，自告奋勇前去面请。

宰相都亲自上门了，多大的面子与诚意，难不成让皇帝亲自上门吗，崔西铭将军无法再拒，只能接了圣旨，披甲上马，领兵出征。

崔西铭将军打仗真的有一套，调兵遣将，排兵布阵，硬的硬，软的软，软硬兼施，仅几个月工夫，不但收回了边城等失地，还斩杀对方数位大将，缴获牛羊无数。

捷报传到京城，让皇帝悬着的心总算放了下来。

皇帝兴奋之余封崔西铭将军为镇国公。

边城的百姓都说：崔西铭将军是战神！

他们听说镇国公崔西铭要回京城述职，都依依不舍，夹道欢送，那场面很是感人。

镇国公前脚离开边城，后脚就有民间发起募捐，要为崔西铭将军建生祠。

当地老百姓踊跃捐款，很多百姓愿为建祠做义工。

真所谓众人拾柴火焰高，镇国公生祠也就半年工夫就造好了，供奉了镇国公的像，虽是泥胎，却有彩绘，与真人般大小，端庄、肃穆、威严，都说有几分神似，香火还颇旺。

镇国公生祠造好不久，弹劾崔西铭的奏章已送到了皇上的案头。说镇国公胆大包天，竟敢私造生祠，而且壁画的龙竟是五爪金龙，即便皇家寺庙也只能画四爪金龙，这是僭越，是杀头之罪。

宰相裴隐峰上奏章说，国有国法，家有家规，皇上历来赏罚分明，镇国公功是功，罪是罪，功罪相抵，贬为庶人。

皇帝准奏。

同时，皇帝赐了崔西铭一座园宅合一的院子，还赐了佣人与护院的士兵，让崔西铭安度晚年。

崔西铭知道自己被软禁了。也就每天种花、养鸟，打拳、舞剑，修身养性，不问世事。

民间赞誉四起：皇帝真的宽宏大量，仁者仁心。

皇帝很满意，对宰相裴隐峰很是佩服，觉得裴宰相算无遗策，城府深不可测，只是从此对宰相裴隐峰也有所提防了。

后来镇国公崔西铭获悉，造生祠是有人推波助澜的，画金龙壁画的是来自京城的一位画师。有人看到画师曾经多次出入过宰相府。

写于2020年3月3日
原载《金山》2020年7期
被《微型小说选刊》2020年18期转载
被《小小说月刊》2020年10月（下半月）转载

回归大唐

公元848年一个冬天的无月夜晚，连一颗星也没有，天黑得像锅底，只有寒风肆无忌惮地吼叫着。夜色、朔风掩盖了一切。在村西头的张姓祠堂里，张议潮的弟兄们、叔叔伯伯们，以及邻居们陆续都摸黑进了祠堂。

张议潮借着火把看看差不多到齐了，就说道："我们本来都是良民，都是大唐的子民。只因安史之乱，朝廷顾得了头，顾不了腚，让吐蕃这蛮夷之族夺取河西、陇右数十州土地，我们世世代代生活在这块热土上的百万余老百姓沦为了亡国奴，沦为了贱姓农奴，过着生不如死的日子。我们盼星星盼月亮地盼着唐王朝能派大军来解救我们，可百余年了，我们好像被抛弃了。请问，你们哪个甘愿子子孙孙都赭面纹身，衣胡服，穿胡鞋，学蕃语，讲鸟语，受压迫，受剥削？"

张议潮的叔叔张向汉说："自从河西被吐蕃吞并后，我们过得猪狗不如。传统的礼仪，祖宗的规矩，都快荡然无存了，连祖宗的汉服，也只有过大年时，才敢悄悄从箱底取出，偷偷地祭祀祖先，我们真是枉为华夏子孙啊！"

张议潮的结拜弟兄张三斧说话就比较直了，他大着嗓门说："自古有官逼民反，民不得不反的说法。奶奶的，反了！砍头不过碗大的疤，大不了二十年后再是一条好汉！"

张议潮读过私塾，素有大志的他还熟读兵书，且自小习武练气功，算是文武兼修，作为河西豪门子弟他是见过点世面的。他摆摆手，让大家安静下来。分析说："近几年，吐蕃内乱，奴隶起义闹得吐蕃国顾此失彼，大伤元气。最近，河西节度使尚恐热与尚婢婢自家人争权夺利打了起来，吐蕃朝廷自顾不暇，鞭长莫及。这对我们来说，乃天赐良机，我夜观天象，要变天了。我决定：宣布起事！回归唐朝！"

"回归唐朝！回归唐朝！！回归唐朝！！！"所有人众口一致，群情激昂。

张议潮在河西一带算是有头有脸的大户，家底殷实，他变卖土地、房产、金银、古董，开始招兵买马。

套句司马迁的老话，河西的汉人"苦秦久矣"，见有张议潮登高一呼，带头反抗暴政，又打出了"驱逐吐蕃，回归大唐"的大旗，那真是一呼百应，响应者众。送子的送子，送夫的送夫，捐钱的捐钱，捐粮的捐粮，民心所系，莫过于此，总之，压在几代人心底的怨气就此点燃、爆发，痛快痛快！

百姓都知道，不反是死，反也是死，反了，或许还有一线活路，故那些参加义军的百姓，一个个拼死作战，无惧无悔。

河西节度使尚恐热与尚婢婢正打得不可开交，腾不出手来分兵镇压张议潮。这给了张议潮坐大的机会，他的兵滚雪球般壮大，接连攻克了沙洲、瓜州等。

张议潮心里明白，如果没有唐王朝的驰援，能不能守住，能不能扩大战果，再接再厉，是个未知数。为了名正言顺，为了得到大唐的支持，张议潮决定派出信史去唐王朝报信报捷。他知道凉州还在吐蕃手里，信史要突破凉州守军的防线与截杀，不是那么容易的。

张议潮的结拜弟兄张三斧知道这是个九死一生的硬任务，也是关系到义军能不能生存下去的关键，主动请缨，带着两名有武功的兄弟出发了，但很快传来消息说：张三斧的人头被挂在了凉州的城门口了。

张议潮又接连派了几拨信史，可惜都功败垂成。

张议潮的叔叔张向汉认为：硬闯看来不行，就由他假扮算命先生，试试能不能混过凉州？

谁知河西节度使尚恐热已料到张议潮可能会派人去唐朝求援兵，城门口严加盘查，稍有怀疑就打入大牢，甚至格杀勿论。张向汉毕竟不是真正的算命先生，被看出破绽，关进了凉州大牢。

后来，张议潮又派出信史，伪装成生意人、伪装成游方郎中等，谁知尚恐热下令封城，任何人不得去长安方向。

眼见已先后派出九批信史了，无一成功。张议潮很是着急。他女儿张巾帼了解父亲在为信史的事头疼、犯难，就对父亲说："我来试试吧。"

张议潮虽然舍不得，怕女儿有意外。但知女莫若父，女儿张巾帼从小就跟自己习武，拳术、剑术不咋样，但轻功却甚是了得。

张巾帼拿了父亲张议潮给唐宣宗的亲笔信后，就乔装出发了。到了凉州后，她察看地形，摸熟了城门口守军的值班、换班时间。在又一个无月之夜，她攀上靠城墙的一棵大树，再利用轻功跳到城墙上，最后趁兵士换班间隙，用绳子下到了城外，在夜色掩护下，隐身而去，最后来到了长安。

唐宣宗接到张议潮的报功信，喜出望外，认为这是收复河西的极好机会，立马派出军队迅速驰援。

张议潮闻知唐朝大军到了，士气高涨，在他的运筹帷幄、身先士卒下，连克敦煌、张掖、酒泉、金城、会宁、上邦、清水等十一州，全都献给了唐朝。唐宣宗龙颜大悦，封张议潮为归义节度使，总率河西十一州。公元867年，张议潮进京面圣，被封为右神武统军，后晋官司徒。

张议潮女儿张巾帼后来嫁了一位武状元，可惜因系女性，家谱上没有记载。

1100多年转眼就过去了，张议潮的丰功伟绩也淹没在历史的浩瀚故纸堆了，幸好敦煌莫高窟156号石窟至今还保存下了《张议潮统军出行图》的壁画，还有极少数史学家与当地的文史研究者知道他曾经的功绩。

写于2020年3月7日

火梨花枪传人

明嘉靖年间，与戚继光并称为“俞龙戚虎”的抗倭名将俞大猷的军队驻守在江浙沿海一带，为了有效抗击倭寇，俞大猷两手准备，一面聘请民间武术高手教授兵士擒拿格斗之术，一边加紧火枪的研究。

在俞大猷聘请的高手中有一位叫凌红缨的，乃梨花枪传人。这梨花枪在凌红缨手中，可以舞得虎虎生威，花样百出，十七八个兵士也休想近身。更绝的是这梨花枪的枪头下绑有竹管，竹管里装上火药，可以点燃发射，就成了威力无比的火梨花枪。这在当年冷兵器时代绝对算先进武器。

俞大猷命匠人抓紧赶制梨花枪，要求凌红缨训练出一批能熟练使用火梨花枪的士兵，以便抗击倭寇时派上用处，发挥威力。

凌红缨的火梨花枪乃祖传，他一直在改进火药的配方，增强火枪的杀伤力。

父亲传给他时，火梨花枪的火焰大约在1000摄氏度稍超过点，凌红缨经过无数次的实验，把硫黄、雄黄、硝石、蜜炭的比例反复调整，后来，他配方的火药能达到1300多摄氏度的高温，瞬间就能让对方丧失战斗力，非死即残。这还不算，凌红缨还与匠人一起改进竹管，从竹管的材质、直径，到竹管的长度，也是试了又试，慢慢达到了可喷到10米以外，只要一点燃，一引爆，立马火花四溅，“砰”一下，火焰直射对方。说起来，前后最多几分钟，硝烟就散了，可对从来没有见过火梨花枪的人来讲，那心理压力好大，往往在惊慌失措之际，发现头发、衣服都烧了起来。手上、脸上全是水泡，火辣辣地疼，严重的，那皮肉滋滋滋地像在火炉上烤肉，太吓人了。

凌红缨不满足已取得的成绩，还在没日没夜地改进武器，训练士兵。他对外还封锁了消息，不让外界知道他火梨花枪的真正威力，他视火梨花枪为秘密武器，希冀在战场上大显神威，一举击败倭寇。

初夏的一个早上，娄江口突然来了两艘海盗船，为首的正是横行于江浙沿海一带的倭寇头目渡边长胜，他出身于渔民世家，惯于海上生活，加之从小习武，又有一身蛮力，如论近身格斗、搏击，以一当十不是吹牛。他收罗了一批地痞、无赖、小混混，以抢劫为生，横行沿海。天稍一热，渡边长胜就喜欢坦胸露乳，赤裸上身，以显示他一身栗子肉，摆出他刀枪不入的牛哄哄的劲儿。

渡边长胜已派出细作打探清楚了，娄江口是长江入海口一带最富有的地方，说富得流油没有水分。元朝的时候，朝廷在这儿设立了海关，全国最大最重要的海上漕运码头就在那儿，漕粮、瓷器、丝绸，进进出出，热闹过至少百年。如今漕运衰败了，可有钱人家、殷实富户依然很多，不抢这儿抢哪儿，不抢白不抢。那些娄江卫的士兵，在渡边长胜眼里都是不堪一击的酒囊饭袋，他已无数次证明，只要把海盗旗一扬，东洋话一喊，呼啦啦往上一冲，杀戒一开，那些士兵就哭的哭，喊的喊，躲的躲，逃的逃，没有几个真敢拼命的。

渡边长胜命人扛上海盗旗，挥舞着东洋刀，狂喊着“八格牙鲁！”“死啦死啦！”……冲向了娄江口的村庄。

凌红缨严阵以待，等的就是这一天，众将士埋伏着，端着火梨花枪，一声不吭，只等凌红缨教官的命令。

凌红缨真沉得住气，眼看倭寇逼近了，他依然淡定得像一尊佛像，看着倭寇50米、40米、30米、20米、10米，突然，他大喝一声：“开火！”

火梨花枪编队的士兵手上的上百杆枪几乎同时爆响，冲在头里的那些浪人立马鬼哭狼嚎起来。乖乖，什么家伙啊，这么厉害！

原来，凌红缨训练的火梨花枪，已不单是加火药了，他还加了铁砂、铁弹，更使杀伤力倍增，犹如猎人的霰弹枪，一打一片，任你金钟罩、铁布衫，对不起，全血肉横飞。更绝的是，凌红缨还在硫黄、硝石、木炭里加上樟脑等，这样，不仅有火焰，有爆炸声，还有浓浓的黄色烟雾，呛得流泪，模糊了双眼，看不清东南西北，连呼吸都十分困难。

那些日本浪人大都赤膊上阵，或只穿肚兜，哪经得住1300多摄氏度的高温，在火梨花枪的喷射下，死的死，伤的伤，哭爹的，喊娘的，洋相百出，狼狈不堪。

渡边长胜没有冲在最前面，幸免于难，但也被烧得面目全非，他急令："退兵退兵！"

凌红缨下令："追击！"

这一战，让渡边长胜损兵折将，其精锐死伤过半，大伤元气。他自己也瞎了一只眼，脸部留下了永难恢复的疤痕。从此，渡边长胜麾下的倭寇再也不敢轻易到娄江口骚扰、抢劫了。

娄江口太平了好几十年。

据说明清时，娄江民间有将军庙，一说供的是俞大猷，一说供的是凌红缨，还有的说，塑像前还供着一把火梨花枪。可惜，将军庙如今只剩传说，连庙基在哪也无从寻找了。

写于2020年3月18日

张骞与他的匈奴女人

汉武帝刘彻最头疼的是北方的匈奴，时不时来骚扰边境，抢夺大汉的粮食、牛羊马匹，还残杀边民，抢虏边民，染指中原，贼心不死，是可忍孰不可忍。可匈奴生性彪悍凶蛮，长于骑射，战斗力极强，且来无踪去无影，就算派大军也往往无功而返，匈奴成了大汉帝国最强悍的敌人、最严重的边患。

汉武帝听说西域有个月氏国，长期受匈奴的欺压，试图反抗，可实力不济，也就心有余而力不足。有谋臣献计：月氏国与匈奴乃世仇，可联合月氏国来个东西夹击，击溃匈奴。

汉武帝觉得此计可行，如果有月氏国抄了匈奴的后路，还怕他逃之夭夭，不乖乖臣服吗？

可派谁去联络月氏国，达成联盟呢？这可是个生死难料的艰巨任务啊。汉武帝万万没有想到站出来愿意冒险前往的是一个叫张骞的宫廷侍从官。张骞是年纪轻了些，职位也不算高，但看他信心满满、颇想建功立业的样子，汉武帝准了。

经过一番筹备，西汉建元二年（公元前139年），27岁的张骞手持汉武帝亲手交予的汉使符节，聘请了归顺并定居于长安的匈奴人堂邑父做向导，带领一百多人的使队，由长安出发，出使西域。

根据堂邑父的情报，到达月氏国要穿过匈奴的领地，为了安全起见，队伍往往不走大路，走小路，还常常夜行昼停。然而，在穿越河西走廊时，还是不幸撞上了匈奴巡逻的骑兵，张骞一行被俘，押到了匈奴王庭。

匈奴的军臣单于觊觎中原已久，知道张骞出使月氏国，猜测对匈奴不利，但两国交战，尚且不斩来使，似乎没有理由杀张骞。单于就把张骞软禁在匈奴营地，还赏赐了一个妙龄姑娘给张骞做老婆。姑娘二八年纪，还算有几分姿色，系须卜氏的，也算是军臣单于的远亲。

张骞心里明白，这是来监视他的，来软化他的，来套他情报的。

张骞是读书人，对须卜氏客客气气，敬重有加，可以说是相敬如宾，举案齐眉，还教须卜氏识字与大汉礼仪。须卜氏对张骞的敌意、警惕慢慢消解，监视来监视去，也汇报不出张骞有什么不轨之举。

一晃十年过去了，单于对张骞的防备之心也淡了松了，特别是须卜氏怀孕后，单于觉得张骞不可能再回长安了。

张骞呢，一刻也没有忘记自己的使命，时不时抚摸着那根枣木汉使符节，一直在苦等机会。

须卜氏发现张骞常一个人望着长安方向发呆，一坐就几个小时。有几次睡着了还在梦中说："陛下，对不起！我没有完成您交付的使命，臣不甘心啊，不甘心啊！……"

须卜氏不禁有点感动，觉得男人是个忠心耿耿之臣，是个做大事的人。

元光六年（公元前129年），单于生日那天，整个部落喝酒庆生，将士们喝得酩酊大醉，正好又是个无月无星的夜晚，张骞与堂邑父叫上了几位大汉来的兵士，连夜出逃。须卜氏身子重，不便同路，又念在张骞这些年来真心待她，也就没有去告发。她只希望为张骞生下一男半女，下半辈子也好有个依靠。

等军臣单于发现张骞失踪，张骞一行已消失在茫茫戈壁。恼怒的军臣单于鞭打了须卜氏，导致须卜氏早产，竟是已成型的男孩，可惜夭折了，须卜氏哭得死去活来。

张骞经过九死一生，总算找到了大月氏国，亮了身份，验了文书，可西迁后的大月氏国新王对偏安一隅已很满足，已没有雄心与匈奴对抗。

张骞见无法说服大月氏国的新王，只能返回长安。不巧的是，在归途中，经过青海羌人地区时再次遭遇匈奴的兵士，又一次被俘。

军臣单于哈哈大笑，笑张骞最终无法逃脱自己的掌控，不过为了弥补须卜氏的丧子之痛，依然让她服侍、监视张骞。

须卜氏万万没有想到此生会再次见到张骞，想想单于对她的残暴、无情，她决心与张骞相依为命过一辈子。此时的她，心已完全在张骞身上。须卜氏知道张骞执意要回长安，已打定主意，暗暗助他一臂之力。

也算天助人愿，元朔三年（公元前126年）初，匈奴为争夺王位发生了内乱，一时自顾不暇，张骞准备和堂邑父逃回长安，这一切自然瞒不过须卜氏，她把自己愿意同行共生死的想法向张骞和盘托出，张骞默认了，因了须卜氏的帮助，与堂邑父、须卜氏三人骑三匹快马在夜色的掩护下，直奔长安而去。

汉武帝做梦也没有想到13年后，张骞还能不辱使命，平安回到长安，把那根已摸得油光发亮的枣木汉使符节原物奉还，朝野为之轰动。

一个单于的远亲，奉命监视张骞的匈奴女子，怎么可能真心实意帮助张骞逃跑呢，会不会另有阴谋？大臣们对这位匈奴女子好生奇怪、疑虑。须卜氏倒也快人快语："13年来，张骞对小女子怜悯有爱，不打不骂，尊我敬我，把我当人看，这在匈奴绝无仅有，我能不知好歹吗？我生是张骞的人，死是张骞的鬼，能跟随张骞，我无怨无悔。"

张骞因为做了有心人，13年来，考察、记录了匈奴与西域的地理位置、交通路线、物产气候，与中原以外的风土人情，还带回了葡萄、苜蓿、石榴、胡麻等中原没有的物种，汉武帝大喜过望，封张骞为太中大夫。

回到长安后，张骞过上了安定的生活。须卜氏也像老鼠跌在白米囤里，她见识了大汉皇朝的繁华，锦衣玉食，过上了与戈壁草原游牧民族完全不一样的生活。可长安终究不是她的家乡，她没有亲戚，没有闺蜜，无所事事，闲得发慌。而张骞太忙，还常出差，一去就是十天半月，或好几个月。独守空房的须卜氏更理解了张骞当年思念长安的痛苦。长安的饮食是好，可须卜氏不习惯，一个人郁郁寡欢，不知是不是水土不服，终于思乡成疾，一病不起，等张骞出差回来，发现须卜氏已病得很重了，药石无效，临终前，须卜氏拉住张骞的手说："陪了你十几年，守了你十几年，你也爱了我十几年、宠了我十几年，此生足也，唯一的遗憾，没能为你留下子嗣……"

由于须卜氏系匈奴女人，也没有明媒正娶，在张骞的家谱上没有记载，在史书典籍上也没有记载，但这个女人值得为她记上一笔，是为记。

至于张骞三年后第二次出使西域，归来后封为博望侯，那是另一段史实。

写于2020年3月21日

老将军挂帅出征

因皇帝崇文，朝廷多儒雅之士、饱学之士，原本民间的尚武之风淡了消了。自“好男不当兵，好铁不打钉”流行起来后，当兵出身的，就算军功赫赫，官至将军也比读书人矮了三分。

太平的日子过得很快，马放南山也就百余年，西夏人来犯边境了，为首的拓跋思赤率30万大军，气势汹汹而来。

而边陲只有厢军驻守，所谓厢军相当于戍边的准军人，其实也就等于有军队编制的农民，平时也没有训练，哪有什么战斗力。在强大的党项骑兵的冲击下、砍杀下，节节败退，溃不成军。

朝野震动，君臣惶惶。当务之急是要速速派出一位能指挥三军、反败为胜的将军。可多年不打仗，年轻一代的将军连战场都没有上过，血也没有见过，杀伐都没有经历过，怎么上阵冲锋陷阵？

有人提出，唯有请老将军白近鹏挂帅出征，毕竟他曾是禁军的将军，目前战斗力最强的禁军唯有交给他才放心。

皇上考虑来考虑去，只好请老将军白近鹏出山。

白近鹏身子骨倒还算硬朗，但终究古稀年纪了。他对皇帝说：领兵打仗可以，但上了年纪，头疼脑热、伤风咳嗽常有的事，不比在家中，叫一声郎中就来了，上了战场，万一生病，叫天天不灵，叫地地不应，那就麻烦了，贻误了军机那不是开玩笑的，希望能派一位御医作为随军医生，以备不时之需。

皇上觉得有道理，反正宫廷里御医养了很多，不缺一个两个，就说：爱卿你自己挑，挑中谁就是谁。

白近鹏挑了一个擅长医治肛肠的谢御医，皇上虽觉奇怪，也没有多问，准了。

谢御医也是小六十的人了，一辈子在皇宫里，这次到边陲，说是大开眼界也对，就是天天得骑马，苦了他。

多年前，白近鹏致仕，闲来无事，一直在家研读《孙子兵法》《孙膑兵法》《吴子兵法》《太公兵法》《太公六韬》《司马法》《尉缭子》《黄石公三略》等，对行军布阵、设伏围歼、攻守防御都颇有心得，故这次重新出山，他踌躇满志，志在必得。

一到前线，白近鹏就查看地形，摸清路线，派出细作，侦察敌情，并进行了周密的布置。只休整了三天，就夜袭了党项人的一个军营，大获全胜。白近鹏还亲自斩杀了西夏的一位头领。

初战告捷，真是痛快。可老话说“年岁不饶人”，白近鹏将军到底是过了七十大寿的人，连续的骑马急行军，颠得厉害，让他最担心的痔疮病犯了。幸好有先见之明，让谢御医做了随军医生。

谢御医果然不是浪得虚名的，他检查了老将军的臀部，说是外痔，老毛病了，蛮严重的，不宜再骑马行军了。

那怎么行，出兵打仗，哪有不骑马的，为将为帅的，哪有不冲锋在前的？

谢御医说：“你可以稳坐中军帐，运筹帷幄，发号施令啊。如果再骑马奔走，剧烈行动，神仙也救不了你。”

谢御医开了药方，用大黄、蒺藜、功劳木、白芷、冰片等煮成汤药，再加猪胆汁，让白近鹏老将军喝下。

不说药到病除，但确确实实有好转，有起色。

在谢御医的坚持下，白近鹏将军没有乘胜追击。白近鹏将军估计党项人经这次重创，十天半月之内也不大可能有什么行动，准备等痔疮好了，再一鼓作气，直捣西夏的老巢，活捉拓跋思赤。

谁也没有想到西夏的党项人真的不要命，明明吃了败仗，竟然还敢派出精锐的小股骑兵组成敢死队，在一个月黑风高的夜晚，偷袭白近鹏将军的营地，并用火箭猛射帐篷，引起大火，火借风势，酿成火烧连营。

白近鹏将军到底是军人出身，不慌不乱，组织起反击，把夜袭的党项人骑兵杀了个片甲不留，一个不剩。

天亮后，清点人数，死伤不多，就是烧毁了不少营帐。最让白近鹏将军意外、吃惊的是谢御医为了冲进帐篷抢救出那些中药，不幸被流箭射中，活活烧死。

奇耻大辱，奇耻大辱啊。白近鹏将军发誓要报复，要打得西夏伤筋动骨。

白近鹏将军策划了南北夹击，围歼于贺兰山下的作战方案。他顾不上痔疮还未痊愈，披甲上阵。

没有了谢御医，没有了中草药，加之心情不佳，睡眠不好，没有几天，白近鹏将军的痔疮再次复发，不但疼，还血流不止。

白近鹏将军忍着疼痛，挥剑向前。可能是路太崎岖了，白近鹏将军的痔疮破裂，疼得摔下马来，士兵见将军的下身全是血，以为将军中箭受伤了，忙救护将军后撤。顽强的党项人一看机会来了，绝地反击，结果反败为胜。

因谢御医死了，其他随军医生都只会治刀伤剑伤，对白近鹏将军的痔疮一筹莫展，大热天，感染发炎了，就这样白近鹏将军死在了边陲。

大军也就无功而返。天热，尸身无法保存，白近鹏将军就没有被马革裹尸，送回老家，而是就地埋葬。

这次失败，让皇上很没面子。白近鹏将军以病故处理，因事关痔疮，史书上一笔带过，后来也就湮灭于历史的尘埃中了。

写于2020年3月25日

孔明灯

阳阳与月月同是七丫村的，阳阳比月月大一岁，阳阳很照顾月月，月月也喜欢阳阳。

月月的父亲有一手绝活就是做孔明灯。

月月从小就爱看夜色中的孔明灯。

月月6岁那年的中秋节，云层厚，看不到月亮，多事之秋，活在乱世的人们连免费看看月亮的乐子也没有了，只能喝酒解闷解愁去了。

月月从家中偷拿了一个孔明灯，来找阳阳，说：没有月亮，我俩放一个上去。但她要求阳阳在孔明灯上画个月亮，以表示这是月月的孔明灯。

聪明的阳阳用剪刀剪了一个弯弯的月亮，用饭粒粘贴在了孔明灯上。

七丫村的村头，有棵千年古香樟树，这是月月与阳阳最喜欢来玩的地方。

看着孔明灯在漆黑的夜空中升起升起，浮在空中，飘向远处。月月说：以后每年中秋你我都点一个孔明灯，我画月亮，你画太阳。

两人还拉了钩。

突然，马蹄声越来越近，还没有等阳阳与月月反应过来，就一人被一个袋子罩住了，掳到了人贩子的马背上。

阳阳与月月彼此再没有见过面，不知对方是死是活，长长的思念埋在了各自的心底。

一晃十多年过去了，往事不堪回首，阳阳被训练成了死士。

阳阳曾试图寻找过父母，寻找过月月，但七丫村已被屠村，一切的一切都灰飞烟灭了。阳阳唯一的希望，就是月月能逃过一劫。

那年他20岁，代号“阳”。

中秋前一晚，头儿给他的任务是摸清敌国细作的巢穴，务必在中秋夜击杀。

而细作是男是女，是老是少，是多是少，他一概不知。唯一的线索是：中秋夜，细作会放孔明灯传递情报，可以顺藤摸瓜，一举灭之。

阳一听孔明灯、中秋夜，心里兀自一动。

这是一个月色朦胧的夜晚，天一黑，阳就开始注意夜空，观察有无孔明灯升空。

申时，没有动静，酉时，没有动静，戌时，还是没有动静，难道情报有误？阳不死心，一直等到亥时，在东北方向，有一只孔明灯升起了。阳骑上马，朝孔明灯升起的方位快马加鞭追了过去。

阳瞥了一眼头顶的孔明灯，隐约看到孔明灯上画着一个弯弯的月亮，难道是她，是与自己青梅竹马的月月，是自己梦里都想找寻的月月？

阳的心，一紧，有一种莫名的刺痛感。

阳判断，那个独家小院很可疑，孤零零地位于河边，院后面是片小树林，能进能退，且很隐蔽。

阳还未靠近小院，狗就狂吠了起来。打草惊蛇了，秘密击杀已不可能，只有强攻，以死搏命。死士的命就是如此。也许，今晚，任务与生命，只能二取一了。

谁知，没有弓箭手，没有埋伏的兵士或江湖高手，小院除了狗叫，没有其他声响。

阳利用轻功，跃上了院外的一棵百年老榆树，向院内一看，隐隐约约见院子的空地上放着一张长桌，似乎有酒有菜，桌边放着一只孔明灯，阳吃惊地发现孔明灯上贴着一个弯弯的月亮。

难道老天开眼，成人之美，真让我踏遍铁鞋无觅处，在此找着月月了？

“进来吧，是敌是友，干了这一杯再说。”园内的主人开了腔。

阳飞身下树，落在院内。

月亮隐到云层里了，阳看不清主人的脸，但感觉是个女的。

“你是月月？”

“你是阳阳？”

两人抱在了一起，双双泪如雨下。

万语千言、千言万语要说。只化作一句：“快马在外面，我俩远走天涯吧。”

“来不及了，我是死间，快毒发身亡了。”

“有生之年还能见面，老天已很厚待我了。好，黄泉路上我陪你！”

月月说：“苟活到今天，总算见到了你，我死也瞑目了。”

阳阳，在孔明灯上画上了太阳，写下了：“我俩青梅竹马，苦命鸳鸯，请把我俩埋葬在七丫村的千年香樟树下。你会有好报的。阳绝笔。”

阳阳抱着月月，也喝下了那杯毒酒。

写于2020年4月16日

谋士

将军戍边多年，战功赫赫。

将军最器重的是谋士计无遗：其一，都是娄城人，有乡谊；其二，计无遗跟随将军多年，忠心耿耿；其三，计无遗熟读史书、兵书，出谋划策，算无遗策。

将军有事，第一个想到的十有八九是计无遗，会找他来商议，听听他意见。可以说，将军在计无遗那里没有秘密可言。将军知道的，计无遗都知道。但计无遗知道的，将军反倒不一定都知道。

这不，巡逻的兵士抓获了一名可疑的收皮货的商人，在皮袄的夹层里搜到了一封密信。不看不知道，一看吓一跳，竟是谋士计无遗写给敌酋耶律阿果的信，信的大意是：决战在即，北边有金人的大军，西边、南边有大宋的驻军，唯往东边，尚有一丝生机，望好自为之，后会有期……

这不是通敌吗？！

这不是叛徒吗？！

事关重大！兵士们不敢怠慢，连夜把截获的密信送到了将军的手上。

将军看后，大吃一惊。不过，他第一个反应是：不信。

不可能，绝对不可能！在他心里，就算全部将领都背叛他，计无遗也不会背叛他。假的，百分之百假的，一定是离间计，不能上当，万万不能上当。

将军也算粗中有细，他翻出了计无遗平时的书信等文字，仔细对照，看来看去，看不出造假，从笔画、墨色看，应该是计无遗的亲笔。最难以伪造的是那纸，是将军特制特用的，除了计无遗，副将都拿不到。

如果真是计无遗写的信，那太可怕了。说明辽人的谍者已经渗透到了兵营，已经成功地策反了将军最信任的谋士。

计无遗图什么呢？

将军想不通。将军自认为对计无遗还是了解的。他唯一的爱好就是看书，说他是书呆子，也不算讽刺他。他没有赌博的嗜好，也不近女色，即便偶尔喝酒，也很节制，从无喝醉的记录。那他有什么把柄在敌方手里呢，他怎么被敌方攻下的呢？

——家人？

也不可能呀。边陲与娄城相距十万八千里，辽人应该没有这个能力与魄力去绑架计无遗的家眷。

是不是我做将军的对计无遗不尊重，不够好，让他受委屈了，让他心寒了，促使他走出这一步？将军检点自己言行，没有啊。两人没有矛盾，一直相处得好好的，计无遗为什么要这样呢？将军想破头也想不出理由。

一夜未眠，还是毫无头绪。

将军请人把计无遗召到了中军帐，屏退了左右，说有要事与他商议。

将军把信放到了计无遗面前，说：“真的假的？给我一个解释。”

计无遗一看事情败露，跪在了将军面前说：“信是真的。在下全然是为将军着想，没有半点出卖的意思。”

“为我？你当我三岁孩子！”将军怒了。

计无遗很平静地说：“皇上对带兵的将军一直有戒心，一旦边陲太平，将军的好日子也到头了。”

“就算如此，我们难道为了一己之私利，穷寇不追，放虎归山？”

计无遗依然很镇定，说：“耶律阿果是个昏庸的主，他早晚会被金人击溃，辽晚一天完蛋，对宋利大于弊。辽的存在，金的存在，与我宋构成三角关系，互相牵制。如果辽灭了，金就独大，反而不利于宋，不利于将军，请将军三思。”

将军陷入了沉思。

“表面上看，我似乎是在帮敌人，其实，我是在帮将军你。没有了敌人，将军就可能兔死狗烹，更不要说重视了——”

“那不还有金？”将军打断了计无遗的辩解。

“金只要灭了辽，就是宋的大敌。以金的实力、野心、好战，将军你再想建功立业，就不那么容易了。万一失利，将军在京城的家眷就危矣……”

将军什么都明白了，相信计无遗不是通敌，是出于忠心的谋划。但计无遗给敌酋写密信已在军营传开了，人放不得。如果，押解京城，交大理寺审讯，无疑最终是个死。将军好为难。

计无遗突然站起来，抢过将军挂着的佩剑，一抹脖子，轰然倒地，就此去了。

将军哭得泪流满面……

写于2020年6月17日

墨子守城

春秋末期某年三月的一个上午，墨翟在家中用自制的推刨一下一下地刨平木凳上的那根木头，用眼瞄了一下，感觉大小、尺寸都符合要求了，就按榫卯结构的原理，用手中的木榔头轻轻地敲击起来，那些锯得笔直、刨得光滑的大大小小的木条，在手里横过来竖过去，最后变魔术般组合成了一辆车的车箱，再配上圆圆的木轮子，就可以人工推着走，也可以让牛拉着走。

墨翟的木工手艺在当地一向被人称道，甚至有人认为墨翟的木工手艺要超过鲁班。只是墨翟的志向不在木工手艺，也就不去宣传。

墨翟走出木工房，才发现桃红柳绿，春色如许。墨翟决定走出鲁阳，去外面的世界走走、看看，施展自己抱负的时候到了。

说起来墨翟祖上也是贵族，但到他那一代，已没落，只能放牧为生，做木匠为生。可骨子里流淌着祖先的某些基因，他觉得自己有理想、有抱负，要去推广，要去实现。此时的墨翟年轻潇洒，意气风发。他的头脑里已形成“兼爱”“非攻”“尚贤”“尚同”“非命”“非乐”等一系列的独家观点。

墨翟知道，自己的这些理念如果没有帝王欣赏，没有平台展示、实践，那就是纸上谈兵，空而又空。墨翟就近来到了宋国。宋国的国君宋昭公听了墨翟的一番言论，觉得还算是个人才就留下了他，并封为大夫。宋昭公虽然蛮欣赏墨翟，内心里还是觉得他资历尚浅，不知做的与说的是不是一样精彩？

当时的齐国是个强国，对宋国虎视眈眈，墨翟阐述了他的“非攻”理论，希望齐国息兵罢战，但齐国信奉的是以刀枪说话的丛林法则，正做着一统天下的春秋大梦，怎么听得进名不见经传的墨翟的话呢。

墨翟知道两国交战，已是箭在弦上。齐国大军压境，攻城是早晚的事。他只能退而求其次，实践他的“墨守”理论。他献出了自己深思熟虑的《备城门》一书，在这本书里，有他“深谋备御”的主张，他说：“备者，国之重也；食者，国之宝也；兵者，国之爪也；城者，所以自守也。”具体的守城防御之法有：高临法、水攻法、火攻法、反攻法等。譬如在城头上囤积石块、木料等沉重之物，以砸来犯之敌；再譬如在城头上置大铁锅，烧滚水，等攻城者登梯后，再居高临下倾倒浇之；再譬如用竹条、藤条编织成空心的圆球，内塞稻草与棉花，有人攻城，则浇上桐油，燃之，扔下城去；再譬如每一城垛处放一长竹竿，顶端有月牙形铁器，一旦见到攻城的梯子，就三人一组，月牙形铁器对准竹梯，合力往前推……

墨翟还提出了“守城者以亟敌为上”的积极防御指导思想。他从小放牧，对牛很了解。他集中了数百头牛，在牛的两只角上各绑一把锋利的尖刀，再把渍满油脂的麻绳绑在牛尾上，等齐军攻城时，点燃牛尾巴上的麻绳，打开城门，让牛冲向齐军队伍，那一个势如破竹，宋军再随之反击，反击时，推出墨翟设计的一辆辆用牛皮蒙着的战车，战车排成一排，突然，一声号令，那战车上端升起数米高的木塔楼，塔楼上站着两位射手，射手居高临下，专射齐军的军官，且全是精选的一等一神射手，一箭一个准。常言道“蛇无头不行，鸟无翼不飏”，千年以后，有“射人先射马，擒贼先擒王”的诗句，其实最早是射人先射将军，将军一死，兵士就慌了，就乱了，墨翟的这个谋略打得齐军措手不及，打得齐军慌忙后撤。

只是墨翟的火牛阵规模小，加之宋国后来又被齐国灭了，墨翟发明的火牛阵也就没人再提了。

守城期间，墨翟提出了“节葬”“节用”的观点。他认为齐军遭受火牛阵的挫败后，很可能会暂停一段时间攻城，也可能会采用围而不攻的战略，宋国的粮食就会出现危机，粮断恐生民变，粮断则军无斗志，所以必须管控粮食，节约用粮。在墨翟的建议下，宋昭公下令：朝廷以身作则，不再宴请摆席，民间的婚丧喜事的规模也需控制，凡发现浪费粮食，可举报，一旦查实，将予重罚。

俗话说“手中有粮，心中不慌”，宋国上上下下开始了节俭之风。

齐国围困了一个多月，不见宋国有丝毫内乱的迹象，很是奇怪，难道宋国有地下粮库？

老话说“兵马未动，粮草先行”。如果再旷日持久地围下去，攻不进，那齐国的粮草供应不上了，太耗国力了。眼见速战速决已不可能，齐国的国君只好下令班师回朝，这次无功而返，弄得齐国国君很没有面子。

齐国退兵后，宋国老百姓一片欢呼。宋昭公论功行赏，要奖励墨翟，提拔墨翟。谁知墨翟谢绝了宋昭公的奖励与提拔，辞官而去。

墨翟穿着草鞋，步行天下，开始在各地游学，他要把自己的思想、自己的理念传播开去。他还要拜访天下名师，学习治国之道，恢复自己先祖曾经有过的荣光。

朝阳冉冉升起，披着亮眼的彩霞，墨翟在学生的簇拥下，推着车子，向前走去。

写于2020年8月14日

当票姻缘

书生踌躇满志去京城应考，没料到名落孙山，这对他打击不小。回家途中，闷闷不乐，他下榻在弇山客栈，因心情不佳，破天荒地要了一壶酒、一碟花生米、一碟猪耳朵、一碟干切牛肉，在大堂的一角独自喝了起来。以前他滴酒不沾，难得喝酒，一壶酒还没有喝完，酒色就上了头，脸也红了，眼也水了，心跳似乎也加快了，最后竟站都站不稳，脚底像踩了棉花，发虚发飘，一个趔趄，倒在了地上。倒在地上的书生闭着眼躺了一会，感觉头不太晕后，他睁开眼，准备站起来回房间躺到床上去。

当他一睁眼，无意中瞥见桌底下有一张什么票，他捡起来一看，是一张当票，一张活当的票。当了300两银子，上写“祖传陆子冈玉雕一件”。

书生听说过陆子冈，知道陆子冈是明代嘉靖、万历年间著名的玉雕家，著名到什么程度？他是一个在当时唯一可与文化名流、达官贵人并起并坐的手艺人。凡出自陆子冈之手的玉雕件，都价值不菲。能拥有陆子冈玉雕的，不是官宦之家，就是殷实富户，一般不会随便出手，估计是家里有了急难事，才会忍痛出手祖传宝物。

书生凑近蜡烛，仔细一看，这当票是按估价的百分之二十付的钱，当期仅七天，现在已第三天了。书生不知是谁遗失的当票，但他为丢失者担起了心，要是丢失者找不到当票，再过几天，过了期如何赎回？

书生本来第二天就要启程回家的。捡了当票后，他决定在此等失主。

同路的另一书生见他不走了，就说：“你呀，真是读书读傻了，你知道这当票是真是假？或许人家根本不在乎，丢就丢了呢。”

“不可能，300两当票，不是小数目，得等，你先走吧，我等。”

书生问了跑堂，哪位在这桌子上喝过酒、吃过饭？跑堂说，吃了走，走了来，三教九流，来来往往，哪记得住。

第二天开始，书生坐在了大堂一角那张桌子上，看书，静等。

一天过去了，没有人来。

两天过去了，没有人来。

三天过去了，还是没有人来。

怎么办，等还是不等？书生对自己说再等最后一天，再过一天，这当票就七天到期，就算丢失者找来了，陆子冈玉雕件也赎不回来了。自己也算尽到责任，就可心安理得走了。

第四天中午，有个斯文的中年人匆匆来到了客栈，找到跑堂，问：“四天前，有没有人捡到一张当票？”

跑堂指指书生，说：“喏，这位书生已等了四天了。”

中年人告知书生，他是秀水山庄的管家，当票是他丢的。

书生问清了当票的内容，确认是这位管家丢的，就把当票还给了管家，并催促他赶快去当铺赎回，再晚就来不及了。

管家千恩万谢，请书生一起去当铺。陆子冈玉雕件赎回后，管家恳请书生无论如何乘他的马车去趟秀水山庄，与他家小姐见一面。

盛情难却，书生只好去了。路上管家告知：这陆子冈玉雕件是娄州平公子送他家小姐秀秀的定情礼物，平公子执意要亲自送到秀水山庄，谁知到弇州府时，一病不起，竟大去了。因看病，平公子的盘缠用得差不多了，管家也用得囊中空空，所剩无几，无奈之下，只得当了陆子冈玉雕件，雇人把平公子遗体送回了娄州，再回秀水山庄去拿了银子来赎玉雕件，没想到当票不见了。秀秀小姐虽然没有责怪，但管家知道，要让小姐彻底相信自己，唯有找回当票。于是，一路寻找，等找到弇山客栈，已耽误了几天。

秀秀二八妙龄，差点当了未亡人。幸好与平公子并未见过面，谈不上有什么感情，伤心一场而已。

秀秀听管家说了书生的事后，很是感动，觉得这样诚信、有善心、有人品的书生好难得，就诚邀他留下当西席。

书生因为赶考落榜，也有点无颜见江东父老的意思，考虑再三，就留下了。

管家有感于书生的恩德，有意促成一段良缘。秀秀小姐倒也蛮看得中书生，愿意嫁给他。但书生说："等我三年，高中后，一定风风光光来迎娶！"他读书更用功了。

没有想到第二年，朝廷就有恩科，书生再次进京赶考。中了三甲第三名，赐进士出身。

报捷的来到秀水山庄，秀秀小姐、管家才知道书生的大名叫：郝葆。

真所谓：一张当票牵红线，书生小姐结良缘。

写于2020年8月26日

探花夫人

民间向来把“金榜题名时，洞房花烛夜”看作人生最开心的事。

放榜那天，一甲前三名的万众瞩目，这三位乃人中龙凤，个个年轻、帅气，有才有貌。朝廷中多位府中有尚未婚嫁女儿的，都在考虑觅个乘龙快婿呢。京城的那些花魁也都蠢蠢欲动，期盼着新科进士来百花楼庆贺、放松，好沾沾文气，说不定钓个金龟婿呢。

放榜第三天，新科状元做东，多位新科进士被邀来了百花楼。当今的才子来到当今美女云集的所在，风云际会，那叫一个轰动。

百花楼的花魁消息都很灵通的，她们已知道：新科状元刚被皇上点为驸马，榜眼在老家已有家室，一甲三进士中，探花林天一尚未婚配，加之他英俊潇洒，一表人才，就显得鹤立鸡群，成了众花魁追逐的对象。

百花楼的姑娘几乎个个国色天香，才艺双绝。百花楼的姑娘也是京城唯一卖艺不卖身的。百花楼每年都举办各种名目的花魁大赛，其中白梅花、黑牡丹、黄月季、蓝玫瑰、红山茶等十大美女个个追捧者无数。

新科进士被邀来百花楼后，白梅花、黑牡丹、黄月季、蓝玫瑰、红山茶等十大美女都悉数出场，盛况空前。

蓝玫瑰是最新一期的花魁，她的相貌、她的才情、她的技艺都是数一数二的。第一个出场的就是她，她用古琴弹了一曲《高山流水》，流畅、清澈，高山之巅有期盼，流水之处有缠绵，余音绕梁，回肠荡气。

众才子无不拍手赞之。

蓝玫瑰注意到探花林天一微闭着眼，用中指在桌上敲击着节拍，很是陶醉。可见，他是懂琴的，是欣赏她琴艺的，应该听得懂她的弦外之音。

蓝玫瑰弹罢，起身道谢后，说："今日万花楼才俊满座，蓬荜生辉，机会难得，小女子斗胆向探花郎讨教了。"说着，她轻移莲步，来到林天一座前，桃花带笑，一语双关地说："探花郎莅百花楼，试问探得解语花？"

蓝玫瑰这一问，话中有话，等于是绣球抛给了林天一。林天一何等聪明之人，怎会不知蓝玫瑰压在舌根底下的话意。他举起酒杯说："素闻才艺双绝蓝玫瑰，天上人间第一花，不虚也，不谬也。幸会幸会！"

状元郎凑趣说："花魁心思文君意，为谁绽放为谁妍？"

榜眼也附和道："探花蓝玫瑰，才子配佳人！"

…………

这一起哄，聚会渐入高潮，击鼓传花飞花令，猜谜对子浮大白，直到子夜才散。

不久，林天一为蓝玫瑰赎了身。蓝玫瑰成了正儿八经的探花夫人。

琴瑟和谐的日子不知不觉过得很快很快，谁知，第二年，清兵就入关了。多尔衮的铁骑一路杀来，一路血洗，明朝官员死的死，逃的逃，降的降。英雄或狗熊，只在一念之中。

林天一在翰林院，乃文官，打仗的事不懂，忠君思想还是有的，他不愿投降，不愿成贰臣，就带着蓝玫瑰逃到了长江入海口的乡下，隐居了起来。

林天一在翰林院起草诏书，誊抄文书，驾轻就熟，在家吟诗作赋，也得心应手，但流落到乡下后，面对日常生活起居，就显得笨拙不堪，似乎没啥谋生手段。

蓝玫瑰很小就在百花楼讨生活，琴棋书画样样精通，但油盐柴米、缝补浆洗等就隔膜了。好在蓝玫瑰放得下，隔三差五去当几件首饰，粗茶淡饭，日子也平平淡淡能过下去。

哪晓得清廷还是找到了林天一，要他出仕。林天一推托身体抱恙，不肯赴任。

清廷官员倒也干脆。去，高官厚禄；不去，立斩全家。

林天一知道蓝玫瑰已怀有身孕，不能一尸两命，不能绝后啊。蓝玫瑰跟了自己，空担了一个探花夫人的虚名，好日子没有过几天，更多的是担惊受怕，林天一不忍心妻儿上断头台，想来想去，只有答应赴任，虽然内心很纠结，很痛苦。

林天一万万没有想到的是蓝玫瑰无论如何不肯随同进京，并苦口婆心力劝他不能应命。

“都是为了你啊！”林天一长叹一声，影孤只单，独自进了京。

蓝玫瑰一夜无眠，泪尽后，写下绝命书，毅然悬梁自尽。

绝命书大意是：请把我休了，我不想背负贰臣夫人之骂名，也不想成为你的负担。也许你认为我很无情，把未出世的孩子也带走了，但我实在不想让我们的孩子活在贰臣后人的阴影里，一辈子抬不起头来。

我蓝玫瑰虽风尘女子，一介女流，但何为大义，何为失德，我还是懂的。自女真入侵，大明覆亡，我已苟活数年，惭愧无比。思来想去，我得走了，我要对得起大明王朝，对得起列祖列宗，对得起自己的良心……

永诀了！

林天一得知夫人蓝玫瑰悬梁自尽，悲从中来，一度昏厥。

刚到京城，尚未赴任的林天一不辞而别，不知所终。

有人说他参加了反清复明的抗争，也有人说他跳水自尽了。孰真孰假，不得而知。

写于2020年8月28日

吃香

吏部尚书反复掂量，最后决定让金有银出任吏部的侍郎左选。

这可是个大大的肥缺，让多少人眼红得出血。

熟知朝廷游戏规则的都知道，官制改革后，吏部的侍郎左选专门负责安排、分配候补官员，这个官不算很大，但权不算小。那些候补官员，哪个不想早日外放做官，所以，都会想法子行贿吏部侍郎左选，希望他另眼相看，早点关照到自己。

在宋代，行贿、受贿都是犯法的，一旦查实，都会吃不了兜着走。所以，行贿成了一门技术活，得做得刀切豆腐两面光，于是，乾元节前，候补官员就会以醵钱饭僧、进香祝圣寿为名，光明正大地送钱来了，谓之“香钱”。后世诗曰“斋粥僧千指，香钱岁万金”，就是说的这事。

金有银走马上任后，整理了所有候补官员的资料，按候补的时间列了表，他发现最长的竟已候补了十几年，大大小小的候补官员有三位数。而官位只有那么几个，除非碰到官员丁忧、病逝等特殊情况，要不，想要补缺，太难。

有天，一位八竿子打不着的乡下远亲金月光来找他，说他有个叫柏茶泉的亲戚候补三年了，因闲在家，写了一部诗稿，请金有银法眼指谬。

这让金有银很受用。他一直对自己的诗文很自负，但不知为什么在文坛一直寂寂无名，现有人让他法眼指谬，这是对他诗文的一种认可，比给他金给他银更让他开心。

送走远亲后，金有银饶有兴味地翻看起了柏茶泉的诗稿。翻开第一页，竟是一首小诗：香钱一万金，奉上请笑纳。何时能外放？就您一句话。

金有银翻到第二页，看到一张万金交子。

诗嘛，就张打油的水平，但这交子是货真价实的。

说起来金有银属官二代、富二代，家里不差钱，但不是有“爹有娘有，不如自有”吗？拿，还是不拿，金有银很是犹豫，想想自己不就是收了一本诗稿，有人请教诗歌，属正常交往，不显山不露水，天知地知、你知我知的事，说到哪也不怕，就心安理得了。

吃人家的嘴软，拿人家的手短，金有银给这位并未照面的柏茶泉放了一个比较富裕县的县令，也算对得起那一万金了。

凡事不能开头，有了第一次，就很难堵第二次、第三次。

金有银做得很小心谨慎，不留把柄。他给自己定了三个原则：一、不与任何候补官员见面，不应酬，不饭局；二、上门拜访，一律不见；三、除了香钱，一概不收。

这一来，他的那位远房亲戚金月光开始活跃了起来，时不时参加酒宴饭局，时不时出现在勾栏瓦肆……

金有银对这位远房亲戚金月光总归有点不放心，对他约法三章：一、不准打着他的旗号；二、不准额外多收钱；三、一旦有事，责任自负。当然，该得的好处，金有银自会给他。

金月光知道自己要想在京城立足，金有银这棵大树不能倒，得维护。故而那约法三章，他牢牢记着，不敢淡忘。

背靠大树好乘凉，几年后，金月光有了点钱，一有钱，就烧包了。他想过把有钱人的瘾，也开始往青楼跑了，看中了一个叫翠红的头牌，既为头牌，要价不菲。按金月光的收入是难以承受的，为了博翠红一笑，金月光就向候补官员要中介费了，从小打小闹，到狮子大开口。从颇有微词，到忍无可忍，候补官员把这账都记到了金有银头上。最终，有官员出面弹劾金有银。

金有银自认为抓不到他什么把柄，嘴很硬。谁知，金月光一进衙门，二十大板还没有打完，他就全招了，供出了金有银。

有了金月光画押的供词，金有银再想抵赖就不可能了。

金有银被判秋后问斩。

问斩那天，有人问：啥罪名？

了解内情的意味深长地说：吃香钱吃出来的。从此，“吃香”一词传矣。

写于2020年8月29日

丁忧

朝廷党争日益激烈，一派以大学士次辅龙九翔为首，一派以吏部尚书冯千里为首。首辅储永年自称不帮和尚，不帮尼姑，唯皇上马首是瞻，其实就是和稀泥，这也是他坐稳位置的诀窍。

龙九翔与冯千里意见相左，皇上看在眼里，笑在心里。皇上不怕臣下闹，就怕臣下团结一致。臣下意见统一，就不好驾驭、不好指挥了。为此，皇上也就睁一眼闭一眼，反正有首辅在，只要他首辅不去与这两派中的任何一派结盟，皇上就不担心尾大不掉。

龙九翔与冯千里都不是善茬，各有各的势力，都瞄准着首辅储永年的位置。这，储永年心知肚明，皇上也心知肚明，都不说穿。

每日上朝，各地奏章总有这样那样的烦心事，皇上一般不愿当场圣裁，他让臣子各抒己见，有啥说啥。通常情况，龙九翔一派说好说行，冯千里一派就会说孬说不行，各有各的理由。这一争论，各人的观点、立场就清清楚楚，加之皇上又鼓励大家讲，无形中逼得非派别的大臣也要选边。

皇上当场不置可否，下朝后会做出决断，如果一时难定，就召首辅储永年进宫咨询。储永年最大的本事就是对皇上辨貌察色，顺着皇上的意思说，从不逆龙鳞。

然而，储永年毕竟年事已高，伴君如伴虎，日子并不好过，时常提心吊胆的。有次下雪天上早朝，脚下一滑摔了一跤，卧床不起。这首辅的位置能不能保住，不好说了。龙九翔与冯千里两派都蠢蠢欲动，斗得更厉害了。

按朝廷的规矩，次辅接替首辅的概率更大些。

吏部尚书冯千里觉得不能按老路走了，必须出绝招。

龙九翔的老家在娄城的古庙镇，有个娄水山庄，十几亩地，园宅合一，很是典雅精致。有天，门口来了一骑快马的，说他家老爷到邻县视察，龙九翔次辅托他家老爷顺路带了东西，好像是龙老夫人最喜欢吃的京城茯苓饼，因公务在身，就不进去叨扰了。

龙九翔的父亲早几年已大去了，眼下他弟弟陪着老母亲住在这娄水山庄。

茯苓饼确实是老夫人喜欢吃的。老妇人还一个劲夸儿子九翔孝顺呢。

谁知，三天后，老夫人开始头疼、头晕，甚至烦躁不安，感觉心跳加快，吃东西吞咽也困难了。开始以为年纪大了，养养就好，后来看看不对，请来老中医。老中医望闻问切后，怀疑系曼陀罗中毒。

不会吧，山庄里没有这植物，平时也不接触，怎么可能呢？

龙九翔弟弟突然想到茯苓饼，就把吃剩的茯苓饼交医生查验，果然有毒，但量下得不大，所以三天后才发作。可送茯苓饼的人早走了，连姓名也未留，证据全无。

龙九翔的弟弟虽然不在朝廷为官，但多少知道党争的险恶与残酷，他派家丁火速赶赴京城报丧。

龙九翔接到弟弟的书信，猜测冯千里他们下了狠手。他知道，一旦丁忧，得三年不能为官，三年后，朝廷里肯定是冯千里他们的天下，他不甘啊。他想到了先隐匿不报，等安排得差不多再报。

谁知第二天上朝，皇上就问起了他老母亲仙逝的事。

龙九翔不得不佩服冯千里他们手段毒辣，做事神速，只好无奈地提出丁忧。

丁忧是祖制，没有特殊理由，皇上也不便贸然夺情。

龙九翔携妻儿回到了娄城古庙镇，丧事办妥后，就在老母亲的坟茔边搭了个草庐，开始了守孝。

按规矩，守孝期间，不能娱乐，不能夫妻同房。龙九翔知道，暗中一定有眼睛盯着。他就让弟弟护送嫂子与孩子先回京。

他呢，搬了些书来读，写出了《强国策》《富民论》《党争篇》《皇权考》等多篇文章。他预测，冯千里一定耐不住寂寞，会借机招降纳叛、结党营私，扩充势力。好事变坏事，坏事也会变好事，用不了多久，皇上就会召自己进宫，他坚信。

再说龙九翔丁忧后，冯千里一派因无人可有效制压，有点忘乎所以，皇上觉得失去了平衡，很不安。皇上派人看望了龙九翔，龙九翔趁机把《强国策》《富民论》《党争篇》《皇权考》等文章进献给了皇上。皇上看后，大加赞赏。

不久，首辅储永年因病上奏要求致仕。皇上一再挽留。

权衡再三，皇上下诏命龙九翔夺情进宫。皇上不想冯千里一派独大，这不利皇室安危。

冯千里一派找出种种理由，反对龙九翔夺情。皇上觉得这不是在挑战皇权吗？很不爽。大喝一声：“退朝！”

皇上的态度一明显，冯千里一派哑了，瘪了。

为了制衡两派，皇上又开始坐山观虎斗了。

写于2020年9月1日

致 仕

兵部尚书贺鹏举致仕，回到了老家娄城。在古庙镇郊外的穿山脚下建了一个九美园，号称树美、花美、石美、水美、桥美、亭美、鱼美、楹联美、匾额美。他之所以选择较偏的穿山脚下建园，不在娄城建园，就是想远离尘嚣，图个太平。

他心里十分明白，自己曾是掌兵之人，可以指挥几十万大军，令行禁止，所向披靡。就算现在解甲归田，可军中大大小小的将军、校尉都是他的手下、嫡系。即便他离开了兵部尚书的位置，他说的话，在军中还是有分量的。皇帝猜忌他，他完全理解。

如今，他致仕了，回老家了，要想平平安安过晚年，解除皇上疑心，让皇上放心，这很重要。这就是他不在城里造房建园的缘故，故意高调建九美园的出发点。

他不再摆弄刀枪，也不再骑马射箭，甚至原来拳不离手的长拳也不打了，改为杨式太极了。

皇上很快知道了贺鹏举的近况，说了句："一介莽夫也附庸风雅了，好好好。"

不久，贺鹏举收到了皇上赏赐的一个歌姬，才18岁，能歌善舞，娉娉婷婷，怎一个美字了得。

皇上口谕："赐尔美人儿，九美变十美。"

皇上压在舌根下的话，似乎就是"老牛吃嫩草，好好享受吧。朝廷的事，从此与你无关了"。

皇上这一手，可以说是恩威并重。你想想，远离京城，在乡郊建个宅院，九美十美皇上都清清楚楚，贺鹏举能不警觉、不自律吗？

说起来贺鹏举很低调很低调了，尽量不与地方官吏、豪绅发生联系，但在小地方，兵部尚书、一品大员还是让人仰视的，还是有不少人想交结的。

原本不认识的、无关系的，可以不来往，不应酬，但亲亲眷眷，老邻居、老朋友不能都拒之门外吧。

特别是近来长江口有倭寇来袭，他们来去一阵风，目标明确，下手快捷，金银财宝，抢掠一空。

为了抵御倭寇，当地村民自发组织了起来，没有兵器，就地取材，把竹子削去枝叶，再把前端削尖，权当长矛使用。

村民推举薄昆石来找贺鹏举，希望他出面训练一下，指教一二。

昆石的父亲是私塾的薄老师，教过贺鹏举几年。贺鹏举读书不多，也不是个读书的料，但对私塾老师是十二分敬重的，老师的儿子来找他，这点面子不能不给。再说保家卫乡，义不容辞，贺鹏举于公于私都不能推托，就答应了。

有天早上，薄昆石来找贺鹏举，说他女儿竹叶被当地首富家的恶少窦三豹强暴了。竹叶的哥哥去讨个说法，结果被窦三豹打得头破血流，卧床不起。窦三豹还很嚣张地说："有本事就去告，告得赢，我窦字倒着写。"

一听老师家的孙女被糟蹋，气不打一处来，觉得不能不管。

当天，贺鹏举就去娄城拜访了雷县令。雷县令很给面子，说："放心，一定秉公处理！"

窦三豹知道贺鹏举去找了雷县令，立马也去找了雷县令。

雷县令看着金灿灿、沉甸甸的金元宝，还是那句话："放心，一定秉公处理！"

一晃两个月过去了，窦三豹依然逍遥法外，无事一样。

贺鹏举再次去找了雷县令。雷县令说："贺尚书你被蒙蔽了，县衙已做了调查，查明是竹叶勾引窦三豹，云雨后谎称怀孕，敲诈窦三豹，竹叶哥哥还袭击窦三豹，幸好窦三豹有点武功，各有伤痛。看在贺尚书的面子上，就不追究了。"

贺鹏举意识到雷县令被收买了，拂袖而去。

雷县令告诫窦三豹说："这一根筋的贺鹏举肯定不会善罢甘休的，你要早作打算。"

窦三豹说："没事，我家朝廷中有人，不信我家的银子摆不平一个致仕的尚书。"

窦三豹花钱请师爷写了一封信送到京城，举报贺鹏举在娄城借抗击倭寇为名，组织民团，训练乡勇，图谋不轨，必须严惩！

这不是皇上最忌讳的吗？

皇帝马上派人捉拿贺鹏举。雷县令狐假虎威，把贺鹏举打入大牢。

薄昆石发起万民血书，去告御状。

皇帝更恼火了，这批刁民，我皇上的旨意也不灵了？

好你个贺鹏举，是不是你背后捣的鬼，想用所谓民意要挟朕，想得美！秋后斩立决！

斩杀贺鹏举不久，传来倭寇大举进攻娄江一带，造成重大损失。幸好贺鹏举训练的竹子兵不畏强敌，抵御了倭寇，还配合官兵活捉了几个倭寇。结果据倭寇交代，他们是被一个叫窦老倌的雇用的。

竟有这事？闻所未闻啊。皇上龙颜震怒，下令彻查，结果查出了窦老倌就是窦三豹的爹，他发家就是靠雇用海盗，冒充倭寇，烧杀抢掠，集聚资产。还顺带查出了窦三豹与雷县令勾结，写信诬告贺鹏举等罪行。

皇上这才知道冤枉了贺鹏举。不过此事如果公开披露，有损皇上尊严。皇上自有皇上的办法，抄没了窦家的财产，凌迟了窦老倌与窦三豹父子，发配充军了雷县令。后来让贺鹏举的儿子进京封了个官。只是以后，贺家的家谱，娄城的志书，写到贺鹏举都语焉不详。慢慢地，真实的历史也就湮灭在岁月的尘埃里。

写于2020年9月2日

庚 子 年 笔 记

宫廷篇

凌 鼎 年 微 型 小 说 新 作 精 选

微服私访

关中大旱，哀鸿遍野。

朝廷命户部紧急调拨30万两赈灾银与50万石赈灾粮，派户部侍郎绪忠为钦差大臣前去赈灾。

两个月后，皇帝接到绪忠派人送来的奏折，汇报说：关中的灾民感恩皇上之恩德，无不山呼万岁，场面感人，宜入史册。

皇帝很是满意，准备等绪忠回京后，好好嘉奖一番。

内官来报说：皇帝的远房亲戚来投靠。尽管属七大姨八大姑转了几个弯的远方亲戚，但总归算沾亲带故吧。俗话说“皇帝也有三门穷亲戚”，拒之门外不妥，特别是皇上一听来自关中，正好可以听听民间对赈灾的反应。就宣了觐见。

一交谈才知灾民竟没有拿到朝廷的救灾粮与救灾银，关中一带已民不聊生，饿殍遍野。皇帝吃惊不小，怎么可能，怎么回事啊。要么是绪忠在谎报、欺君，要么是远房亲戚在瞎说、骗朕。不管是前者，还是后者，都不是好事。皇帝准备再派钦差大臣前去，可挨个指头排过来，都是首辅的门生、亲信，没有一个自己真正信得过的，就算有一两个办事还得力的，他们斗得过权臣吗？绪忠能不顾皇上信任，服服帖帖听命于某些人，联手作假，对手绝非小角色。敢这样玩弄皇帝于股掌上的，除了首辅，岂有他人？气得皇上恨不得摔东西。

最后，皇上决定微服私访，亲自去关中实地看一看。

皇上带了监察御史与一位御前侍卫乔装后就直奔关中而去。

进入关中地界后，田野荒芜，少有生气。奇怪的是沿路并不见远房亲戚说的到处是逃难的，到处是乞丐。

走着走着，监察御史见远处的山坡上竟出现了羊群，这让皇上很欣慰。也许那些八竿子打不着的远房亲戚真的是来骗吃骗喝的。这反而让皇上一颗悬着的心落地了。

到了县城，皇上决定先住下。客栈的老板、伙计都十二分的客气，服侍得周到、妥帖。

第二天，皇上转了一圈街市，行人寥寥，但店铺都正常开门营业，只是生意寡淡些，大灾之年，难以购销两旺，这可以理解。在县衙不远处，还看到了“施粥处”“领馍处”。有三三两两的饥民在排队领馍拿粥。皇上不放心，让监察御史叫了几个灾民到跟前，问他们施粥施馍每天都有吗？

几个灾民众口一致说：“有有有！每天都有白馍有热粥，都是皇上的恩德，我们祝皇上万福金安，万寿无疆！”

皇上龙心大悦，对绪忠的好感又生了几分。

皇上最想看的是抗旱的事落实得怎样了？按皇上的要求，每十里地要打一口井，以解决水源问题。

出城后，皇上果真看到了大田里有水井，有轱辘架，还看到有人在汲水，那打上来的水，还有人捧着在喝，那水应该是蛮清的。

皇上高兴地说：“今晚，朕可以睡一个安稳觉了。”

监察御史眉头紧锁，心事重重的样子。

皇上问：“爱卿怎么回事？”

监察御史答：“刚才县城里的那几个饥民不像真饥民。”

“何以见得？”皇上问。

监察御史说：“饥民一般都蓬头垢面，面黄肌瘦，身有臭味，可那几个饥民衣服是破破烂烂，但没有丁点异味，不像是长时间饿着、露宿街头的样子。最可疑的是他们异口同声说祝皇上万福金安，万寿无疆！灾民都是没有文化的，他们怎么知道皇宫才流行的万福金安、万寿无疆等用语？！”

皇上一听也察觉不对。他对御前侍卫说：“去，去看看那井。”

监察御史说：“井水不浑不浊，怎么可能大旱？”

不一会儿，御前侍卫奔过来说：“皇上，水井有假！”

皇上、监察御史、御前侍卫刚要走过去看水井，那几个打水的农民突然打了起来，动用了家伙。监察御史与御前侍卫一看不妙，忙护着皇上退到了马车上，匆匆离开了现场。

御前侍卫告知皇上，那水井很浅，下面埋着一口大水缸，那清水是事先倒在里面的。

监察御史对皇上说：“皇上的行踪百分之百暴露了，我们被人跟踪了，我们所见所闻应该都是有人刻意安排好的。”

皇帝草草结束了微服私访，回了京城。

又密令监察御史再去关中调查。

经过一段时间的明察暗访，监察御史摸清了第一手情况。

原来，宫中已有人把皇上微服私访的消息泄露出去，让地方上做好应对准备。

巡抚早提前做了清场，等皇帝到，流民、乞丐已被赶走的赶走，圈禁的圈禁。那县城的饥民都是官衙的家眷扮的；那山坡上的羊群是花钱请灾民披了白布装的，反正远看有点像就可以了，戏演过后官府就能发馍给他们吃了；那水井是临时挖的，用水缸装点水，糊弄皇上的，没想到露馅了。

再一查，好家伙，户部紧急调拨30万两赈灾银，出京时就被首辅扣下了

10万两，户部看样学样，也私分了10万石赈灾粮，到了地方，雁过拔毛，真正到县城的也就几万两赈灾银、几万石赈灾粮，到灾民手里、口里也就所剩无几了。

皇帝大骂：“可恶！太可恶！杀，杀无赦！”

监察御史赔着小心说：“使不得使不得，还没有到摊牌的时候。”

皇帝想想也是。首辅的势力盘根错节，如果不能一击即中，恐节外生枝，还得忍。但不处理，如何向诸位大臣、向天下交代？

最后，户部侍郎绪忠成了替罪羊、背锅的，斩立决！

至于拿下首辅，那是又两年后的事喽。

写于2020年3月16日

你会明白的

朝廷设都察院，这古已有之，那些监察御史历来都是耿直之士，负责监察百官、巡视郡县、纠正刑狱、肃整朝仪等事务。但有大臣不明白皇上为什么会把康国霞这种奸佞小人委以监察御史之职，这简直就是笑话，无形中也贬低、辱没了其他监察御史，甚至有人愤愤不平，说：要辞职，不愿与康国霞这种阿谀奉承之人为伍。

左都御史宁有谅有次趁着与皇上单独的机会，鼓足勇气对皇上说了自己对重用康国霞的不解，并说这想法不仅仅代表他一个人，朝中有多位大臣也有类似的说法，请皇上赐教。皇上笑笑，说："刑部、大理寺、都察院并称为三法司，是朝廷不可或缺的部门，你与右都御史等都是朕的股肱之臣，我要保护你们啊。到时你就明白了。"

宁有谅听后还是有点云里雾里，摸不着头脑。他似乎感到了皇上话里有话，或者说有话压在舌根底下。可皇上不愿明说，自己也不便再追问。

左都御史宁有谅隐隐觉得康国霞与皇上似有什么默契，想到这，宁有谅也就对康国霞心存三分戒心，处处提防着。可一年了，这康国霞除了老说些让人恶心的话，其他倒也相安无事。

朝中最大的事情就是边境不安，高丽国军队几次在边境制造事端，蠢蠢欲动。

第二年秋天，顺天府破获了一个高丽国的谍者窝点，以专门买卖长白山人参为掩护，刺探军情民情，图谋不轨，这次抓获了为首者朴德宏，以及他手下的喽啰。

当时朝中有两种意见，一派认为细作已混到了京师，此事非小，得杀一儆百，以绝后患；一派认为权当人质，长期监禁，有此筹码，随时可用。

皇上不动声色，不置可否，似乎很民主地说：各位大臣各抒己见吧。

左都御史宁有谅第一个说："高丽国有野心，这是秃子头上的虱子——明摆着的，谍者到了天子脚下，不杀不足以显示我朝捍卫疆土的决心。"

康国霞似乎摸准了皇上的脉搏，说："宁大臣此话差矣，据我知道，这朴德宏是假名，他的真实身份应该是高丽国的皇子，杀不得。万一'咔嚓'一刀下去，引起两国纷争，得不偿失。"

有大臣说："假如真是皇子，那更要斩草除根，非杀不可。"

皇上还是不表态，不过看样子，还蛮欣赏康国霞的表态。

康国霞辨貌察色，觉得自己领会了皇上的真实心意，他故意大声说："你们非要杀杀杀，图一时痛快，一旦因此引发两国战争，就是天下之罪人！"

…………

"这个罪人我做了！"左都御史宁有谅慷慨有声。

康国霞说："请皇上独断乾坤！"

皇上说："和为贵。就派康国霞为钦差大臣，护送朴德宏一行回国。"

左都御史宁有谅失望得直跺脚，连连说："放虎归山，后患无穷！"

不少大臣也不满皇上的处置，但多数也就腹诽几句。

康国霞春风得意，领命而去，扛着奉旨的牌子，以钦差大臣的身份一路甚是招摇。

一个月后，东北边境有急报，说：钦差大臣康国霞一行，在快要进入高丽国国土的前夜，在一家名为长白山客栈里，遭到一伙不明身份的歹徒的截杀，朴德宏中刀身亡……

皇上当夜翻了皇后的牌子，与皇后痛饮了一番，缠绵了一夜。

第二天上朝，皇上当着众大臣的面大发雷霆，怒斥康国霞办事不力。

这意外，让康国霞失魂落魄，为了给皇上一个交代，他动用钦差大臣的权力，命地方全力缉凶，查明原委，可凶手已人间蒸发，了无影踪。而这时，高丽国的抗议照会已到朝廷。

皇上为了平息高丽国来使的愤怒，下令把康国霞急召回京，当着高丽国来使的面，下令把康国霞推出午门斩了。

康国霞一听不对，吓得尿了裤子，他哭丧着说："皇上，皇上，我是奉——"

"不准狡辩，掌嘴！"

早有御前侍卫上去"啪啪"两个大耳刮子，打得康国霞满嘴是血，牙也掉了，说不出话来。随即被拖了出去，不多久，康国霞的人头就呈了上来。皇上命装盒，让来使带回高丽，算是对高丽国王的一个交待。

高丽来使见皇上如此，场面上挑不出毛病，也不好再说什么，悻悻而归。

大臣们都看得一愣一愣。

左都御史宁有谅突然想起皇上说过的"到时你就明白了"。

他似乎明白了，只是他不清楚其他臣子明白不明白。但他知道，这朝廷的某些决策，只可意会，不可言传。

写于2020年3月22日

传国玉玺

明建文四年（1402年），朱元璋第四子，被封为燕王的朱棣，在谋士姚广孝的鼓动下，发起了“靖难之役”，以清君侧的名义，打败了正统而懦弱的建文帝朱允炆，登上了皇位，改年号为永乐。

朱棣是朱允炆的叔父，说起来也姓朱，但这皇位毕竟来得不太正，心里有点虚。再加上名动天下的翰林学士方孝孺不肯撰写登基诏书，被凌迟处死，闹得朝野流言四起，朱棣心里很不踏实。

朱棣做了永乐皇帝后，着手三件大事：其一，派郑和下西洋，去寻找失踪的建文帝，生要见人，死要见尸；其二，命解缙、姚广孝等主持编纂《永乐大典》，以显政绩；其三，传令不管武取智取，一定要找到传国玉玺，以示即位的合法合理性。

国师姚广孝曾对朱棣推心置腹地说过：国运长短，在于德政，皇上顺天而为，天道赐福，祖宗庇佑，又何必耿耿于怀是否得到传国玉玺呢？

但朱棣不这样认为，他觉得历朝历代的皇帝都十分看重传国玉玺，为什么？这是权力象征，掌权掌权，大印不掌在自己手里，怎么能心安。

明永乐八年（1410年），朱棣率50万大军，御驾亲征，希冀一举荡平元朝残余势力，乘机夺回传国玉玺。

当时的北元鞑靼领导人本雅失里自知不是强大的大明军队对手，就与立他为可汗的太师阿鲁台商量去投奔西蒙古的瓦剌，谁知阿鲁台与他的意见相左，结果谁也说服不了谁，最后兵分两路，各奔东西。

本雅失里有自己的小九九，他想元朝开国皇帝得到的传国玉玺在我手里，有玉玺在，就表明自己是唯一的正统正宗，瓦剌就有可能尊自己为可汗，有朝一日就可能东山再起，再续大元的辉煌。

常言道“一山不容二虎”，西蒙古的瓦剌王马哈木也不是省油的灯，他明面上不动声色，热烈欢迎本雅失里的来到，大摆筵席。暗地里调兵遣将，把本雅失里软禁了起来，软硬兼施，逼他交出传国玉玺。

本雅失里不傻，知道一旦马哈木拿到传国玉玺，自己的小命就玩完了，他找出种种借口，拒不交出传国玉玺。这样一拖再拖，拖了有半年之久，马哈木失去了耐心，找了个借口，一刀杀了本雅失里，把传国玉玺占为己有。

再说阿鲁台推举、辅助过三任可汗，被尊为大元朝太师，比一般人更有头脑，他审时度势，知道元朝气数已尽，知道天意难违，尤其硬抗，自取灭亡，不如降明，但投降也得交个投名状吧，他就出其不意率部把马哈木灭了，找到了那传国玉玺，恭恭敬敬地进献给永乐皇帝。

朱棣大喜过望，拿起玉玺御览，只见这玉玺色青绿，柔和、凝重，沉甸甸的，长4寸6分，背上有螭纽，纽中有孔，再看字体，系虫鸟篆，乃“受命于天，既寿永昌”八个字，他判定为和田玉，一章在手，越看越爱。

朱棣让国师姚广孝也来鉴定一下。

姚广孝反复端详后，欲言又止。

朱棣一眼洞穿姚广孝的心思，命他实话实说。

姚广孝知道推诿不过，只好怀着小心说：“我怀疑是赝品，真正的传国玉玺应该是荆山玉的。”

朱棣一想对呀，古人有“有眼不识荆山玉”，这句俗语典出《韩非子•和氏》，历史上著名的和氏璧就是用荆山玉雕刻的。

姚广孝又说："荆山玉含有贵金属黄金，故又称之为'金镶玉'，有金玉、战国红、木纹玉等材质，不应该是这色泽、这质地。"

朱棣很感慨地吟诵起三国时期曹植在《与杨祖德书》中的话："人人自谓握灵蛇之珠，家家自谓抱荆山之玉。"似乎有点伤感。

姚广孝献计说："皇上不必有心结，此事可以将计就计，做得滴水不漏。当然对外务必保密，绝不能泄露半点风声。我会安排一个隆重的献宝、接宝仪式，以堵天下悠悠之口。"

其实，那时朱棣的皇位已渐稳固，有无传国玉玺已不很重要，但为了向天下昭告永乐皇帝确确实实是受命于天的，姚广孝主持了一个极为隆重的大典。

朱棣还一本正经地吃斋三天，沐浴更衣后，焚香敬祖，祷告天地，郑重其事地把"传国玉玺"捧在手里，高高举起，向群臣展示。

为了把戏做足，还让内官太监宣读圣旨，奉天承运，皇帝诏曰：表彰阿鲁台敬献"传国玉玺"的功绩，特地封阿鲁台为和宁王。

这后，传国玉玺就锁在深宫，束之高阁，再无人见过，更不要说用过。明嘉靖三十六年（1557年）紫禁城三大殿蹊跷大火，不少皇宫珍宝都因此灰飞烟灭，一说"传国玉玺"也在这次大火中下落不明，成了无解的历史之谜。

写于2020年3月28日

算命世家

郭周易出身于算命世家，在他记忆中，他父亲是算命的，他爷爷是算命的，他听他父亲告知：他爷爷的爷爷也是算命的。

郭周易一向以两晋时期著名的风水大师郭璞的后裔而自居，而骄傲。

郭周易是不是郭璞的后裔，无从考证。普通百姓，谈起算命、风水，知道东方朔、鬼谷子的较多，郭璞这名字似乎有点陌生，但这一点不妨碍郭周易算命时的底气。

郭周易号称上知天文地理，下知鸡毛蒜皮。官运、财运、寿运、桃花运，家运、国运，前算五百年，后算一百年，无一不准，无一不灵。

郭周易不像那些低层次的算命先生在街上摆摊，或走家串巷混饭吃。他是坐等那些官宦人家、商贾人家、殷实富户上门。因要价不菲，一般小门小户、平头百姓哪敢上门。

可以说郭周易名声在外，或者说郭家的算命远近皆知。

因为坊间流传：郭周易的高祖父算出过外族入侵；郭周易的曾祖父算出百多年前的一场大瘟疫；郭周易的祖父算出过百年前的大蝗灾；郭周易的父亲则算出过半个世纪前的那次大地震。一家子有如此辉煌的业绩，你还能不信吗？

有年朝廷开恩科，四个秀才赶考临行前结伴到郭氏周易馆来问问前程。十两纹银交出后，郭周易伸出一个指头，惜墨如金，一个字也不肯透露。

四个秀才问他什么意思，他说：“天机不可泄露，你们回来就明白了。”

一路上，四个秀才在猜：四人中是不是有一人高中？或者一人落榜？

结果，放榜才知，四个人全部名落孙山。

四个秀才气坏了，说他郭周易徒有虚名，骗人钱财，气不顺的四位秀才联名把郭周易告到了衙门。

州官开庭审问那天，郭周易不紧不慢到州衙门，不慌不忙地申辩：“我算得很准啊，那天我伸一个手指，就是表示你们一个都不中，当时怕你们受不了，脸上挂不住，所以没有直说。”

四秀才当众自取其辱，脸上红一阵、白一阵，灰溜溜地悻悻而回。

这一来，小百姓茶余饭后嚼了好一阵子，传得远近都知，郭周易的名头越发大了。

郭周易的郭氏周易馆有句广告词：算天算地算皇家，不准不灵不收银。

新皇上登基后，喜欢微服私访，知道了郭周易在民间的知名度。就宣他进宫，要他算命。这可把郭周易吓坏了。他深知伴君如伴虎，在皇宫里，在皇帝前，说错一句半句，就可脑袋搬家，这可不是开玩笑的。

一路上，郭周易想了又想，如何刀切豆腐两面光，既要说得皇上信服、舒服，又要让天下人觉得我郭某人不是在阿谀奉承，在拍皇上马屁，如果落下口实，留下把柄，那我郭门算命世家的几代口碑就玩砸了。

皇上很有意思，他并不是要郭周易给皇上、给皇室算命，而是要郭周易给自己算命。

皇上还要郭周易以祖宗的名义发誓：保证百分之百说真话，不能有半点隐瞒，如果有假话，斩立决！

郭周易千想万想，没有想到皇上来这一招。一时懵了。

因为郭家有祖训：“算天算地算皇帝，算遍万民不算己。若违祖训存侥幸，难逃天打与雷劈。”换句话说，上至天子皇后，下至乞丐妓女都能算，唯一不能算的是自己。个中道理，自己体会。

此时的郭周易明白，自己就是砧板上的甲鱼，伸头是一刀，缩头也是一刀，逃避是不可能了。

他掐指一算，吓了一大跳，竟是八个字：有皇帝命，无皇帝运。

虽然郭周易从无觊觎皇位的丁点想法，但命相如此，怎么会这样。说出来，必死无疑。你想想，会有哪个皇帝允许有皇帝命的人同在一个时代？

郭周易突然灵光一闪：皇帝怎么会莫名其妙要我给自己算命，一定有高人看破，给我算过了，这是一定的。想到此，郭周易只求速死，只求青史留名。

他大大方方地说："算出来了，有皇帝命，无皇帝运！"

皇上哈哈大笑，"好，没有欺朕，赦免了。"

郭周易仿佛被刽子手的鬼头刀架在脖子上了，又拿掉了，一种死里逃生的感觉弥漫全身。

他跪在殿前，声音有点发抖地说："谢皇上不杀之恩！"

皇上很开心地说："老老实实算命去吧。"

从此，郭氏周易馆门口多了一块"奉旨算命"的招牌。郭周易的名声越发大了，生意越发好了。

但夜深人静之际，他总会想起那句"若违祖训存侥幸，难逃天打与雷劈"，不知道到底会不会遭雷劈？

郭周易在表面的风光与内心的担忧中，活到了84岁驾鹤西去。

他断然不让子女再继承祖传的堪舆、命数之术了。

写于2020年4月15日

宫中大火

天，越来越黑，风，越刮越烈。顷刻间，雨下来了，越下越大，越下越猛，已不是倾盆大雨，就像天漏了、塌了，瀑布般倾倒而下。

“真灵，真灵，太灵了。阿弥陀佛！”宁公公宁总管兴奋极了，盼了许久的大雨终于如愿以偿来了，他能不高兴吗？！他知道，策划已久的计划要成功了。谢谢老天！谢谢老天！！

宁总管吩咐手下的太监胡公公，速带领小太监小权子、小印子抓紧按计划去办。

胡公公似乎还有些不放心，怯怯地问了一句：“不会有意外吧？”

“意外个头。听着，机不可失，时不再来。别磨蹭了，错过了机会就等着棒杀吧。”

胡公公知道自己站在了生死线上，向前还是退后，或许都是死，但铤而走险，保不定还有一丝生机，豁出去了。胡公公对小权子、小印子说：“走！执行宁总管的。”

三个人很快消失在大风中，消失在暴雨中。

夜空中金蛇狂舞，闪电一道接一道，随即，雷声滚滚，有几个落地雷仿佛就落在屋前屋后，好吓人的。

胆小的已吓得钻到了被子里了，就算胆子大的，也不敢站在窗口，或走近门口。整个皇宫，除了雨声，就是雷声；除了闪电，就是黑暗。突然，奉天殿起火了，不多久，另外两座大殿也火苗窜出，尽管大雨如注，但火愈烧愈旺。

唯一站在窗口的大概就是宁总管了，他开心地说："成了成了！"

他发誓：等大雨、大火过后，一定要找机会谢谢司天监的监正，要不是司天监的监正提供大雷雨的精准预测情报，宁总管还下不了决心，无法提前精确布置。

大火映红了宫里的夜空，皇帝也惊动了。

宁总管开始组织灭火，一拨人大呼小叫，声势很大，但火势太大，谁也不敢靠近，谁也不愿靠近，大小太监只是拎着水桶见证着大火把三大殿烧毁而已。

火终于小了、弱了，胆子大的开始冲了进去，冲进去不是救火，而是顺手牵羊。看样学样，大小太监谁也不甘落后，真可谓不拿白不拿，先下手为强。乱套了，完全乱套了。

一丝笑意附上了宁总管的嘴角。

第二天，宁总管向皇上汇报：昨晚雷雨交加，闪电先击中奉天殿，再击中另外两大殿，引起大火，把三大殿全烧毁了，三大殿的书画、瓷器、金银等各种珍宝毁于大火，损失惨重。

皇上极为生气，大声问："宫殿的屋脊上不都安装有'鸱鱼'等避雷装置，怎么会没有作用？"

宁总管解释说："避雷装置虽然自西汉就有，但装饰作用大于避雷作用。一般小的打雷或许起点作用，但昨晚闪电密集，全是落地雷，防不胜防啊。这是天灾，不是人祸。天灾面前，非人力能胜之。"

宁总管还请求把胡公公、小权子、小印子叫来作证。

三人磕头如捣蒜，战战兢兢说："我们三个目睹落地雷一个接一个落在大殿的屋脊上、门窗上，救不了啊。”

宁总管又说：“现在宫里宫外流言四起，说是上天警示……”

皇上挥挥手，让宁总管下去，不许他再说。

都察院右都御史温一祥不相信宁总管说的，他特地去现场勘察了一番。他写了密折给皇上。他在密折里写道：大殿屋脊两头各有一个龙头，龙口仰天，口吐金属舌头，舌根连结一根铁丝，直通地下，如果雷电击中屋宇，电流就会从龙舌沿线传导到地下，故通常只是击毁瓦饰而保全建筑物主体，不应整个大殿都烧得面目全非。但臣发现龙口舌根下的铁丝全都断了，很蹊跷，怀疑有人动了手脚……

都察院曾举报过宫里太监与北京古玩行有勾结，太监监守自盗，古玩行帮助销赃，沆瀣一气。因有人要揭发，他们怕东窗事发，很可能借这次雷电天气，放火焚殿，以毁灭罪证。

这非同小可。

皇上不傻，已猜到了七八分，但苦于证据不足，如果要证据确凿，必须大张旗鼓地调查，相信必会水落石出。但一定牵涉甚多，宫里宫外涉案人员没有数千，也有数百，假如诛灭九族，那就有几万人要人头落地。对皇上来说，杀一批内奸、刁民，震慑一下，他不会心软，但家丑外扬，这皇家的脸面往哪搁？朝内朝外会怎么议论朕，一想到此，皇上不寒而栗，一时决断不下。

写于2020年6月17日

皇家秘事

吏部尚书江伯宁心里透儿明，知道皇上十分忌讳兵部尚书钟和雍，因为钟尚书手里有兵权，兵营有威望，民间有口碑。说起来他忠心耿耿，做事也规规矩矩，没有逾越什么，但在皇帝眼中，这种人就等于是颗定时炸弹，不知什么时候就可能爆炸，一旦爆炸，后果不堪设想。皇上不能不防。老话说“未雨绸缪”，皇上认定就是这意思。

皇上第一件想做的事，就是削减钟尚书的兵权。

可钟尚书战功无数，有功于朝廷，这朝野都知道，而现在边陲也并没有完全太平，还不到刀枪入库、马放南山的时候，这档口，削减钟尚书兵权，或罢免钟尚书职务，理由呢？

为此，皇上烦忧啊。

吏部尚书江伯宁与兵部尚书钟和雍一直不和，只是江伯宁不像钟尚书直来直去，什么都放在脸上。他不动声色，在候机会。瞅准机会后，他私下里对皇上说：“臣听说民间那些唱戏的，说书的，都在为兵部钟尚书涂脂抹粉，把他夸到天上去了。现在的老百姓只知钟和雍有计有谋，有勇有功，似乎朝廷离了他就不行了。要知道，天下是皇上的天下……”

皇上一句句全听进去了，恨恨地说：“难不成朕把皇位让给他？”

皇上的这句话，江伯宁也听进去了，他告诫自己：这次不抓住机会对不起自己。

钟和雍五十大寿，他不想惊动同僚做寿，与夫人说好，一家子团团圆圆吃碗面就可以了。

但江伯宁故意让手下放风：正月初八是兵部尚书钟和雍的五十大寿，得贺寿，得送礼。

果然不出江伯宁所料，正月初八那天，各部官员陆陆续续来到雍府祝寿，新年新岁的，自然没有一个空手的。

当夜，江伯宁就进宫，要求面见皇上，说有要事禀报。

江伯宁对皇上说，钟和雍有野心。他以祝寿为名，结党营私，说不定有谋反的可能。江伯宁还把手下记录的送礼大臣的名单交给了皇上。皇上一看名单，心里更不自在了，想不到钟尚书一介武夫，竟有如此的人脉，如果他真想异动，那谁能压得住？

杀，必须杀！皇上杀机已动。

江伯宁说，臣愿为皇上分忧，臣会尽力而为的。

过了几天，江伯宁呈上了敌国宰相给钟尚书的密信，大意是：如果你愿做内应，可与他平分天下……

皇上仔细看了信的格式、印章，基本断定是假的。但皇上实在不想错过这个机会，故意气呼呼地一拍桌子，说："岂有此理！岂有此理！！"

第二天早朝，皇上出示了那封密信，大声质问钟尚书："朕如此信任你，重用你，你却背叛朕，你自己说说，该当何罪？"

钟和雍知道皇上忌讳他，但万万没有想到皇上会来这一手，他估计是江伯宁在背后捣的鬼。就说："皇上，你千万别被奸佞小人蒙蔽了，臣之忠心可鉴日月。众大臣都知道臣的为人。"

确实有多人站出来为钟尚书说话。甚至有人断定是敌国的离间之计，不能上当，自毁长城。

可皇上不这样想，皇上觉得，我皇上都拿出证据了，你们还为他说情，这不是不给我皇上面子吗，这不正好说明你们与钟尚书是一伙的吗？！

江伯宁说："证据确凿，不杀不足以平民愤！"

江伯宁圈内的几位臣子马上附和，说为了朝廷的安危，内奸不除，国无宁日。

皇上下令褫夺兵部尚书钟和雍的兵权，打入死牢。

皇上知道这次江伯宁出了大力，算是报答，让江伯宁去抄钟府，让他发笔财。

暗地里，皇上命小太监去监视，把江伯宁抄家时私吞的财物一一记录在案。

太子有点不解。皇上意味深长地说："朕所做的一切，都是为了你，你日后自会明白。"

江伯宁扳倒了对手，开始坐大，在朝廷有点忘乎所以。巴结他的臣子多了，弹劾他的臣子也多了。

皇上把弹劾的奏章都交给了太子，说："日后大有用场。"

江伯宁在朝廷内外的跋扈，弄得矛盾越来越深。终于有一天，皇上借太傅的弹劾奏章出手了，拿下了江伯宁，并公布了几年来所有弹劾江伯宁的奏章。一点一数，江伯宁竟有十八大罪状。

太子提出凡弹劾过江伯宁的一律官加一级，一时皆大欢喜。太子还上奏皇上，建议让钟尚书的儿子钟一鸣世袭。钟一鸣感恩戴德，成了太子的心腹。

皇上让钟一鸣带人去抄江伯宁的家。钟一鸣发现了多件原本自己家里的东西，但他一一登记造册，一件没留，全部交给了内务府。

皇上对太子说："仅几年工夫，朝廷的威胁没有了，权臣灭了，江府、钟府的财物都到了皇宫，你又赢得了人心，有了心腹，一举几得？"

太子佩服得五体投地。

写于2020年8月21日

寻找建文帝

朱棣以“清君侧”的名义，挥师南下，经过“靖难之役”，把建文帝赶下了台，夺取了皇帝之位，做起了永乐皇帝，九五之尊，好不威风。

坐上了梦寐以求的皇位后，朱棣才发现高处不胜寒。他夜夜噩梦不断。他梦见了自己的亲侄子朱允炆，梦见了到南京后，在后宫看到的那场大火，梦见了后宫地上那三具烧焦的尸体……

凭他的经验，凭他的直觉，他都清楚这绝不可能是建文帝的尸体，一点可能性也没有。说实在的，朱棣仅仅瞥了一眼就知道一定是为建文帝殉死的太监与宫女。

但郑和却来汇报说建文帝自焚而死了。这郑和从小在燕王府伴读，太监、宫女的服饰、打扮难道他会看不出？怎么可能会糊涂到错认太监、宫女的尸体以为是建文帝呢？

聪明过人的朱棣马上意识到了郑和的用意。好你个郑和，脑瓜子真的是灵。他将计就计，立马冲到了烧焦的尸身旁，大叫着：“允炆侄子，我的亲侄子你不能走啊！”随即扑倒在一具尸身上，放声大哭，悲悲戚戚地喊道：“允炆侄，你真傻，你为什么要自焚呢？我是来清君侧的，是来帮助你的呀。我从来没有想要夺你的帝位。你误会叔了！……”

哭过后，朱棣马上命令郑和封锁现场、封锁消息，没有他的允许，任何人不得接近，任何人不得乱说乱传。

在国师姚广孝的策划下，朱棣隆重安葬了建文帝，一切的一切做得像模像样。

老话说“国不可一日无君”，既然建文帝驾崩了，朱棣接位也就势在必行。

群臣的祝贺还在耳边，朱棣就失眠了，辗转反侧就是睡不着，念经也没有用，数羊也没有用，就算睡着了，也是在似睡非睡、似醒非醒之间，还乱梦颠倒。他连续几夜梦见建文帝在镇抚杨应能、监察御使叶希贤与翰林编修程济等前朝老臣的拥戴下，举起了剿灭乱臣贼子的大旗，打着匡扶大明正统君王的旗号，浩浩荡荡地杀来了，惊心动魄啊……

朱棣下决心生要见人，死要见尸，但这事还不能大张旗鼓，要不让其他大臣、让民间知道了建文帝没有死就更麻烦了。

朱棣秘密派了几路最亲信的人马，去最有可能的几个地方寻访建文帝的踪迹。

几个月来，有多份密折，一说建文帝逃到贵州了，一说逃到云南了，一说逃到四川了，一说逃到福建了，一说逃到浙江了……

朱棣一看就知道是在捕风捉影，胡说八道。朱允炆常年生活在宫里，肩不能挑，手不能提，弱不禁风，凭他这种过惯了锦衣玉食生活的人，能跑这么远，跑这么偏，跑这么穷的省份，不愁死他，也累死他。但朱允炆会躲到哪儿去呢？一定是去了有他旧臣、有他百姓基础、经济条件好的省份，才可能积聚力量，东山再起，跑深山老林去干吗，去过野人生活，苟延残喘？这怎么可能呢？

一个秋风萧瑟的夜晚，朱棣已经躺下了，突然内官来报：户科都给事中胡濙求见。模模糊糊、半睡不睡中的朱棣一听胡濙回来了，一个激灵从床上跳了起来，连鞋也穿倒了，就接见了从外地回来的胡濙。因为朱棣给他下了密旨，要他去寻访建文帝的。他半夜进宫，等不到明天上朝，一定有了重大发现。

果然不出所料，胡濙带回了一只御窑之碗，一看那款式就知道乃宫内之物，怎么会流传到民间的？更让朱棣觉得不可思议的是这只御窑之碗竟是在东南亚一个海岛上发现的。难道建文帝逃到了化外之国去了？这也不是没有可能的，不，几乎是肯定的。

朱棣下决心要找到建文帝，他深知自己得位不正，不属传统的传嫡传长，要不然方孝孺也不会宁可被灭十族也不愿起草登基诏书。建文帝不除，总是个心病，难保没有后遗症。

但派谁出海去寻建文帝呢？一定得亲信中的亲信，十二分的可靠才行。要知道，208艘宝船、战船、兵船、水船、粮船、马船、货船，2.7万多人的队伍，加上大量的丝绸、茶叶、瓷器、铁器等，如果领头的有异心，一去不回，占岛为王，那岂不竹篮打水一场空？！

思来想去，朱棣想到了郑和。郑和12岁净身入宫，是马太后赐给自己的小太监，成了自己的伴读，从小一起长大，靖难之役中，在郑家坝一战中，还救过自己。更重要的是他是太监，没有后代，历史上有谁听说过太监做皇帝的吗？所以朱棣不担心他拥有了兵马与财产，会自立为王。于是，朱棣委派郑和为出使西洋的正使。

因为根据胡濙等人的情报，建文帝最有可能的是从南京逃到了长江入海口的太仓，从刘家港乘船逃到了海外。郑和的任务就是沿着建文帝逃亡的路线，一路寻找而去。

海上的生活虽然枯燥、艰苦，但郑和发现自己的船队所向披靡，在那2.7万余人的队伍面前，自己说一不二，俨然是海上皇帝。郑和在宫里说起来是太监总管，但太监最高等级是四品，在皇帝面前，在大臣面前，也就是个奴才，哪有在海上自在、威风，郑和也就乐此不疲，过足了“海上皇帝”的瘾。

写于2020年10月11日

庚 子 年 笔 记

凌 鼎 年 微 型 小 说 新 作 精 选

文化篇

画坛花絮

郑一嘉是娄城的企业家，生意做得好好的，突然关停了所有的企业，拜了娄城最有名的国画大师贾步臻为师，开始了学画。用他的话说：换一种生活方式。

郑一嘉很有灵性，很有悟性，也就两三年时间，他的花鸟画已有模有样了。

朋友都说：郑一嘉有天赋，乃可造之材，假以时日，必成大家。朋友们相信，他虽属半路出家，但名师出高徒嘛。

只是出乎朋友意外的是，郑一嘉毅然决然自费去中国美术学院读了书画鉴赏，这个班收费很贵，一般人是读不起的。

朋友们闹不清郑一嘉葫芦里卖的什么药？

郑一嘉毕业后，进入了收藏行当，以收藏书画为主。

朋友们时不时听到郑一嘉“吃药了”“捡漏了”……

大家也就听听而已，并不上心。

一次，在上海举办的佳士得秋季拍卖会上，郑一嘉以明显高出他人的价钱拍下了一幅明末王三进的《国色天香图》。

正好娄城收藏协会会长时舟彦也在拍卖会现场，目睹了郑一嘉志在必得的全过程，以他的眼力，这画是真画，可这王三进名不见经传，再说，这幅《国色天香图》也太俗了点，也就三流货，犯不着出这么高的价，看来这郑一嘉还是眼拙，嫩了点。时舟彦想去提醒他、制止他，又怕场面上伤了别人的自尊，就把话咽了回去。

又一想，郑一嘉是有中国美院书画鉴赏研究生的结业证的，算是科班出身，他会看走眼？于是，他认认真真、仔仔细细地反复看了这幅《国色天香图》，实在看不出有什么精妙之处，只能摇摇头。

也是巧，在停车场时舟彦正好碰到郑一嘉，终于没忍住，说："这幅《国色天香图》撑死了也就是十来万元，你出手真阔。"

郑一嘉笑笑说："买个喜欢嘛。值，绝对值！"

第二年夏天，在上海的一次朋友聚会上，深圳的一位老板说最近觅到了一幅王原祁的《溪山春晓图》，请大家掌掌眼。有人说，王原祁是娄东画派的领袖人物，用陈丹青的话，"乃中国画的正脉"。顿时，在座的兴趣来了。

这是一幅六尺宣的山水画，装在一只考究的长盒子里。拉开来一看，陈旧而古朴，傻子也看得出有些年头了。

嘴快的抢先说："开门货，不用看了。"

还有一位看了轴头与装裱工艺，也很肯定地说："明末清初的原装货，我敢打赌。"

也有的说："老货是老货，但王原祁的山水画以熟不甜、生不涩、淡而厚、实而清而著称，这幅画的线条总感觉不够流畅，着色似乎也不那么自然，会不会是他学生代笔的作品？"

几个人议论纷纷时，有人说："时舟彦是娄城收藏家协会的会长，与王原祁是同乡，他应该最有发言权，听听他的。"

时舟彦凑近一看，有一种似曾相识的感觉，但又说不出相识在何处。或许，自己平时因王时敏、王原祁、王鉴、王翚的"四王"作品看多了，没有陌生感了。

记忆是个很奇怪的东西，看着看着，突然，仿佛有一点闪电掠过时舟彦的脑海，击中了他记忆深处的一个点，他突然想起，这卷轴好像与王三进的《国色天香图》很相似。再一看，何止是相似，简直一模一样，可以肯定就是那幅画的卷轴，时舟彦一下子明白了，这大概就是书画界俗称的“套棺材”——这是书画造假的技艺之一，谓之偷梁换柱。即买下不值钱不出名的古画，再把中间的画芯挖掉，把仿画、假画裱进去，最后再做旧，譬如用香烟灰水让新画泛黄，加点粥汤，让其生出霉斑，或者再弄点水渍，弄一两个蛀虫的洞，等等。反正给人以数百年旧画之假象。如果不是专业的书画鉴定专家，又怎么看得出来呢。

想到这儿，时舟彦意识到自己落在了两难之地。如实说吧，等于断了郑一嘉的财路，以后朋友也没得做了。说不定还会惹出什么麻烦。不说吧，与自己的为人、做事的宗旨不合，他好为难。

在朋友的催促下，他只能说：“存疑存疑。”

“别模棱两可，说细点，让我们后学也长长知识。”席中有位年轻人很诚恳地说道。

时舟彦被逼上梁山，斟酌着说：“从卷轴看，有近四百年历史，我说存疑，指是不是王原祁真迹存疑，其他不讲，单看这印章，麓台老人四字，不够生辣，不够劲道，也少点了韵味。王原祁是康熙皇帝最欣赏的宫廷画家，他的印章都出自名家之手，这个印，是不是有点欠火候啊？”

时舟彦点到为止，不愿再多说。言多必失嘛。

深圳的老板对书画看来是外行，他听了半天，既无法辨出真伪，也不想辨出真伪。他追问了一句：“请问各位老法师，这画值不值1000万？这画会不会升值？”

在座的无不面面相觑。

大家都盯着时舟彦，时舟彦答非所问地说：“我听说，最近苏士比拍卖会王时敏的一幅《富春江秋韵》，拍到1500万。”

深圳的老板一听，很是开心地说：“真假对我来说不重要，能保值、能升值就够了，谢谢各位，下次再聚，再向各位讨教。反正我买单。”

写于2020年1月20日

园林之殇

一切都很偶然，缘起于作家惠延圣的一则微信——那天他在朋友的鼓动下，走出书斋，去了郊外钓鱼，花了半天时间，竟只钓到几条小猫鱼。钓鱼回来，他一时感慨，就发了个朋友圈，抱怨现在去野河塘野钓，几乎钓不到鱼，哪像儿时，只要去钓，总有收获，钓趣多多。

没有想到他的一位姓袁的读者，或者说是粉丝知道了，就加了他的微信，并邀请他去钓鱼，说保证有儿时的感觉。

按袁读者发来的定位，惠延圣开车去了，到后才知道是七丫村的一个苗木基地。这地方有点偏，但环境真的不错。有大片大片的香樟树、松树、柏树、枫树、樱花树等苗木，最核心的是袁读者办公的那一块，有池塘，有假山，有古树，有竹林，有古建筑，雅得很。

惠延圣是作家，也算见多识广，凭他的眼力，猜测这儿应该是个古园林，最少有一两百年的历史。

一问，果然不假。清代乾隆年间，邻县出了个二甲第一名传胪，此人姓方，曾经官至户部侍郎，致仕后在其家乡四周千挑万选，看中了娄城江尾海头的地理位置，就在此地的乡下买了地造了园，隐居于此。方侍郎极为低调，连园名也没题，只在他留下的诗词里提到“乐隐园”。

惠延圣是政协委员，就在两代会上写了提案，建议开发、扩建“乐隐园”，挖掘文化底蕴，提升城市品位。

可惜“乐隐园”太偏了点，政府还顾不上，投资商兴趣也不大，提案最后也就不了了之。

三年后，地方上引进了两所大学，政府规划以两所大学为核心，建一个20万人的大学城。在考察时，领导发现了乐隐园遗址，正好在大学城的边缘处，领导突然想起了三年前政协委员惠延圣的提案，觉得这可以使大学城锦上添花，于是拍板改造乐隐园，使大学城凸显历史底蕴，让现代化校园与古典园林相映成辉，相得益彰。

基建速度堪称日新月异，仅两年，两所大学建成了，开始招生，大学城热闹了起来。

当地政协组织政协委员视察政府完成的实事工程。惠延圣来到了大学城。惠延圣发现旧貌换新颜，两年前这一带的野趣已不复存在，两所现代化的大学拔地而起，硬件设施绝对一流，让人看得激动不已。

惠延圣特地来到乐隐园旧址，发现园名改为“乐荫园”，据说是有领导认为乐隐园之名太消极。

惠延圣觉得领导还是挺有水平的，音同字不同，谐音而改，意思大不同。

惠延圣不满意的是乐荫园里建了大型的摩天转轮与供儿童玩的过山车、超级蹦床、秋千转盘、水滑梯、摇摆攀爬架等，把原本诗情画意的古典园林硬生生破坏了。

惠延圣气不打一处来，这哪是建设，这分明是破坏。

在视察后的座谈会上，惠延圣忍不住开炮了。责问有关部门怎么可以把一座两百多年的古典园林改造得如此不伦不类？这是变相地毁了名园，痛心啊痛心！

正好旅游局的龚局长也是政协委员，他对惠延圣的批评很不以为然。他说，惠作家的说法是书生意气，复古心态，我们要向前看，古典园林也要为当下服务，与时代看齐。这个园林人气不足，如果只有投入，没有产出，那怎么行？园林要为大众服务，要让大部分老百姓愿意掏兜买票，园林不是为了某些文化人发思古之幽情的地方，不是专供文人骚客吟诗写文的所在……

参加座谈会的分成了两派，有人赞同惠作家，有人支持龚局长，真所谓公说公有理，婆说婆有理，谁也说服不了谁。

政协主席只能出来打圆场，说，我们会把两种意见整理后汇报给市委市政府领导。

这后，关于乐荫园的争论扩大到了社会上，说好说孬的依然是一半对一半。孰是孰非，至今没有定论。

写于2020年2月23日

编撰《娄城名门望族》一书

金木水是娄城资深的地方史研究学者，出版过多本文史专著。退休后，有了大把的时间，他最想做的事就是编撰一本《娄城名门望族》的专著。

这本书在他脑子里酝酿已久，材料也收集得不少了。他原本想写《娄城十大家族》，但他发现如果只写十个家族，摆不平，因为历史上娄城的官宦人家、书香门第、殷实大户不止十家。他排了排，列出了钱姓、王姓、李姓、陆姓、张姓、唐姓、朱姓、吴姓、俞姓、狄姓、傅姓、陈姓、汪姓、顾姓、凌姓、郏姓、龚姓、宋姓、郑姓、闻姓等二十家，金木水想想该放进去的也差不多了，算它平均每篇15000字，也要30万字左右，蛮厚一本了。

说干就干，金木水一一联系了他所认识的这二十大姓中年长的，知道点家族历史的，能写写的，请他们提供更多的家族史料。

金木水在当地还是有点知名度的，大家对他的文才是佩服的，对他的文德也是认可的。一听他来写这书，都很信任，无偿地提供了大量第一手史料。

撰写文史书籍，不像写小说可以天马行空，闭门造车。不说无一字无出处，无一句无来历，至少大事不虚，小节不拘吧。半年多来，金木水不是泡在图书馆，就是生根在电脑前，再或者是走访那些耄耋老者，打电话咨询、核实材料。前前后后，一年时间，才写出了初稿。

他花钱打印了几份，请几位老先生指谬，懂电脑的就发电子版，请他们增删、校改。

随着打印稿与电子版的出去，娄城文化圈里有人知道了金木水编撰了《娄城名门望族》。

金木水接到的第一个电话是郁先生，他自报家门说叫郁无畏。说他家也是娄城大户，还说清代时有“郑半街、郁半镇”之说，可见郁姓之厉害。岂能漏了？！

金木水说：“那你报几个郁姓名人，如有分量，一定补上。”

郁无畏想了好一会，报了一位作家、一位书法家、一位教授、一位老中医的名字。金木水知道这与其他二十个家族不在一个层面上，只好安慰他说：“谢谢，谢谢！我再收集收集资料再说。”

三天后，金木水久不联系的初中同学大张打来电话，说有饭局，无论如何请赏光出席，说有粉丝要与你见面。

不去有拿架子之嫌，去了才知道有位外号叫莫老爷的设的饭局。

莫老爷倒也快人快语，他说：“莫姓在元代末年，是娄城数一数二的大户人家，因得罪了朱元璋，在明代初年被发配到了广西蛮夷之地。”

金木水一听，来了兴趣，问：“当年什么原因发配到广西，莫氏历史上有无名人，眼下在娄城还有多少后裔？”

莫老爷说：“据我知道，得罪朱元璋的真正原因与沈万三一样，有钱呗。电影《刘三姐》里的莫老爷就是娄城莫氏的祖先，够知名度了吧。”

可惜目前还生活在娄城的莫姓，排来排去，也就一两个小有名气，还有两位从娄城走出去的教授。也许莫姓在700多年前确实显赫过，但如今无疑式微了。吃了人家嘴软，金木水答应写一篇《莫老爷与娄城》的文史文章。

莫老爷说，只要把莫姓列入《娄城名门望族》，他个人赞助10万元，绝不食言……

类似的人与事不是一个两个，一桩两桩，弄得金木水很头疼，后来再有饭局，他都不敢轻易答应。

第二年秋天，《娄城名门望族》终于出版了。第一版印了5000本，几个月就销光了。有一个老板一看他家名列其中，写了他家老祖宗有出将入相的，有诗文传世的，一激动就购买了1000本，说要作为企业礼品送客户。有家民办中学也买了1000本，说要作为乡土教材……

还有学校与单位邀请金木水去现场签售，讲课。

风光的日子没有几天，金木水的麻烦就来了。有个姓熊的打电话给他，说："你怎么能把熊姓漏了呢？！"

在金木水的印象中，熊姓在娄城系小姓，没有听说出过什么大人物，就客气地说道："请把你觉得熊姓应该列入的理由说一下。"

姓熊的说："难道你不知道熊姓是楚贵族姓氏，是祝融氏后代吗？难道你没有听说过熊式辉、熊十力、熊黛林等熊氏名人的大名吗？"

金木水只好说："我写的是娄城名门望族，不是中国名门望族，请问你说的这几个名人与娄城熊氏有什么关系？"

姓熊的很恼火，说："我们熊家有多位牺牲在抗日战争、解放战争，还出过一位将军，你们金家算什么东西，出了个大汉奸金碧辉……"

哪里跟哪里呀，气得金木水挂了电话。

这后，金木水又接了几个电话，有赞赏他的、表扬他的，也有骂他的、臭他的。譬如，有人说他把娄城头号大地主陈姓也写进去了，是不是想为枪毙的大地主一家招魂？还有指责他不该把汪伪时期的中央银行的钱行长写进去，感觉像在为汉奸树碑立传。还有人不满他没有把解放后第一任县长浦姓写进去，政治立场很有问题……

写于2020年3月17日

杨将军庙碑

娄城的古庙镇早年庙宇众多，后在历史的风风雨雨中倒的倒，烧的烧，拆的拆，败的败，到20世纪60年代，整个镇上一座寺庙也没有了。

进入新千年后，古庙镇的多位老人希冀恢复一两座寺庙，他们多次到宗教局到信访局走访、反映，但事关宗教，有关部门以“要研究，要上报，要审批”为由，迟迟没有正式答复，一拖再拖。一直到2011年，镇上有位在京城工作的钱病榆老干部退休了，他落叶归根，回来定居。钱病榆是厅级干部，市里领导也得给他三分面子。他出面交涉后，宗教局终于正式批复：财政不拨款，同意重建杨将军庙——因为这庙是500多年前为纪念宋代抵抗鞑靼的杨姓将军建的，似乎与宗教信仰、与迷信关系不大。

很快，古庙镇成立了“重建杨将军庙筹委会”，镇上几位德高望重的老者与热心于此的人都一致推举钱病榆牵头负责。

有了批复，钱就是最伤脑筋的事，但在钱病榆与几位热心人的奔走下，企业家与平头百姓、善男信女纷纷捐款，资金竟落实了。

钱病榆知道，有了钱，基建很快的，一年半载庙宇就能造好的。关键是要造得像样，能在镇志上留下一笔。他提出：一定要请个名人，文笔一流的，认认真真写篇碑文，勒石刻碑，留存后世。

市道家协会的会长建议请娄城的老作家丁双丁撰写。理由是丁双丁是个与佛道有缘的人，娄城的多座寺庙、道观的碑刻出自他的手笔。

丁双丁是地方文化研究学者，他认为写碑是有功德的好事，没有推托。很快，一篇《辛卯年重建杨将军庙碑》送来了，全文如下：

将军杨氏，佚其名讳，仅以姓传，亦不详其里居。宋理宗时，鞑靼南侵，江淮蒙难，将军奋起于危难之际，挥戈于敌阵之前。护国何辞身死，保民必在卒先。终至血染盔甲，伤重不治，逝于吾邑。朝廷誉之，乡民敬之，本应勒石厚葬，然狼烟未消，只能藁葬于新塘陆窑塘畔，悲夫，真乃马革裹尸也。此宋淳祐十年间事，距今凡七百六十余年矣。

相传，有明之初，邑人陆松心存敬意，旦夕察观，竟睹墓地生紫气，封树蕴氤氲，瑞祥弥漫，云蒸霞蔚，遂立庙祀之。乡民有沉疴积疾者进香求之，灵验者十之八九，香火日旺，遂有口而皆碑也。

至明成化间，乡绅孙君慷慨捐赠，征地扩建，遂成规模，渐出气象。捐者积德留名，敬者安康得佑。自此，香火大盛，名传遐迩。

及嘉靖年，里人右佥都御史周广撰文《重修杨将军墓庙记》，吴门大家文徵明书之，勒石刻碑，入史见志。

嗟夫！杨将军与娄城非亲非故，因功在社稷，利在百姓，故娄城乡民敬之祀之，顶礼膜拜，斯可谓有情有义，有胆有识也欤。

至建国初年，改庙为库，道士星散，随之“文革”浩劫，庙宇终毁。

斗转星移，拨乱反正，经审批，恢复之。辛卯年，有大德之士发起，有缘人士慷慨解囊，得以征地一十二亩，正式重建。斯庙开光醮典，敦人心，厚风俗，盖为将军义行所感也，此诚功莫大焉，德莫厚焉！今由正一派道长主持宫庙，功德广播，香客翕聚，观其庙务蒸蒸日上，渐入佳境，是谓将军幸甚，娄城幸甚！

噫吁！综观历史，数度兴衰，然百姓眼中有尺，心中有秤，拆庙墙易，去口碑难，杨将军乃百姓之神，杨将军庙乃民间之庙。可谓一朝功德，千秋永祀者也。

辛卯腊月娄东丁双丁敬撰

钱病榆细读后，很是满意。

但不久，“重建杨将军庙筹委会”有人来找丁双丁，说有位捐款最多的大户希望把他的名字刻上去，如果刻上去，他还会追加捐款。

丁双丁问：“哪位？”

来人告知：“孙牛空局长。”

丁双丁一听，当即说：“不行！绝对不行！”

来人问：“为什么？”

丁双丁答：“此人太贪太狂，口碑不佳，这种人出事是早晚的事，会连累石碑的。”

来人说：“如果同意把孙牛空名字刻上，你的润笔翻倍。”

丁双丁倒也干脆，“假如你们执意要刻上孙牛空名字，就一定不要把我名字刻上。”

这让钱病榆很无奈、很头痛，陷入两难之中。求人不如求自己，最后，他改了又改，重写了碑文，不很情愿地加上了孙牛空的名字，落款了他自己的名字。

一年后，孙牛空被小三举报，“双规”了，罪名是受贿、渎职，被判了20年有期徒刑。这事在娄城传得沸沸扬扬，几乎家喻户晓，成了市民茶余饭后最有嚼头的话题。自然，也议论到了丁双丁与钱病榆，褒贬分明。

钱病榆被人指责没有丁双丁的先见之明，这使他感到很难堪，多个晚上睡不踏实后，想来想去，最后下决心把孙牛空的名字凿去，并要求把落款“钱病榆敬撰”五个字也凿去。

写于2020年3月26日

“一根筋”的梦想

“一根筋”当然不可能是真名，仅仅是个外号，只是他的真名已退位到备用项了，连他老婆都只叫他一根筋，所以他的真名是哪三个字也就不重要了，不提也罢。

一根筋退休前是单位的中层干部，科长，有实权的小领导。后来单位要创收，他就兼了娄城风雅颂公司总经理。他把局办公楼底楼的街面房子改造为茶室，起名为“江南春”。在他的经营下，江南春在娄城小有名气，特别是文化人都喜欢到江南春茶室坐坐、喝喝茶、聊聊天，是以文会友的好去处。

一根筋后来干脆不做科长，承包了江南春，一门心思经营茶室。

前年，局里的新领导说江南春的房子要另派用场，局里收回经营权。胳膊拧不过大腿，江南春关门大吉。一根筋转不过弯来，气得住进了医院。出院后，他打报告提前退休。局长二话没说，立马批了。

说起来，一根筋不差钱，但没有了江南春这样的载体，他的心空落落的。

他老婆对他的心思洞若观火，一句点穿：快花甲年纪了，该歇歇了。如果再去开什么茶室，我可不答应。

“好，不开不开。”有了一根筋的变相保证，老婆就放心了，不再管他。

闲来无事的一根筋就在娄城仅有的几条老街小巷里走走、看看。有次，他在翰林弄看到一幢清代的民居，一打听，早没有人居住了，属危房。再一打听，房子的主人阿蒋认识的，他祖上是盐商，百年前，房子很大，到今天，仅剩这一个小院落了。

一根筋与阿蒋商量：你卖给我吧。

阿蒋说：卖贱了，我对不起祖宗，卖贵了，你不情愿。这样吧。你想派什么用场，我不干涉，借你30年，不收你一分钱。但改造、维修费用你来。

一根筋想我今年58岁，再过30年就88岁了，玩个30年也足够足够了，就一纸合同签了下来。

一根筋多少有些惧内的，合同签后，就去告诉了老婆。

老婆很生气，你这不是先斩后奏吗？！

一根筋倔脾气上来了，说：我已答应你不开茶室，我也没有买房子。我只想翻修翻修，改造为一个小型的私人会所，以后三五知己，七八好友，品品茶，吹吹牛，写写字，涂涂画，下下棋，弹弹琴，打打拳，有个聚会的场所而已。

老婆知道，一改造，上百万就扔进去，等于打水漂。她一百个不愿意，但她也清楚，如果不答应，一根筋会比死还难受，以后的日子不会好过，算了算了，一百万买个老公开心吧。

一根筋反复察看了小院的布局与房子结构，大门处是个老式的门楼，里面有个天井，两侧是厢房，对着门楼的是一幢楼房，楼下中间是客厅，客厅两边是房间，楼上与楼下的格局一样的。楼后面还有两小间独立的房子，应该是厨房与杂物间，外带一个后院，院里有水井，井旁有棵一两百年的桂花树。

一根筋越看越满意。他花了好几天时间，考虑、写出了翻修方案。

大约花了半年时间，总算大功告成，起名为“颐养小筑”。

开张前，一根筋请当地的丁作家写了《颐养小筑小记》，镌刻于大理石，镶嵌在了墙上。

一根筋在他生日那天，请了两位画家、两位书法家、一位篆刻家、一位作家、一位诗人、一位收藏家、一位弹古琴的，共九位相熟的朋友，说是连他算娄东十友雅聚，生日的事，他决口不提。

先参观，再喝茶。

右手的厢房布置为书画室，一张画桌，上铺白色羊毛毡，文房四宝，一应俱全。还有案头清供昆石等，墙角有一块体量不小、造型古怪的灵璧石，墙上挂有名家的书画作品，是个能生创作灵感的小环境。

左手的厢房是茶室，一块特大老树根做成了茶台，茶杯竟是红豆杉做的，围绕树根茶台有十个树根坐墩，墙上一条条杉木板用麻绳子串起，杉木板上请陆书法家写了《兰亭序》，飘逸灵动，书香墨香，扑面而来。墙角两边各有花几，一角的汉陶罐里插着干枯的莲蓬，一角的瓷瓶里插着黄中泛白的芦花，靠窗的长案上摆放桌水石盆景，还有兰花、金边小菖蒲各一盆，窗外是盆栽的湘妃竹，正好借景，轻轻摇曳，别有情趣，在这样雅致、古色古香的茶室喝茶真的赏心悦目。

天井里地上铺了“人”字砖，寓意来者走在上面，乃人上人。

客厅的门口用特大的毛竹作为楹联，上联“室雅何须大”，下联为“花香不在多”。汉隶，遒劲而古朴。

楼上三间已打通，可以互相走通，但中间的隔断改成了叠摆的瓦片，一弯一弯的瓦片，中间空的，这隔断似断未断，颇有意思。

墙上挂满书画，玻璃柜里是一根筋的藏品，分砚台与铜镜两大类。

后院有一片紫竹林，墙上密密匝匝全是爬山虎，倒也生出几分野趣。一根筋还把不知从哪儿觅来的拴马桩、石磨、井栏圈等摆放在后院，还种上了蜀葵、天竺、腊梅、梅花、紫薇等。

大家赞不绝口。说以后有文化人来访，一定带来叨扰。

一根筋说："欢迎欢迎！"

那天，弹琴的弹琴，画画的画画，写字的写字，做诗的做诗，喝茶的喝茶，都很尽兴。

告别时，写《颐养小筑小记》的丁作家问一根筋：你老婆来过了吧，看了怎么说？

一根筋告知，她说：古韵今风，似乎兑现了你梦想。这房子现在至少值一千万。房主人比你更精。

写于2020年5月25日

匾额收藏家

卞高璇家里成分高，参军、入党、提干都很难轮到他，看清这一点后，他断了仕途发展的念头，早早下了海。

卞高璇开了一片家具厂。家具厂要堆放木料，要摆放成品、半成品，占地面积需求很大，好在20世纪90年代土地还不值钱，卞高璇把赚来的钱都买了土地。

为了买地的事，卞高璇与妻子白沁沁意见分歧，吵了一架。

譬如成品家具很占地方，白沁沁主张借别人家的仓储，成本大大减少，有什么必要自己建仓库。

卞高璇却说：自有自方便。还说，买土地不会亏的，权当投资。白沁沁没有被他说服，他也知道说服不了妻子。主意一定，我行我素，买了土地，建了仓库。气得白沁沁说他大男子主义，要与他离婚。

卞高璇摆出不争论的样子，只淡淡地说：二十年后再论！

白沁沁拿他没有办法。

有次月底，白沁沁发现账目拍不拢，就问卞高璇账目咋回事？卞高璇领白沁沁到仓库说：用家具换了三块匾额。还说：有年头的文物，划算！

白沁沁一看，一块是“杏林春暖”，一块是“椿茂萱荣”，还有一块是“泽普如春”。这三块匾，没有三百年，至少一百年，都很陈旧。白沁沁气不打一处来，一套家具换一块茅坑板一样的东西，你脑子是不是被驴踢了？

卞高璇全然不理会妻子的脸色，还兴致勃勃地告诉妻子说：“椿茂萱荣”是双寿匾，椿指男性，萱指女性，意谓夫妻双方都长寿……

“椿，我看是蠢。你去与你的匾额长命百岁吧。离婚！”白沁沁忍无可忍。

白沁沁喜欢时尚，对欧美产品情有独钟，对收藏、对老东西半点兴趣也没有。

卞高璇把所有的现金都给了白沁沁。说：“你走你的阳关道，我走我的独木桥。谁笑到最后，二十年后再说。”

白沁沁扔下一句：“我看你，早晚倾家荡产，抱着你那匾额做棺材。”

离婚后，白沁沁开了娄城贸易有限公司，做起了老板。

卞高璇呢，没有了人说他，走火入魔般到处收集匾额。

匾额存放很占地方，一般人就算送给他也没有地方放，好在卞高璇的仓库很大。

卞高璇的匾额快集满一百块的时候，有次饭局上娄城的书法家协会副主席叶一航说给他题写“百匾轩”，卞高璇一听，竟大言不惭地提出：要题就题“千匾轩”。

在座的都认为卞高璇这牛吹得大了些。他自信满满地说：“十年后见分晓。”

十年来，卞高璇的厂没有发展，匾额越收越多。

十年来，白沁沁的贸易公司越做越红火，她还被选为娄城女企业家协会会长。

十年后，娄城书法家协会副主席叶一航应邀去看了卞高璇收藏的千余块匾额，卞高璇如数家珍地指着“惟书为宝”“书可医愚”“萧江一脉”“画荻希风”“世德流馨”“五马流芳”“九牧衍派”“西陇世泽”“北海名流”“安乐桂馥”等一排排三块一架的匾额，一一诉说着收藏的故事。

叶一航有意考考他，指着“德耀青黎”匾额，问：“这四字啥意思？”

卞高璇答曰：“清黎，指有学问的人。德耀青黎，可解读为有知识有文化人中的佼佼者，相当于现在术语德艺双馨。”

叶一航又指着边上一块“成均硕彦”，问：“那这块呢？”

卞高璇答曰：“成均，古代国子监的代称；彦，指有学问的人；硕，大的意思。合在一起，意谓高等学府里的大学问家。”

卞高璇来了兴致，又解释了“燕翼诒谋”“鸿风懿采”“旁求俊义”等，叶一航很佩服地说：“开眼界，长知识。”当场挥笔写下了“千匾轩”三个劲遒的字。

一晃到了2019年，卞高璇在收藏界已很有名气了，他干脆把仓库改造后，开办了“卞高璇匾额陈列馆”。省电视台都来了记者，不少媒体做了报道。白沁沁以娄城贸易公司的名义送了花篮。

到了2020年，新冠病毒全球肆虐，停航断航，白沁沁的娄城贸易公司生意一落千丈，她考虑是否该关了。

一筹莫展中，她收到了卞高璇发给她的微信：二十年了，你未再嫁，我也未再娶，你心中有我，我心中也有你，复婚吧。来我匾额陈列馆帮忙吧。

白沁沁一想，对呀，二十年了，当初他就说过，二十年后再论。只是，我这样太没有面子了。她犹豫不决。

卞高璇似乎洞穿了她的内心，又给她发了一个微信：你回来做家具厂厂长，那厂本来就有你一半。我做匾额陈列馆馆长就心满意足了。

白沁沁有点心动。

写于2020年6月18日

“米粉”之最

石乃祖有个微信名“米粉之最”，不熟悉的人很难猜到什么意思。有人说他会不会是香港著名电影演员米雪的粉丝，或者是国内电影导演米家山的粉丝？

其实，熟悉石乃祖的朋友，看他时不时在朋友圈晒出的照片就知道一二了，他晒得最多的是奇石怪石的照片。我这样说，应该明白了吧——中国鉴赏石头的审美标准“瘦、皱、漏、透”是北宋书画家、有“石痴”外号的米芾提出的，石乃祖对米芾崇拜得五体投地，自称“米粉之最”也就不奇怪了。

石乃祖把做生意赚来的钱都投到了收藏奇石怪石上去了。五年前，他创办了“石乃祖奇石馆”。安徽灵璧石、无锡太湖石、广东英石、昆山昆石、海南黄蜡石、寿山石、青田石、昌化石、巴林石、绿松石、孔雀石、石榴石、黄河石等，他都有上好的珍品。

有次，一位海外石友“吾乃奇石”慕名来访。看过藏品后说：你这奇石馆，就私人收藏而言，即便在世界上也排得上号了，可惜以我眼光还不够奇，不够怪，你的镇馆之宝也还不够分量。

石乃祖的镇馆之宝是一块一米高的昆石，名“昆仑千寻雪”。要知道昆石一般也就拳头大小，乃文人案头清供，尺余高的就很稀罕了，一米高的昆石怎么说也是珍品中的珍品。

当晚酒席上，石乃祖又请教于“吾乃奇石”，他喝多了，就吹起来了，说他在非洲见过一种奇石，体量硕大，能在不同的气候条件下，在不同的光线下，发出不同的颜色与光芒，在天空中形成五彩斑斓的光晕，美得无与伦比。

石乃祖问他在哪个国家？“吾乃奇石”只神秘地说：“据我知道，在你们贵州的山里也有，唯有缘人才能见到……”

石乃祖此后就耿耿于怀，他查了不少资料，问了不少石友，隐隐约约打听出在贵州有世界上最大的溶洞群，还没有正式开发，奇石怪石最大的可能就在那一带。

石乃祖自费组织了几个志同道合的石友去贵州山里探险。

“吾乃奇石”在微信群里知道石乃祖要去贵州寻找传说中的奇石，连忙劝阻，说：“去不得，去不得。那石头好看是好看，但有放射性，有一种叫未钳1放射线，接触后会死人的。”

石乃祖说：“开弓没有回头箭。按既定计划出发了。”

去的几位都是玩石的高手，也是资深驴友，翻山越岭都不怕。

找奇石不是去旅游景区，有路有指南有导游，他们是带有探险性质，有诸多不确定因素，很辛苦很危险，但石乃祖一行明知山有虎，偏向虎山行。

转了几天，没有预想的收获，正在失望之极，石乃祖意外地发现了一个山洞口，进得山洞，方知洞中有洞，来到里洞，竟发现有钟乳石，有石幔、石柱、石瀑布，有石旗、石笋、石珊瑚、石葡萄、石蘑菇、石寿桃、石佛手，还有卷曲石，以及针状、片状、管状、柱状等造型奇特的石头，头上有，脚下有，左边有，右边有，前面有，身后有，总之，全方位的，立体型的。就颜色而言，黑与白为主色调，辅以其他颜色，有雪花白、梨花白、凝脂白……有墨碳黑、珍珠黑、水灰黑……有时一根顶天立地的钟乳石，竟有三种颜色，一段是水晶白，一段是乳白，一段是奶黄，石乃祖猜测是亿万年间滴下的水里含的矿物质不同，故而积淀成了不同的颜色。有些钟乳石，经手电光一照，晶莹剔透，或洁白无瑕，或间杂他色，感觉犹如白玉，犹如翡翠，犹如玛瑙的质地，且体量大，成色佳。就形状而言，更奇特了，有时水中呈现无数黑色的小圆球，好似鲟鱼的卵，哇，太像鱼子酱了，这可是世界上最昂贵的“食品”之一。

以前有一首歌，说精美的石头会唱歌，其实，这洞里的石头还会发芽，还会开花，还会结果呢。有时水中又会见到一朵朵乳白色的石花，简直与市场上买的花菜一模一样，完全可以乱真。还有那一嘟噜一嘟噜的黑紫色的“葡萄”，又圆润又饱满，满地都是，满石壁都是，就像进了新疆的葡萄房，逼真到你真想去摘一串，尝一尝。那石蘑菇，一个又一个，密密匝匝，仿佛大草原上雨后初晴，遍地冒出，那势头，挡都挡不住。最有意思的是在水中还能欣赏到石质猪脑子，那一球球的石头，错落有致的造型，像极了大脑的皱褶，带有红色的纹路，恰似猪脑子的血丝……石乃祖不能不惊叹大自然的神工鬼斧。

哇，发现石头宝库了，这几位也算看惯奇石怪石的，这回无不惊呆了，傻眼了，恨不得敲几块，挖几块带回去，但石乃祖知道这不能动，一块也不能动，动了就对不起祖宗，就是犯罪。他们几个举起照相机、手机，上拍、俯拍，左拍、右拍，360度，每个角度有每个角度的石景，几个人不停地按动快门，把美定格，把美带回去，让亲人，让朋友圈一起分享。

石乃祖给“吾乃奇石”发了一个微信：找到奇石宝库，不虚此行！

写于2020年6月20日

小镇著名诗人

何谓著名？用古庙镇张大嘴的话说：著不著名，就是提起这名字，男男女女、老老少少有多少人听说过，知道他干啥吃的。

用张大嘴的这个标准，古庙镇最著名的人莫过于文化站的袁丽丽，与副镇长赵洁身。两人在偷情时被袁丽丽的老公带人逮了个正着，此事闹了个满城风雨，在整个古庙镇可以说无人不晓，无人不知。但这样的著名不上台面，不说也罢。

要说古庙镇真正算得上著名的人只有诗人王阿三。因为王阿三每年发表几百首诗歌，三天两头到邮电局去领稿费，稿费是不高，少的30元、50元，多的100元、200元。但张大嘴说：小雨落得猛，还是源头活水，懂不懂？

当然懂。在古庙镇老百姓眼里心里，这王阿三他妈的牛皮，捣鼓捣鼓那人人会说的话，分分行，就能登在报纸上，就能换成花纸头，能耐，不服不行。

是啊，是啊，这王阿三看似神经兮兮的，邋里邋遢，却一肚子墨水，不能不让人眼红。小镇人常饭后茶余说到他，好话坏话都有，说多了，王阿三不著名也著名了。

王阿三几十年来，捋捋刮刮，至少发了几千首（次）诗歌，但从来没有出版过诗集。

张大嘴有次对王阿三说：“你如今的名头，在古庙镇上是额角头上横扁担——头挑。但你再著名，50年、100年后谁知道你。你要出版诗集，要流传下去……”

王阿三笑笑说：“我活在当下。50年、100年后的事我管得着吗。”

王阿三为什么不出版诗集呢？

张大嘴开始留意王阿三的诗，这一关注，张大嘴发现了一个现象：每当元旦、元宵节、情人节、五一劳动节、六一儿童节、七一党生日、八一建军节、十一国庆节，以及端午节、重阳节等节假日，他王阿三必有诗歌发表，还遍地开花。如果遇上地震、洪水、火灾、瘟疫等他更活跃，不停地写，不停地发。人家一稿两投就不好意思了，他呀，十投五十投是毛毛雨，有次他喝高了，自己说漏嘴漏出来，有过百投的记录呢。好家伙，太厉害了。

他倒也老老实，说：“如今发稿又不要买信封、稿纸，也不要贴邮票，动动手指，微信上就出去了，敲敲键盘，电脑上就出去了，方便，太方便了。只有天女散花，才能广种薄收。只投一家就歇菜，这种一棵树上吊死人的事，过时了，我们要与时俱进……”

张大嘴有次专门请王阿三喝酒，故意灌他，喝到七八成后，就套他话，还真套出不少秘密：用王阿三的话说，投稿是有诀窍的：第一，要研究报刊，投其所好；第二，时间节点要把握得恰到好处；第三，写正能量；第四，要短小精悍，篇幅不宜长；第五，要用笔名，笔名有讲究，如张民、李明、陈宏、刘鸣，千万不要用那些古古怪怪，一看就忘不了的笔名，总而言之，笔名要大路货，越不引人注意越好，千万不能用方方、圆圆、素素这样的笔名，这会引起读者注意，就会有人查，就会有麻烦。张民、李明同名同姓的多，一稿百投千投谁会在意呢？

张大嘴大有听君一席话，胜读十年书的感觉。

可惜那次王阿三真醉了，死猪般睡去了。

张大嘴只好另找机会，再灌他。他借口有个公众号要推介王阿三，权当代采访。

不料王阿三到底是诗人，精得很，他对张大嘴说：“你也别灌我，别找借口，要问就问。老实说，我这些窍门都告诉你，你也学不来。你懂诗吗，你会写诗吗？你以为像你这样一天到晚废话三千的人，嚼白蛆般嚼嚼，分分行就能发布，就能有稿费，哪有这么容易，真这样，诗人就当白菜卖了。”

张大嘴像个小学生似地说：“对对对，请赐教，请赐教！”

王阿三不好意思地说：“赐教谈不上，经验还有点的。首先，你得想办法把全国各地的报纸的副刊邮箱与公众号弄到手。记住，全国一流的报纸、刊物就免了，最理想的是县市级的报纸，或企业办的报纸刊物，千万千万别小看了企业报，有的企业报稿费高于大报大刊呢。”

张大嘴这回听得张大了嘴。学问啊，处处有学问。

王阿三有点得意起来，又说：“如今有句时髦话叫‘换位思考’，因了这换位思考，我就为编辑‘瞌睡送枕头’。逢年过节，副刊要应景诗，我就在恰好的时间节点把应景诗歌发过去，早了，他用不上，晚了，明日黄花，就得等明年了。不早不晚，这就叫本事，摸出规律，要做有心人。”

张大嘴举起酒杯说：“干干干！”

放下酒杯，张大嘴说：“写得出是本事，发得出更是本事，你哪来那么多诗，写不空的啊？”

王阿三答非所问地说：“戏法人人会变，各有巧妙不同，就看你如何把握了。”

张大嘴似乎懂了，似乎又没懂。

张大嘴再提到王阿三，带着三分敬意说：“这王阿三不简单，是我们小镇的宝。”张大嘴为自己是诗人王阿三的朋友而骄傲。

王阿三继续著名着，越发著名了。

写于2020年7月12日

另辟蹊径的摄影家

巧哥是娄城的摄影发烧友，自迷上摄影后，他做梦都想拍出获大奖的作品，拍出传世的作品，他研究过普利策新闻奖，近几年的获奖作品他都一张张看过，他觉得获普利策新闻奖的照片一般可遇而不可求，一得凭运气，二得全世界跑，越危险的地方深入进去，越有可能额角头碰着天花板，拍到好照片。他量量自己尺寸，不行，一没钱满世界跑，二没时间满世界跑，三没有这胆量往那种随时有危险的地方跑。小命没了，就算获大奖又有什么意思，他才不傻呢。

他也想拍些一鸣惊人的风景照，也想拍些过眼难忘的人物照，拍些抓眼球的静物，但比不过人家有能耐啊。娄城光中国摄影家协会会员就七八十个，他们的设备，他们的技术，都是一流的，甚至是超一流的，怎么比？

特别是那几个摄影家协会主席、副主席、秘书长什么的，太厉害了，到处跑，到处拍，题材、立意、角度、用光，不一样就是不一样，获奖像探囊取物。不过说句心里话，也确实拍得出彩，不承认不行，距离太大，赤脚也追不上。巧哥生出“既生亮何生瑜”的感叹。

巧哥还是有点自知之明的，知道凭自己目前的水平、实力，想赢过他们几个、超过他们几个，简直不可能。用娄城土话说：跟在他们后面追，永远摸屁股。

巧哥决定另辟蹊径，灵感来自朋友圈的一则微信照片。他看到有人发的

“名人们最想删的照片”，都是名人出洋相一瞬间的定格，或斜眼了，或张嘴了，或头发吹乱了，或裙子吹起了，或吃相难看了，或不小心滑倒了，或看了不该看的，或手放在了不该放的部位，等等，等等。

听说，这些照片还可以卖大价钱，有名人愿意高价收回。

巧哥自认为自己不是那种见钱眼开的人，他也不屑于用这种照片去赚昧心钱。

不过，他听说，有人就愿意看这一类照片，很有市场的。

比美是摄影，比丑也是摄影。不失为另一种思路。

巧哥思考多天后，形成了一个宏大的计划，你们拍摄真善美，拍摄正能量，好，我不与你们竞争，不与你们比，你们走你们的阳关道，我走我的独木桥。他决定专拍假丑恶，照片积累到一定数量后，举办专题影展，出版专题影集，或许这是一种脱颖而出的捷径呢。

巧哥拍摄了很多丑石、丑树，破屋、危房，还拍摄了名人的失态、名人的尴尬一刻，还拍摄了企业的丑，如冒着浓烟的烟囱、偷排的废水口，还有大型活动后现场的垃圾、漂亮大楼背后的肮脏……

巧哥建了自己的公众号，名为“巧眼观丑”，慢慢有了自己的粉丝，有了一定的知名度，再后来有报纸、杂志来约他稿，请他提供照片。

总而言之，巧哥不再是从前默默无闻的无名小卒了，他越拍名气越大。这几年，巧哥的投入不小，但产出很有限。不断有人建议他把照片转化为经济效益。

巧哥很犹豫，这不是他的初心。可在捉襟见肘的债务面前，在挡不住的诱惑面前，巧哥的心态发生了变化。

巧哥想，假如自己是土豪，自费出影集，免费赠送有关部门、媒体记者；自己冠名，举办“巧眼观丑杯”摄影大赛，不比参加什么杯什么杯，望穿秋水地等结果更有意思吗？对，话语权一定要掌握在自己手里。

巧哥开价了，名人的出丑照片，你要回收，可以，一手交钱一手交照片。企业的也如此。他万万没有想到，这类照片也很值钱，不过，对当官的，他从来不开价，让对方自己给。通常，他把照片一放，你看着办吧。几乎，从未失望过。

有些事是会上瘾的，且不知不觉。

巧哥的设备不断更新，巧哥的偷拍技巧长足进步，他迷恋其中，难以自拔。

巧哥有了钱，有了名，自有女人主动接近他，投怀送抱。

其中有个叫春春的少妇，自称是巧哥的粉丝。她自加了巧哥的微信后，几乎每天有互动，两人聊得很投机。巧哥一直想与她见面，她却说有缘总能见面的。

一次，她告诉巧哥，来出差，顺道来娄城看看巧哥，约他去五星级的花园酒家见面。

巧哥一见面，很是吃惊，比想象的还漂亮。

巧哥现在不差钱，他说：我是东道主，我请你吃晚饭，点了好菜，还一起喝了一瓶红酒。

回到宾馆，春春说：明天一早我就得回去，今晚我们彻夜长谈，如何？

这真是巧哥求之不得的事。

春春让巧哥赶快洗个澡。

巧哥洗好澡出浴室，见春春穿得很性感，有点控制不住自己……正这时，房门突然被打开了，有两个男人闯进来，用手机又是拍照，又是录像，算是把巧哥与春春抓了个现行。

这两个男的，一脸严肃，让巧哥在一张纸上签了名后就放他走了。

这后，巧哥收到一叠那天的照片。巧哥知道被人算计了，但不知道被什么人设局跌进了坑里。天天提心吊胆，再也没有心思拍照了。

写于2020年8月8日

抽象画家尹无极

尹无极是画家，更确切地说是抽象画画家。

他画的大部分为巨幅，画前，先把画架画布准备好，再把各种油画颜料准备好。

他举起酒瓶，咕噜噜灌下半瓶酒后，开始运功，这时，他的脸开始红了，眼睛也开始放光了，然后来几下动作，长拳不像长拳，太极不像太极，搏击不像搏击，据说是他自创的。

突然，拿起画板、画笔，在画布上狂涂猛画起来，先是大排笔，再是小排笔，再用小笔勾勒、补笔。有的是各种色块，有的是各种线条，有的浓烈得炫目，有的阴暗得窒息，有的似人非人，有的似物非物，有的似云非云、似浪非浪，有的似山非山、似峰非峰，画得差不多后，他左看右看，似乎看出了什么，似乎悟到了什么，最后在画布上题写几个字，就算画的名称了，诸如《于无声处》《混沌初开》《黑云压城》《天崩地裂》……有时，看了半天，也看不出所以然，就写上《无题》，因无题太多，干脆来个《无题》系列，如《无题》一、《无题》二……

对于尹无极的抽象画，褒贬不一，欣赏的说：大气磅礴，大象无形，灵气四溢，哲理内蕴……不喜欢的说：矫揉造作，杂乱无章，不知所云，丑陋不堪……

有记者曾经采访过尹无极，尹无极说：有人说好，有人说孬，这就对了。世上哪有什么人都说好的，就算美女，还环肥燕瘦各有喜好呢。

记者觉得尹无极很实在，就追问了一句：对那些不喜欢你画的有什么想说的吗？

尹无极不屑一顾地说：“层次不到，说也白说，不说了不说了。”

记者听出了他内心的狂妄，但落笔时却说：尹无极的清高孤傲不知算不算高处不胜寒？

尹无极准备在省城开一次画展，画展名，最后一锤定音，定为“只眼观世，独标一格”。

尹无极知道，在目前形势下，要请省城四套班子的头头脑脑来站台、来捧场，很难。但三拨人不能不请，一是画家朋友，二是媒体记者，三是评论界大咖。画家朋友不到场，就没有专业性；媒体记者不到场就是自娱自乐；评论界大咖不到场，没有专业品论，充其量是过家家，影响有限。

尹无极了解到，省城的美协主席在圈内举足轻重，如果他能到到场，分量就不一样。

有人提醒尹无极：省美协冷主席是画山水画的，对油画不会有兴趣的。

尹无极自信地说：正因为冷主席是画山水的，才不会有门户之见。

尹无极的一位亲戚是美院的退休教授，他送了厚礼，请教授出面去请冷主席。只要到一到，哪怕三分钟。

教授收了礼，勉为其难地说：我试试。但冷主席最多到一下，不主持，不讲话，不接受采访。

“可以可以。”

尹无极说：伯乐相马，有时只要伯乐在马身边站一站，这马就身价百倍，这叫名人效应。冷主席来了，就成功了一半，只要拍下照片，有照为证，就假不了，就可以宣传了。

冷主席与教授曾经一起做过评委，有一面之交，抹不开面子，答应去看一下。

开幕式那天，礼仪小姐给冷主席别上了一朵红花，安排他站在最中间，教授站在冷主席右侧，尹无极站在冷主席左侧。

冷主席喜怒不形于色，他看到有几幅画的右下角标着“已订购”字样，笑了笑。没有看完就走了，前后也就几分钟。

但这足够了，半小时后，微信圈里就出现了报道：尹无极画展隆重开幕，省美协主席亲临画展。并配了一张经过裁剪处理的合影照，尹无极与冷主席并排站着，背景是“只眼观世，独标一格”几个大字。

有心人发现，尹无极画展上的那些画，每天会增加一两幅在右下角标上“已订购”，至于什么价，有说五位数的，有说六位数的，有说七位数的，反正真真假假、假假真真，谁也弄不清。不过，尹无极的画价确乎炒起来了。

还有一说，录此备考：说后来当地税务局来找尹无极核实，要他补缴税额。他说：一幅也没有出售。因为还要去北京办画展，舍不得出售。算是有价无市。

不知该信看到的，还是该信听到的。

写于2020年8月18日

斗 鸡

陈一新在外闯荡了十几年，掘到了第一桶金，毅然回到了家乡。他承包了一座名雄鸡山的小山包，这山不大，也不高，也不是原始森林，但有山溪有灌木有野花，风景不错。其中最引人注目的是有一座石壁山峰，很像昂首啼叫的公鸡，故当地百姓习惯叫雄鸡山。

陈一新承包这小山峰，不是为了木材，也不是为了矿产，而是决定养鸡，并且是散养。

作为土生土长的娄州人，陈一新知道唐宋时，当地曾经流行斗鸡，清代时还很兴盛，20世纪50年代后就式微，乃至绝迹。

陈一新把雄鸡山一块地圈了起来，单独饲养斗鸡。

他把中原斗鸡、漳州斗鸡、吐鲁番斗鸡、西双版纳斗鸡，与日本斗鸡、菲律宾斗鸡、越南斗鸡等全都散放，观察它们如何斗，看哪种鸡好斗、凶狠，有实力。

他把其中一些斗鸡片段放到了抖音上，引起了很大的关注。有多位斗鸡爱好者主动联系他，与之交流。

在朋友的怂恿、支持下，陈一新举办了一场“雄鸡山斗鸡大赛”。

公众号上一播放，他的养鸡场生意好得出乎他意料。

陈一新写了一篇文史文章《斗鸡是娄州的非物质文化遗产》，他写道：斗鸡作为我国的民间娱乐活动之一，至少有2800多年的历史，娄州的斗鸡史也有千年以上，是老百姓喜闻乐见的一种活动形式，也深受海外友人的喜欢……

陈一新的这篇文章被招商局局长看到了，他产生了兴趣，让工商联主席找陈一新，问他有没有兴趣、有没有把握搞一场大的斗鸡大赛？

这不正是陈一新想做的事吗？什么叫一拍即合，这就是。

陈一新很快写出了大赛方案。

由娄州招商局、工商联、开发区等单位联手主办“首届娄州鸡王争霸赛”，娄州雄鸡山肉鸡、斗鸡养殖中心作为承办单位。

陈一新利用自己的人脉关系把大赛的信息发了出去，吸引了不少人来参赛，成功地举办了元宵节、清明节两场斗鸡比赛。两场斗鸡比赛都很顺利，陈一新参赛的斗鸡都名列前茅，这让陈一新很受鼓舞，劲头更足了。

陈一新与陈一新的朋友策划了中秋期间的“第三届娄州鸡王争霸赛”，作为娄州金秋招商活动的一个内容，并筹划成立娄州斗鸡协会，按他们设想，大赛颁奖会上同时成立娄州斗鸡协会，双喜临门。

有了两次办赛的铺垫与经验，第三次就驾轻就熟了。陈一新广发英雄帖，不到一个月，就有36个单位与个人报名参赛，参赛的斗鸡一一编号，有68只之多。

通过两次比赛，陈一新碰到了强劲对手解世仁，他是开封来的，据他说：养斗鸡、玩斗鸡是祖传，并声称他的斗鸡最为正宗。

开封是北宋的都城，当年斗鸡走马很流行，高手如云，代有传人，不足为奇。最有意思的是解世仁在娄州开了一家斗鸡培训馆，说他要做新娄州人。

经过几轮比赛，捉对厮杀，最后解世仁的“赤毛鸡”，与陈一新的“雪花白”双双脱颖而出，进入决赛。

那只“赤毛鸡”毛短而稀，头小而直，眼大而锐，嘴尖而硬，皮厚皮紧，脚大爪厉，进场时雄赳赳，气昂昂，那架势睥睨群鸡，目空一切，似乎胜券稳操。

再看那只“雪花白”，全身羽毛雪白，短而稀，紧贴体表，唯冠红色，犹如鹤顶红，耳垂小小，眼窝深大，喙如鹰嘴，楔形而坚硬，颈粗壮且长且灵活，腿长而强劲有力，昂首进场，胸、胫几乎成一直线，一看就知实力不能小觑。

“赤毛鸡”一上来就主动出击，“雪花白”奋起反击，你啄我，我抓你。“赤毛鸡”的爪子厉害，几次跳起来抓“雪花白”的头颈，“雪花白”则专咬啄“赤毛鸡”的眼睛与鸡冠，它颈部的毛都竖起了，让人想起怒发冲冠的成语。大战了几十个回合后，双方都有点累了，进入决胜的后盘，就看谁的耐力强，谁能坚持到最后一刻。

“赤毛鸡”虽然一上来气势汹汹，但“雪花白”善于四两拨千斤，懂得后发制人，它渐渐占了上风，尽管“赤毛鸡”卧而不走，想硬扛到底，“雪花白”瞅准机会，咬住它的鸡冠不放，血渗出了渗出了……

陈一新不负众望，他的“雪花白”如愿夺冠。按事先商定的，陈一新夺魁，成立斗鸡协会时，他当仁不让出任会长。如果解世仁的参赛鸡拿下第一，他也是会长人选之一。

就在准备宣布陈一新出任会长前，有人揭发陈一新的“雪花白”服了兴奋剂。

成立大会只好暂停。有关方面还收到举报，说斗鸡与赌博有关。有人下注，赌注还不小。

问题严重了，经公安机关查实，服用兴奋剂子虚乌有，下赌注确有其事，但与陈一新、解世仁都无关。

等娄州斗鸡协会成立再提到议事日程时，新冠疫情暴发，也就拖了下来。但听说“娄州斗鸡”申报省级非物质文化遗产的报告已送了上去。

写于2020年8月30日
原载《安徽文学》2020年12期
被《台湾文学选刊》2021年3期选载

汉服秀

金秋的娄城弇山园确乎很美，银杏金灿灿，枫叶红艳艳，金桂飘香，秋菊绽放……

商依依带了三套白色的、绛色的、紫色的汉服，邀请了摄影家周汴梁为之拍摄汉服照，她要留住青春，留住人生最美的一瞬间。

商依依大学刚毕业，身材高挑，样貌俊秀，原本就是美人儿一个，老话说“佛要金装，人要衣装”，商依依汉服一穿，“pose”一摆，立马风情万种，就有点穿越历史的味道了，疑是西施再现。

周汴梁是娄城一等一的拍摄高手，他拍的人像照讲究光线、造型、构图，可以说，把商依依的美发挥到了极致。商依依把这一组汉服系列照发在朋友圈后，获点赞无数，疯狂转发。

娄城有旗袍社，有旗袍秀，汉服还是破天荒第一次。原本寂寂无名的商依依一下子成了网红。

商依依的汉服照被夏履之看到了，夏履之对传统文化情有独钟，他开有国学推广中心，几年来，小有成就，不愠不火。商依依的汉服让他眼前一亮，他觉得既是契机，也是商机。他主动联络了商依依，诚邀商依依加盟他的国学推广中心。几经磋商，策划成立了“娄城汉服社”，在国学推广中心边上开出一间汉服展示馆，展示了汉尚华莲汉服、后构想汉服、幽芷翠汉服、裂帛汉服、缘你梦汉服、重回汉唐汉服、南国衣人、山有扶苏汉服、安姿都汉服、唯三公子汉服等十大汉服品牌，还展出了数十张商依依的汉服照，娄城一下子轰动，电视台、报社的记者都来了，竞相报道。

夏履之又打出摄影家周汴梁拍摄汉服照的广告，但言明得预约，越发让人追捧。

没有多久，汉服在娄城火了起来，有女式，有男款，还有儿童汉服系列，大受欢迎。趁热打铁，夏履之连续举办了几期汉服秀活动。

因了自媒体的传播，“娄城汉服社”的名声越出了娄城。

夏履之开始收到外地汉服秀与汉服模特大奖赛的邀请。

夏履之与商依依、周汴梁成了铁三角，三人配合默契，每次外出参赛，必有斩获。

商依依已在汉服圈脱颖而出，有了自己的知名度。这不，通过初赛、复赛，她进入了长三角汉服模特大奖赛的决赛。

长三角决赛定在D城，夏履之应邀出任终评委。

赛场主席台两侧分别挂着“着我汉家衣，兴我华夏礼”的对联。

参加决赛的选手穿着不同的汉服当场亮相，根据服饰、舞台形象、临场表现等打分，为了选出才艺均佳的选手，增加了评委提问环节，最后由一位评委当场点评。

评委发现一个有趣的现象，多位选手借助道具出场，有的摇折扇，有的撑纸伞，有的持宝剑，有的提花篮……

譬如，有一位男选手穿着明式的锦衣卫飞鱼服，佩绣春刀，威风凛凛，很是抢眼。

评委问他：为什么选择飞鱼服？

选手答曰：“色彩鲜艳，穿着气派。”

夏履之点评时说：锦衣卫的服饰有三个等级，飞鱼服之上有蟒服，之下有斗牛服。选手多了解一下锦衣卫，有助于你以后挑选服饰。

有一位文雅帅气的年轻人穿一身白色的儒服，像刚金榜题名的书生，意气风发、踌躇满志。他还拿出墨盒，手持毛笔，当场在硬纸板上题诗一首，的确是才情横溢。

夏履之点评时说：你的服饰、问答、诗情、书法等都有鹤立鸡群之感。唯一的缺憾是你今天穿了一双运动鞋，与你的汉服不搭，如果你穿布鞋，或靴，就从上到下一体化，就更完美了。

这位选手点头称是。

大部分选手都挑选了襦裙、曲裾、袄裙，也有将军服饰，或妩媚，或素净，或儒雅，或威严，通过服装展示秀气、文气或霸气、阳刚之气。

唯有一位与众不同，竟是麻料短褐。

评委问他：你选择这身汉服，出于什么审美？

选手答曰：这身便宜。又像是劳动人民穿的。

夏履之对这位选手大加赞赏，说：这是短打，方便下地干活，是今天参赛选手中唯一选择底层百姓服饰的，难得。

商依依最后一个亮相，她穿着齐胸襦裙，款款而上，吟诗一首，几分风雅。

评委问她：汉服背后的文化价值是什么？

商依依随口答道：汉服是汉文化的有机组成部分，华夏复兴，衣冠先行，穿汉服，也是弘扬汉文化，增强民族自信心……譬如我这身汉服素净飘逸，自带灵气，让人心静……

商依依得体的回答，赢得评委一致好评。

晚上的大赛，带有走秀表演性质。所有参赛选手都穿上自己最喜欢的汉服一一登台亮相，一轮轮的表演让人目不暇接。有人跳双人古典舞《卷珠帘》，有人唱昆曲《牡丹亭》片段，有人弹古筝《梅花三弄》，有人舞剑，有人打太极。商依依上台演奏了古琴《潇湘水云》。

中间穿插颁奖，颁发了最佳T台奖、最佳人气奖、最佳妆造奖等。

商依依获得了长三角汉服模特大奖赛十强奖之首奖。

周汴梁拍摄的照片更是在微信圈里到处流传。

夏履之在汉服圈站住了脚，准备大干一场，正在策划国际汉服大赛，准备走出国门。谁知，突如其来的新冠疫情，让他美好的想法都一下冻结，但他相信，疫情过后是晴天。

写于2020年8月31日

捧角家

三十年代，电影有是有了，但上流社会的有钱之人、有权势之人还是觉得听戏过瘾，捧名角更显示身份，因此像梅兰芳、尚小云、程砚秋、荀慧生这样的名旦，追捧的人不少，放在今天叫粉丝，当年称之为捧角的。尤其是像梅兰芳、荀慧生还形成了“梅党”与“白党”。梅党好理解，白党是因为荀慧生早期艺名白牡丹。

话说端木朔是京城一家报纸的记者，算得上梅兰芳迷，可他当年只是个小记者，梅兰芳的一张戏票要白银两元，相当于普通人一个月的薪水，他很难买得起，只能买几张《霸王别姬》《贵妃醉酒》《天女散花》《黛玉葬花》《宇宙锋》《奇双会》等唱片，过过戏瘾。

为了与自己的偶像零距离接触，弄个签名什么的，他就守在北京天乐园戏院后门苦等，那天梅兰芳演《凤还巢》，因为下雪，戏院后门一个人也没有，端木朔却觉得这是他绝好的机会。等梅兰芳卸了妆，从后门出来准备去吃夜宵的时候，看到了满头满身雪花的端木朔还恭恭敬敬地站在那儿，一见梅兰芳就充满着敬意叫了声：“梅博士，您好！我是报社的记者端木朔，想请你给我签个名。”

梅兰芳突然想起了程门立雪的典故，连忙接过端木朔递过的本子与笔，写下了“程门立雪《凤还巢》，鹏程万里《大登殿》”，签上了梅兰芳的名字。

从此，端木朔成了死心塌地的准梅党。

1932年，梅兰芳从北京迁居上海。端木朔也辞去了北平报馆记者，去了上海，做了《申报》的记者。

俗话说：上海是冒险家的乐园。端木朔人活络，凭借《申报》这平台，认识了上海滩不少达官贵人与青洪帮的头面人物，社会地位与当年在北平已不可同日而语。

端木朔想，既然有作家、画家，那我，就做捧角家，要做就做到最好，做到顶而拔尖。

端木朔利用记者的身份找了赞助人出钱，他出力，在《申报》“自由谈”开“梅讯”专栏，专门刊登梅兰芳的动态，还在《新闻报》“快活林”，发表他撰写的赞美梅兰芳的诗文。端木朔在梅党的地位让人刮目相看。

1933年，梅兰芳在上海天蟾舞台演创编新戏《抗金兵》。

端木朔请人扎了彩匾，雇了乐队，吹吹打打，招摇过市，送到戏园。

那天，梅党中的军政要员、富商巨贾、青洪帮老大、文人骚客、记者编辑、阔太太、大小姐都坐在天蟾舞台的前三排。等彩匾送上舞台，一个刮辣松脆的嗓门喊道：“前三排梅党赠送！”

“好！好！！好！！！”“梅大王神武！”“梅老板头挑！”……那雇来制造气氛的几个后生在戏园的四个角吆喝了起来。

只见抬上台的彩匾上面写着“滋兰九畹”四个大字，这源自《楚辞·离骚》，梅兰芳表字“畹华”，出典于此。另有一行小字：赠送“缀玉轩”主人梅兰芳大王。那年月还不时兴大师，大王就相当于现今的大师。梅兰芳别署缀玉轩主人，这名字一般人不太知晓。而“缀玉轩”典出宋代著名词人姜夔咏梅词《疏影》开首第一句“苔枝缀玉”。

端木朔也算用心颇深。

照理，按端木朔的身份也就忍痛花钱买张前排座位票，坐在最前面，鼓鼓掌，叫叫好，送把花到台上，最多算编外梅党。但因了端木朔的热情，因了端木朔的策划，因了端木朔的文章，他也终于跻身梅党的核心圈子。

等梅兰芳卸妆，他就与一班梅党大佬一起陪同梅兰芳吃夜宵。这吃夜宵吃在其次，一是体现身份，二是切磋交流，一起聊聊当晚舞台的得失，哪段唱腔唱出了韵唱出了味，哪个造型博得观众叫好，哪个台步、哪个身段有所欠缺，哪个滑上滑下的装饰音还不够到位，提出如何改进，如何弥补，如何提高，如何精益求精。

宾主之间，不分你我，谈的坦率，听的认真，彼此情真意切，其乐融融。

1941年12月，香港也沦陷，梅兰芳悲愤万分，开始蓄须明志，不再登台表演。

日本驻港司令官也是个京剧迷，为了表示对梅兰芳的敬重，几次派人请梅兰芳登台演出，但梅兰芳不为所动。梅兰芳因为是大名人，一举一动都有人报道，他蓄须明志，几乎人人皆知。其实当年端木朔也步梅兰芳后尘，蓄须明志的，只是没有人报道，就淹没了。

梅兰芳不登台不唱戏了，梅党也就无所事事，只能在家听听唱片。

端木朔开始创作《梅兰芳演义》，还以“西条”“后羿子”“王天狗”等笔名发了不少抗日的文章。

1943年，端木朔被76号特工总部的特务抓了，要他交代与军统有什么关系，与延安有什么关系，为什么写那些煽动抗日的文章？端木朔坚持说是他个人行为，与任何人无关，最后惨死在76号，无声无息。

抗战胜利后，据认识端木朔的梅党说：端木朔的笔名都是有含义的，如“后羿子”就是借后羿射日的典故，表示他是后羿的子孙，用射日来表达抗日的决心；“王天狗”就是寓意天狗吞日，也可以读成“天狗王”，天狗中的王，吞日的气势够大；“西条”就是针对东条英机来的，专与东条唱反调的。只是端木朔已死，无从考证。

写于2020年9月12日

猛犸牙雕

孟刚柔是雕刻高手，他喜欢的雕刻比较小众，是牙雕，即象牙雕刻。

小时候，孟刚柔的父亲有一枚象牙图章，有12公分长，乳白色的或者叫乳黄色，反正浅浅的白，淡淡的黄，可惜那篆字孟刚柔不认识，只知道是喜欢的印章。这印章是父亲的，但他从来不用，放在抽斗里珍藏着。他见儿子老爱偷着把玩，就说："喜欢就送给你，这是象牙的，不要弄丢。以后磨了老爸的名字，刻上你的名字，就是你的姓名章了。"

孟刚柔喜欢上雕刻后，开始以石刻为主，他的巧思巧手初露锋芒。有次，他看到有个全国性的雕刻比赛，打听了一下，玉雕为主。他知道，参赛作品，构思如何，雕工如何，固然重要，但材质也占很大的比例，他买不起大件的优质的石料、玉料，咋办？他想起了父亲的象牙章，就拿出来刻了夔龙腾飞柱，虽然体量小，但寓意、构思、雕工、材质都引起了评委的注意，得到了好评，获了微雕类金奖，这让他大受鼓舞。

孟刚柔了解到牙雕是中国一门古老的传统艺术，古代属宫廷艺术，现在属民间工艺美术范畴，列入非物质文化遗产，可见式微了。

孟刚柔从刻小件入手，逐渐过渡到刻大件，所谓刻大件就是在整根的象牙上雕刻。象牙雕刻如果只会浅浮雕还不行，还得学会高浮雕、圆雕与镂雕，特别是镂雕，要求心灵手巧。

孟刚柔的脾性与他的名字一样，刚中有柔，柔中有刚，而他又是从微雕起步的，他的雕刻细腻处精致，粗犷处大气，他又特别擅长雕刻人物，这使他在象牙雕这行业中脱颖而出，他雕刻的《八仙过海》《竹林七贤》《金陵十二钗》《梁山一百〇八将》《生命之柱》等都获过奖，受到同行一致赞许与好评。

孟刚柔算是同行中有眼光有魄力的，在20世纪90年代时通过关系囤积了一批象牙原料，当国家禁止买卖象牙后，进料越来越难，他的囤积几乎成为绝响。

他清楚地记得他最喜欢的一对非洲象牙，每根长1.2米，每根重40斤左右。有人建议他雕刻一件传世之作，给他提供了多个题材，但他都没有雕刻，他说他更喜欢原汁原味的原料，他做了个架子横放着。

后来，一位姓浦的朋友看到后，执意要买下，孟刚柔不愿割爱，他就缠着盯着，价钱再高也要。还说：你是圈内人，只要诚心要，总有办法买到的，我只有求你了。孟刚柔抹不过面子，又看在好价钱上，终于忍痛割爱。

孟刚柔后来发现，象牙原料国际国内都卡死了，他真的有点懊悔出手了那一对非洲象牙。

俗话说“过了这一村，没有这一店”，但俗话又说“关上一扇门，打开一扇窗”。不久，市面上出现了猛犸象牙，这让孟刚柔眼前一亮，仿佛哥伦布发现新大陆。

这猛犸象牙是一种古象牙，猛犸是一种已灭绝的动物，又叫长毛象，它的门牙比一般的象牙大几倍，甚至比非洲象的门牙还大得多。最让孟刚柔欣慰的是买卖猛犸象牙不犯法，因为不用杀生，不违反《国际动物保护法》。这种猛犸生活在冰河时期，很遥远很遥远的年代，如今的猛犸象牙都埋藏在西伯利亚的千年冻土层中，只要俄罗斯不禁止挖，就可以大大方方地购买。

孟刚柔心知肚明，这猛犸象牙的买卖不违法，但毕竟是不可再生的资源，挖一根少一根，禁挖是早晚的事、大概率的事，孟刚柔未雨绸缪，向银行贷了款，大量收购猛犸象牙。

猛犸象牙的特点是个体硕大，加之密度大、硬度高，可雕刻大件，艺术价值高，收藏价值高，很快受到收藏家的追捧，风靡一时，市场需求量急增，价格也一路飙升。

最让孟刚柔开心不已的是他买到一对特大猛犸象牙，长1.8米，重达80斤。孟刚柔请人做了两个红木底架，放在客厅的门口，像守卫的哼哈两将，他咋看咋舒服。

孟刚柔囤积了几百根猛犸象牙后，谢绝了一切应酬，一门心思在工作坊里构思，画草图，加工，雕刻，没日没夜。他发誓：一定要创作出几件传世之作，要对得起这些万年猛犸象牙。

前年，圈内在传哈尔滨海关破了一桩走私猛犸象牙案，查获百多根猛犸象牙。说是从俄罗斯进境的“欧曼”牌仓栅式半挂货车上查获的，货车后挂车竟设有多个暗格，猛犸象牙就藏在暗格里。据说买主是南方的一位老板。因为朋友们都没有了孟刚柔的信息，也见不到他人，打他手机也不接，发他微信也不回，都怀疑他可能就是那走私货的大买主，被逮走了。

今年疫情来后，彼此的联系更少了。前几天，突然传来消息，说孟刚柔正在筹备举办“孟刚柔猛犸象牙雕刻展”，要展出他近年闭关雕刻的精心之作，欢迎各位去品头论足，圈内的都很振奋，都很期待，都想早日一睹为快。

写于2020年9月13日

原载《百花洲》2020年5期

被《台湾文学选刊》2021年3期选载

蟋蟀玩家

白东山的父亲白世襄早年是蟋蟀大玩家，六十年代中期，白世襄一看风头不对，就在一个夜晚把蟋蟀罐等都埋在了自家的院子里，虽然偷偷地，却被起来小便的白东山瞧见了。

九十年代时，像山东的宁津等地恢复了斗蟋蟀，这让白东山心痒痒的，小时候看父亲抓蟋蟀、养蟋蟀、斗蟋蟀的种种都浮现在了眼前，勾起了他对斗蟋蟀的兴趣。他把父亲埋在院子里的蟋蟀罐，以及过笼、水槽、探筒等虫具都挖了出来。哇，仔细一看，竟有一只明宣德年间烧制的瓷器罐，器型为鼓式，盖上有钱形气孔，很是古朴，可惜有点磕坏了。其他的都是澄泥罐，有朱砂红、鸡骨白、雪里红、檀香紫、鳝鱼黄、墨玉黑、蟹壳青等十多只，白东山最喜欢的是那只豆绿砂罐。他听父亲说过“玩虫一秋，玩罐一世”，这些蟋蟀老罐都在，他心里美滋滋的。

有了罐，那就得逮虫子了，九月初的一个夜晚，白东山叫上了儿子白双木一起去重温他儿时的乐趣。

白双木到底是大学毕业生，读过的书多，他说，古人诗曰：“七月鸣在野，八月鸣在宇。九月登我堂，十月入床下。”为什么七月份想不到来野地里抓蟋蟀？

白东山告诉儿子，九月的虫子成熟了，后代也繁殖了，斗劲是最足的。

白双木到底年纪轻，动作快，很快就逮住了一只，高兴地说：“老爸，我抓了只大的，算不算大将军。”

白东山一看说："扔了扔了，你看看尾枪是三根的，是油葫芦，不是斗蟋，没用的。"

白双木很快又逮一只，那头脸像一刀斜切的，白东山厌恶地说："这叫棺材头蟋蟀，不要不要！"

白东山说："抓蟋蟀首先要听它鸣叫，叫声洪亮，叫声不断的，通常都是生命力强的好虫子。"

白双木辨别着野地里秋虫的鸣叫，又抓到一只叫声响、叫声长的。白东山一看说："这行话叫'虚虫子'，它光会叫，不肯打、不善斗，属淘汰货。"

白双木没有想到，玩玩虫子的事，还有不少学问呢。

回家后，白东山把自己抓到几只蟋蟀让儿子观看，从外形看：头大、背阔、翅长、翼厚、色亮，触须完整，尾枪整齐，好动、好叫，叫得清脆，叫得凝重，叫得连续，那才是真正的斗蟋。

其中一只个体硕大，浑身淡淡的金黄。白东山指指这只说："老话讲七厘为王，八厘为宝，九厘的蟋蟀世间少。这只差不多有八厘，堪称黄袍将军。"

白东山很自信地说："凭我这只虫子，不说打遍天下无敌手，至少十战九赢。"

物以类聚，人以群分，鸟有鸟路，虫有虫迹，白东山很快找到了S市斗蟋蟀的赛区。

有个叫平尔凖的见了白东山的这只黄袍将军，愿出3000元买，白东山哪里肯卖。

戥子秤称过分量后，黄袍将军属重量级的。

黄袍将军没有辜负白东山的期望，所向披靡，连战连捷，一路凯歌，进入决赛。决赛的对手是平尔凖的寿星头。这只蟋蟀圆头，星门及头向前凸起，酷似老寿星。白东山知道这是上品，劲敌来了。果然，棋逢敌手，将遇良才，黄袍将军与寿星头一来一往斗了起来。第一局黄袍将军勇猛无比，明显占上风，先拿下一局。第二场，旗鼓相当，你进我挡，各有损伤，但让白东山意外的是寿星头越战越勇，那钢牙竟一口咬断了黄袍将军的须。这样就打成了平手，俗称“双爆局”，这在斗蟋蟀中是不多见的。第三场决胜局，寿星头像打了鸡血似的乱冲乱撞，乱咬一气，黄袍将军一看不对，猛地跳出了格斗罐。寿星头得意地振翅鸣叫。

愿赌服输，白东山铩羽而归。出来时，有人对他说：“你知道寿星头是吃什么的？”

白东山听出了话里有话，经过调查，竟被他了解了一个天大的秘密：有人给蟋蟀吃苍蝇幼虫，还加激素。这与体育比赛服用兴奋剂有什么两样？

白东山回到古庙镇后，发誓要举办干干净净的斗蟋蟀大赛。他申请办了古庙镇促织馆，定期举办有关蟋蟀知识讲座，培养爱好者。

自从古庙镇被评上历史文化名镇后，游客多了起来，镇领导也想有些吸引游客的活动。在白东山的努力下，镇领导把每年秋季的斗蟋蟀大赛纳入了镇的文化活动。

为了公平起见，白东山定出规矩：凡来参赛的蟋蟀必须先用萝卜熬的水洗澡，再集中公养五天，这由促织馆的工作人员负责，相当于古代的封盆，这样就防止了兴奋剂、迷幻药之类的舞弊。

平尔凖也来了，一副志在必得的样子。但公养五天的规定，对他是个制衡。

比赛那天，按老规矩“三草两别头”，即比赛者两人加一裁判。

白东山发现了平尔凖从盒子里取出了蟋蟀草，猜测有猫腻，就宣读了古庙镇促织馆的规矩，蟋蟀草统一由主办方提供，参赛者不得自带。这一招就杜绝了有人试图在蟋蟀草上加料的可能。

平尔凖这次没有拿到预期的好成绩，很是失望，但其他参赛者都众口一致夸赞古庙镇促织馆公平、公正。

白东山很是欣慰，比自己得了大赛金奖还开心。

白双木在市报上发了一篇文：《老爸是个蟋蟀大玩家》。

写于2020年9月15日

琼花大使

长篇电视剧《宫心计》讲的是唐代晚期宫廷斗争的故事，主角有刘三好与皇帝李怡等，其中有一个反复出现的场景就是那棵琼花树。最初是儿时的刘三好与光王李怡在琼花树下头一次见面的情节。

杨怀琼是做花木生意的，有自己的苗圃。不知为什么自从看了《宫心计》后，对琼花再也忘不了。特别是剧中的刘三好是扬州人，而自己姓杨，他隐隐总觉得自己与琼花、与扬州应该有什么关联。因为他母亲临终时才告诉他：你是我领养的。可惜，养母没有说完就一口痰堵上来，大去了，留下了自己的身世之谜。

关于琼花，脑子里唯一的印记就是隋炀皇帝下江南看琼花，由此推断琼花极美极美，要不然1400多年前的大隋皇帝怎么可能劳民伤财、千里迢迢地来江南看琼花呢？

唐代以牡丹为国花，如今全国到处有牡丹，琼花却罕见，是因为琼花品性孤傲，不易繁殖、栽种？还是隋朝短暂，后世忌讳？或者兼而有之吧。

杨怀琼特意通过百度等查了琼花，知道琼花又称聚八仙、蝴蝶花。四月底五月初开花，花型大，球状，色白如雪，有香味，但花期短，加之江南四五月多雨，风吹雨打花落去，也就越发显得珍贵。八十年代中期，琼花被定为扬州的市花。

杨怀琼专程去了一趟扬州，去了大明寺，寻寻觅觅，总算找到了那棵赫赫有名的琼花，但让杨怀琼的期望值打了折扣，并不是千年古树古花，撑死了也就两三百年。

杨怀琼后来听爱花的圈内朋友说：要看琼花得去昆山的亭林公园。杨怀琼又赶到昆山，没想到五月初正是琼花盛开的时候。亭林公园的那棵琼花比扬州的那棵大多了，说是350年树龄，堪称中国琼花之最，杨怀琼略感欣慰。

杨怀琼想这琼花在花木中算是身份高贵，历史悠久，知名度大，树姿婀娜，花型抢眼，入诗入画，极美的摄影背景，其叶与根还可入药，叶可治疟疾，根可治咽喉溃疡，外用还能治皮肤痒症。既适宜种植于园林、宾馆与大型绿化场所，又可以栽种于家中，为什么不推广呢？

杨怀琼反正有自己的苗圃，就开始培育琼花幼苗。

琼花喜温暖，喜湿润，喜光照，怕积水，怕干旱，怕贫瘠，掌握了琼花的这些特性后，杨怀琼在江南、苏中，与浙江、江西、安徽、湖北、湖南的平原与丘陵地带试种，推广。

养母去世后，杨怀琼整理了养母的遗物，在整理养母的信件时，有一个信封很特别，没有收件人，也没有寄件人。打开一看，只有一张信笺上歪歪扭扭地写着“卖秧桥，杨怀琼”六个字，还有一朵干瘪的花瓣，应该就是琼花。

杨怀琼对着这信封，对着这六个字，对着泛黄的花瓣，看了又看，想了又想，试图参透其中的秘密。

有天，突然灵光一闪，他想这卖秧桥会不会是养母领养自己的地方，这杨怀琼会不会是生母留给自己唯一的纪念？

不能放弃这唯一的线索，杨怀琼托人在扬州，在昆山打听，有没有一座叫卖秧桥的老桥，或者老地名？

遗憾的是找了几年一无头绪。

前年，因为生意上的事，杨怀琼去了娄城。那晚下榻在花园宾馆，翻看《娄城日报》，无意中瞥见“娄城文史”版有篇《卖秧桥的前世今生》，杨怀琼眼前一亮，连忙细读起来，文章前面关于卖秧桥名字的由来、变迁，他粗粗看过就算，后面一段文字让他激动得有了“踏破铁鞋无觅处，得来全不费工夫”的感慨，那篇文章竟说：五六十年代时，在卖秧桥桥堍，形成了收养孩子的小市场，每月的初一或十五，外地想收养孩子的就会专程来此等候，有本地家庭困难想把孩子送人收养的也会抱着婴儿到这桥堍来寻觅一户好人家。几乎没有金钱往来，大部分都说好从此不再往来。可以保证从未听说过贩卖婴儿的事。

杨怀琼基本可以确定娄城的卖秧桥与自己的生命有着不可分割的关系，他万万没有想到会在娄城找到了自己的根，破了自己的身世之谜。他特地到百年老桥卖秧桥转了一圈，拍了照拍了视频。

后来，杨怀琼还专门向娄城捐赠了一批琼花树苗，种在了南园、弇山园。他还托娄城的寻人志愿者代为寻找亲生父母的线索，不管找到找不到，他都要试试。

杨怀琼觉得生活越来越有意义了。他还策划了琼花节，看琼花旅游线路等。可能是他在娄城推广琼花太卖力了，他被娄城聘为“琼花大使”，他很看重这个荣誉，很感慨地说：我的名字终于名副其实了。

写于2020年9月17日

庚子年笔记

凌鼎年微型小说新作精选

近代篇

乡尖黄后浪

100多年前，古庙镇七丫乡有个叫黄前浪的庄稼汉，是个安分守己、老实巴交的农民，日出而作，日落而息，日子过得不紧不慢，不咸不淡，他对生活没有太多的要求，只期盼全家平平安安，只希望年年有个好收成。他有两个女儿都出嫁了，身边就一个小儿子叫黄后浪，也成家了，他似乎没有什么不满意的。如果说有什么不满意，就是小儿子黄后浪一点没有继承他自己的脾性，不很安心伺弄那些庄稼。用黄前浪的话说：后浪这孩子主意大，点子多，心野得很。乡亲们则认为这孩子不安分，是个爱折腾的主，不愿在一棵树上吊死。

黄前浪半百年纪了，最远就是去过县城娄城。黄后浪认为他爹这一辈子活得亏了。他找机会独自去了一趟千年古城姑苏，这一趟真没有白走，姑苏城的繁华，姑苏城的热闹，让他大开眼界。

姑苏城的小吃也让他大饱口福，比之他家里的婆娘烧的那些菜，绝对不是一个档次的。黄后浪没有肉痛银子，放肆地开怀痛饮，松裤带大嚼了一番，用现在的话，过了一把口福瘾，潇洒了一回。正心满意足之时，突然觉得下腹涨了，老话说“官急不如私急”，他急急忙忙找了个人少的小弄堂，在相对隐蔽的墙脚，准备就地解决一下，不料被人一声断喝：“乡下人，此处不能小解！去路厕。”

他一个激灵回过神来，才明白姑苏城里的大街小巷都是不准随地大小解的，他在路人的指引下，差点憋出了小肠气才找到了路厕，痛痛快快一泻而去。解决后，他并没有提起裤子就走人，而是里里外外看了个遍。城里人爱埋汰乡下人上城里看什么都新鲜，其实城里人难得去乡下看看，也新鲜。城里人还有一句就是"乡尖不如市呆"。意思是再自以为聪明的乡下人，或许还不如城里的傻子。城里人的傲慢表露无遗。黄后浪是种田的，但怎么说也算乡尖。乡尖自有乡尖的眼光，乡尖自有乡尖的脑子。他数了数，这路厕有10个蹲位，蹲位与蹲位之间有木板隔开，还蛮隐私的。巧不巧黄后浪正准备走的档口，来了淘大粪的，淘了满满一车子呢。黄后浪是种田的，自然知道"庄稼一枝花，全靠粪当家"的道理。而且他在观察淘粪的过程中，见进进出出路厕的人还不少。他由此想到这是个不错的生意经，一般乡下人肯定不会往这方面去想。看来这次上姑苏城上对了，老天给了自己后半生的饭碗，强似面朝黄土背朝天。

黄后浪的家在路边，是去古庙镇、去娄城的必经之路，来来往往人不断，碰到逢五逢十赶集的日子，行人就更多了。

黄后浪种田归种田，还有一门手艺，会竹篾活。他家屋后就有一片竹林。

从姑苏城回家后的黄后浪，对老爹说：他要经营路厕。

黄前浪一听就反对，庄稼人不好好种庄稼，瞎捣鼓城里人的玩意儿，是不是闲着难受?

黄后浪一点不生气，对他爹说："你老脑筋，落伍啦。等我搞出名堂你就不会说我骂我了。"

黄后浪在老爹的反对声中说干就干，在路边挖了一溜土坑，再在上面用竹子搭了一排小房子，用自己编的粗竹席隔开，有10个蹲位，其中两个还特意注明"女用"。还在路厕的一头安放了两个大缸，供路人小解。为了吸引路人，招徕生意，黄后浪还特地请村里的教书先生写了大大的"免费"两字的牌子，挂在路厕门口。

黄后浪知道乡下人大多连大解也习惯于野地解决，解决后，找块瓦片、砖块，或采张什么草的叶子刮一刮、擦一擦就完事了。

黄后浪就借助他竹篾的手艺，削了多把竹刮子，放在蹲位里。开始几天，他还站在路厕，用竹刮子在自己脸上刮，他说：这竹刮子都经过打磨，光滑、柔和，胜过瓦片、砖块多多。引得过路的乡人哈哈大笑。

老爹黄前浪对他说：“你吃饱了撑的，学城里人文雅啊，乡下人学不来的，你省省吧。”

也有熟人问他：“你图什么？想让皇上嘉奖你？可惜天高皇帝远，不要说皇上，连县令也未必瞧得见，何苦呢？”

黄后浪笑笑，说：“乡下人怎么啦，咱不能让城里人小瞧乡下人。慢慢你会明白的。”

坚持了几个月后，上路厕的人越来越多。开始一年，至少黄后浪家的田，肥料富富裕裕的，收成比哪家都好。

第二年，黄后浪的路厕过十天八天的就可淘一次粪，就可卖一次钱，再后来，三五天就可淘一次粪，卖一次钱。直到这时，乡亲们才感到黄后浪这乡尖真是尖，竟然被他想到了这样一个生财之道。

写于2020年4月16日

千金散尽还复来

蒋去病是娄城的大户，有田，有房产，有商铺，样样顺顺利利，就是膝下无子，唯有两个女儿。在重男轻女的传统下，蒋去病考虑再三，过继了他弟弟的一个两岁的男孩，作为养子，作为财产继承人。

蒋去病笃信道教，就给继子取名蒋曹溪。

蒋曹溪从小过着养尊处优的生活，含在嘴里怕化，捧在手里怕摔，日长天久，养成了蒋曹溪的任性、自私、小皇帝般的性格。十七八岁的年纪，已经是万春楼等妓院的常客，与天财赌坊的大客户，可以说是吃喝嫖赌，无一不沾，无一不会。

气得蒋去病三天两日头疼、心口疼，身体一天不如一天。

蒋去病五十大寿的时候，他竟不无伤感地说：或许这是我最后一次做寿了。不知是不是上天惩罚我，送了个讨债鬼儿子给我……

几位亲戚也说："罪过罪过！""作孽作孽！"……

第二年蒋去病就死了，娄城坊间都传他是被继子蒋曹溪气死的。

有人还分析说：曹溪曹溪，用娄城土话读就是朝西，就是朝死……

蒋去病死后，蒋曹溪就成了名正言顺的财产继承人，更没有人管他，压束他了。

他出手大方，万春楼的小姐都巴结他、喜欢他、奉承他。他还三天两头设饭局，都是他作东。如果光吃吃喝喝，玩玩女人，按他蒋家的产业，是吃不穷、喝不穷的。蒋曹溪最败家的是迷上了赌博，不知是他手气不好，还是有人盯上了他，联手出老千，反正他呀，十赌九输。越输越不服，越想翻本，赌得越来越大，输得越来越多。

1946年春节前，他把仅剩的财产那老宅都作为赌资押上了，结果输给了他正眼不瞧的暴发户马小开。愿赌服输，他从此流落街头，乞讨为生。

因为当年他手面宽，得过他好处的不是一个两个，总有人同情他、可怜他，给他点吃的，给他点小钱。虽然他饱一顿饥一顿，但人不人、狗不狗地还活着。

有天，马小开到破庙来找他，说：不管怎么说，我俩也算相识一场，你的老宅院又输给了我，我也不忍心你流落街头，这样吧，你跟着我干，保证吃香的喝辣的，还绝对刺激。

蒋曹溪已到了这地步，也没啥好挑剔的，就爽爽快快地说："好，我这六斤四两就交给你了。"还用手指了指自己的脑袋。

蒋曹溪跟了马小开一段时间，才闹明白马小开其实是闹革命的。

对共产党、国民党，蒋曹溪并不了解，也不想了解，既然跟了马小开，吃他的喝他的，也只能他叫干啥就干啥。

蒋曹溪本来就是天不怕地不怕的主，跟着马小开干过几票，显示出了他的能耐。说起来是杀头的活，不过那叫一个刺激，这合他的脾性，因为危险，他更来劲，他放大胆子干上了。

1947年冬天，蒋曹溪去秘密执行锄奸任务，得手后撤退时被盯住了。他依仗熟悉地形，七转八转，最后翻墙进了陈大德家，陈大德是他的舅舅，虽然看不上这外甥，但三代不出舅家门，终究是亲的。他知道外甥有难了，急中生智，拿了竹梯，让他爬上客堂里那老大的匾额里，蒋曹溪横躺在匾额后面，竹梯一撤，哪有丁点儿痕迹。

娄城特务队宫队长带人进了陈家，陈大德在娄城那有头有脸的人物，宫队长不敢对他太放肆，软中有硬地说："刚才追人，好像是你外甥，到你家宅院附近突然消失了，你说奇怪不奇怪？"

陈大德赔着笑脸说："如果逃进我家宅院，一个大活人，藏不住啊，你可以搜，尽管搜。"

宫队长叫手下去查看一下，自己坐在客堂里喝茶。

宫队长与陈大德的对话，蒋曹溪听得一清二楚，不知是紧张，还是确实一泡尿急了，他摒不住了，怎么办？好在穿着长棉袄，就尿在长棉袄下摆上。那尿被长棉袄下摆吸收了，但竟有一滴掉了下去，不偏不倚地掉在了宫队长的茶杯里，宫队长抬头看看那匾额"德泽流布"四个大字，问：怎么回事？

陈大德吓坏了，装作若无其事地说："老鼠尿吧。太恶心了，走，到我书房去喝。"

正这时，手下来报：没有发现可疑人物。

宫队长把茶杯一推，说："你自己喝吧，我公务在身，告辞！"

蒋曹溪逃过一劫。

考虑到蒋曹溪已经暴露，马小开带着他去了苏北，说是参加集训。

这一年的学习、培训，使蒋曹溪脱胎换骨。毕竟，他是读过书的，与那些大字不识一箩筐的真泥腿子不一样，他有了职务。

1949年5月，蒋曹溪随解放军进了娄城，因他是土生土长的娄城人，就被组织上任命为娄城的书记。

蒋曹溪以娄城一把手的身份踏上这块曾经让他丢脸、屈辱的土地，那种扬眉吐气的心情，一般人无法理解。

娄城老百姓得知县委书记是蒋曹溪时，一个个惊得目瞪口呆，私下里在说：有好戏看了。

最让娄城百姓想不到的是：陈大德被抓了。罪名是窝藏枪支，反革命罪，被判处死刑！布告上有蒋曹溪核准的大名。

陈大德大喊冤枉，对蒋曹溪说：我是你舅舅，还救过你，算有功于革命，将功补过，枪下留人吧……

蒋曹溪回答很干脆：你救我，是小恩，是私情；于公，我无法宽恕你。我得公私分明！

陈大德的枪毙轰动一时。

蒋曹溪被誉为大义灭亲。赞的贬的都有，蒋曹溪笑笑，我行我素。

几年后，他高升到地委当专员。

蒋曹溪七十大寿时，儿子蒋建国与蒋曹溪都喝了点酒。蒋建国问他父亲，外界传说：我家祖上有田有房产，在你手里败光的？

蒋曹溪眼睛放光说：这就是你老爸的先见之明了。如果当初守财奴般守着那些田地房产商铺，就是地主成分，就是专政对象，就要倒血霉，有失有得，懂吗？

蒋曹溪鼓励儿子蒋建国下海，说抓住机会，千万抓住机会！

十年后，蒋建国成了娄城大兴公司的董事长。公司业务涉及房产、外贸、娱乐业，名副其实的娄城首富。蒋建国还当选为娄城政协常委。

蒋曹溪91岁时大去的，回光返照时，他对儿子说："你老爸一生起起伏伏，一向视钱财为粪土，可千金散尽还复来，你想想，好好想想。"

蒋建国似乎懂了，似乎又没有懂。

写于2020年8月10日

鬼 市

何为鬼市？

千万别误会，不是真有鬼，而是指半夜时分出来摆摊，天亮之前自动收摊，一挨天亮，整个鬼市，无数个摊位，买的、卖的，全都烟消云散，无影无踪。

鬼市怎么形成的？据说清代末年，逃荒的多，在城外北邙乱坟岗一带集聚了越来越多的难民。因乱坟岗无主，朝廷不管，衙役也不愿去这种地方触霉头，就成了三不管的所在。乱七八糟搭了一溜又一溜的窝棚，弯弯曲曲，高高低低，渐搭渐多，逐成规模。

难民中三教九流都有，自然也少不了偷鸡摸狗的，甚至杀人越货的江洋大盗也有混迹其中。还有，难民并非都是穷得叮当响的穷光蛋，也有落难的、败落的，不管早先富过、阔过，到了难民窟，用一句最土最俗的，就是“癞痢头笑秃子，差不离”。大家都得吃喝，都得想办法活下去，手里有值钱的货当不得馍当不得饭，得换成钱，才能填饱肚子。于是，集市就应运而生，可能不少东西来路不正，见不得光，就偷偷摸摸在晚上拿出来，一来一去，这就形成了鬼街鬼市。

在这鬼街鬼市，假货、劣货不少，但真货、好货也不少。曾经出现过乾隆的夜壶、慈禧太后的玉筷、袁世凯的麻将牌，是真是假，就看你眼力，就看你运气了。

慢慢，这鬼市不仅仅限于旧物，以古董为主了。诸如书画、玉器、瓷器、青铜器、竹雕、砖雕、象牙雕、奇石、钱币、紫砂壶、铜镜、家具、鼻烟壶、唐卡、杂件、宣德炉、文房四宝、古籍善本等，可谓五花八门，应有尽有。鬼市的名头传了出去，就有那些爱淘古董的被吸引来了。据说，还真有人捡了漏，发了财。

再后来，那些盗墓的，也来这鬼市销赃。再再后来，城里那些败家子偷着把老爷子把祖上的宝贝弄了来，到这里来换钱。照理说，古玩店去寄售，能多换几个钱，但丢不起这脸面啊。鬼市上，反正谁也不照面谁，一手交钱，一手交货，就此陌路，两不相干。

渐渐，鬼市有了鬼市的规矩。其一，卖家摊位，只能挂灯笼，或点蜡烛；买家只能带小手电筒，只能照货物，不能照人脸。曾经有个买家，可能是听口音遇上熟人了，用手电照了卖家的脸，结果眼睛差点被打瞎，鬼市里竟一片喊打声，可见众怒难犯。其二，鬼市的任何物品，严禁打听来历，打听成本，一旦银货两讫，不退不调不换。其三，卖家不问买家姓名，买家不问卖家姓名，捡漏也好，上当也罢，概不追究，更不能报官。其四，漫天要价，落地还价，愿卖愿买，各凭本事。其五，鬼市的故事，只能听，不能信。其六，有人愿出高价，可以定货，即点名要某某东西。

这不，有个残月的夜晚，隐隐约约能看到人的大概轮廓，在鬼市西梢头，有个礼帽压得很低的中年人，把钱褡子往左肩一搭，右手托起下巴在那一站。这造型，这亮相，就是透露信息：高价收好货！不一会儿，就有个苍老的哑嗓子来招呼："想抓点儿吗？"

"东陵的宝贝。"

"出得起价，就一定有！"

"只要货真，价好说。"

“三天后，老时间老地点见！”

三天后，戴礼帽的中年人按时到了，有人递给他一个玉佛，依然是苍老的哑嗓子说了句：“和田玉的，皇宫造办处手艺。”

中年人过了一下手，手感柔滑、温润，又用手电照了一下，沁色自然、造型高雅，包浆滋润，真货无疑，就拿出一小袋递了过去，说了句：“金叶子。”

收钱的一看中年人出手大方，就说：“谢喽。这位爷，还要啥，尽管开金口。”

“东陵的都要。照单全收，决不亏你！”

“一星期后见！”

一星期后的子夜时分，戴礼帽的中年人又来了。哑嗓子递上三样物件，一是玛瑙双口鼻烟壶，二是鸡血石石榴雕件，三是九龙白玉杯。中年人最中意的显然是九龙白玉杯，他用小电筒反复看了，玉的质地绝对一流，可说是白玉无瑕，似透非透，其杯非圆形，而是长方形，高3厘米，长6厘米，宽4厘米，有杯盖，二龙戏珠雕于四角，另一条龙竟是把手，九条龙设计得天衣无缝，那雕工更是精巧绝伦，让人爱不释手。

中年人摸出一张钱庄的银钱票，问：够了吧？

哑嗓子一看银票数字，一声“谢了！”随即幽灵般不见了踪影。

半个月后，京城的报纸登了头版新闻：天网恢恢疏而不漏，东陵盗宝头目昨日落网……

后来外界传：盗宝头目是去钱庄兑换银票时露了马脚。

再后来，说大鼓书的编出了绘声绘色的传奇故事，无不听得津津有味，可有人信，有人不信。

写于2020年8月20日

庚子年笔记

异域篇

凌鼎年微型小说新作精选

水源污染事件

远处是雪山，高处的山峰终年白雪皑皑。矮一点的山峰到了夏天雪冠消融，露出黑黝黝的峰峦。融化的雪水一缕一缕地向下流去，汇成了一条河流，在流到黑石滩的地方，意外地一分为二，成了“人”字形，俗称美人河，滋润着无边无际的草原。

在黑石滩的上方，居住着几个小部落。

在“人”字形的两岸，是相对平坦的草原，西边河流居住着草原实力较强大的熊族部落，东边的河流居住着草原最古老的牧民野马部落。

按熊族部落的实力，似乎比野马部落稍强些，但野马部落民风彪悍，人人会武功，个个不怕死，熊族部落也就不太敢惹他。

当然，歼灭黑石滩上方的几个小部落，那是无须大动干戈的。只是熊族部落暂时顾不上，他的真正强敌是宋朝军队。

每年秋天的时候，美人河的流量就会逐渐减少，这年，流量更小。

好在牧民养成了省水的习惯，宰杀牛羊也用不了多少水。像羊的肠子，用右手中指与食指弯曲后夹住，往下一撸，就把肠子中的羊粪清除得差不多了，再用水壶倒点盐水，第二次用右手中指与食指夹住，再往下一撸，就算洗干净了，可扔锅里煮了。总之，水在草原上是很金贵的。

不知与河水流量少了是否有关系，熊族部落生病的牧民多了起来，往往是先肚子疼，再上吐下泻，严重的拉得人虚脱了，马也不能骑，路也不能走。再几天，几个年纪的大扛不住，往生了。再后来，死去的愈来愈多。

首先感到不对的是草原医生哈森，他对大头领查干哈达说：“一下死了这么多人，我怀疑是瘟疫。”

查干哈达说：“假如是瘟疫，必须先查清病毒的源头。”

“我怀疑与河水有关系。”哈森提醒道。

查干哈达问：“野马部落怎么样？”

当他知道野马部落平平安安，心里反而咯噔一下。他命手下的得力干将巴音，速带一队人马，沿美人河去查看一番。查干哈达最担心有人投毒。

巴音带了几个人，骑上马，即刻出发，溯源而上。在快到黑石滩的地方，发现了好几头腐烂的死牛死羊，臭气熏天。巴音感到了问题的严重性，与手下一起打捞了死牛死羊，之后，快马加鞭去向大头领查干哈达汇报。

查干哈达气愤地说：“果然不出我所料，一定是野马部落出的阴招。咱部落的人不能白死，血债血偿，天经地义！不打他个灵魂出窍，还以为咱熊族部落是吃素的呢。”

巴音主动请缨，说：“只要大头领你下命令，我愿打头阵，保证杀他个片甲不留，让投毒者付出代价！”

一时群情激昂。“打！打！！打！！！”呼声一片。

医生哈森拉着查干哈达的衣袖说：“能不能容我说几句。”

哈森医生德高望重，在部落里是很受人尊敬的，查干自然很想听听他的意见。

哈森医生说：“河里有腐烂的死牛死羊，这是事实，但是否人为的，是否有人故意为之，是否专门针对咱熊族部落，现在不好说。是不是野马部落偷偷做的，更不好说。没有证据，在没有确切的证据下，就开打，不妥，很不妥，要死很多人的。”

“那你说怎么办？难道我们部落的亲人就无缘无故白死了？”

哈森医生表示：愿亲自实地跑一趟，去查一下原因。

哈森医生在巴音的陪同下，火速来到现场。哈森医生仔细查看了死牛死羊后说：“这牛与羊身上都有电灼的痕迹，应该都死于雷击。记得半个月前，有场突然而来的大雷雨，当时电闪雷鸣，很吓人的。我猜测，这牛羊在此喝水，不幸被雷电击中，倒在了水里。最近秋老虎肆虐，尸体很快腐烂，就污染了水源。”

哈森医生的分析头头是道，不能不信。

一场剑拔弩张、血肉横飞的战争就这样消泯于哈森医生的实事求是。哈森医生对症下药，又采取了一系列的防范措施，终于让熊族部落的病患在较短的时间内康复了，逃过一劫。

野马部落依然日出放牧，日落休息，一如往常，根本不知晓一场可怕战争的阴云曾经笼罩在他们头上，更不知道怎么散的。

笔者写下这段文字，以补正史的不足。让后人知道冲动是魔鬼，后果不堪设想，实事求是最重要，于人于民族都如此。

写于2020年6月19日

留学伦敦曾大厨

曾步艺考入了英国的伦敦大学学院，读的是建筑专业。

这个大学是世界著名顶尖高等学府，可与剑桥大学、牛津大学、帝国理工学院、伦敦政治经济学院相提并论。

曾步艺在离大学几站路的地方租了房子。才住了三天，曾步艺就发现这楼里进进出出有多位中国面孔，一打招呼一交谈知道都是留学生。

民以食为天，一顿不吃饿得慌，曾步艺在住宿附近找到一家中餐馆，就每天去中餐馆吃饭。

因吃饭又认识了几位住在这一带的留学生。在这些留学生中，有官二代，有富二代，当然也有家庭经济条件不咋地的。曾步艺就属于这一档。他的父亲是厂里的技术人员，母亲是小学教师，银行并没有多少存款，这次曾步艺来英国留学，他父母把一家一当的存款都拿了出来。曾步艺花钱不敢大手大脚，他知道自己的钱包与那些官二代、富二代不能比。

中秋那天，有一个叫邬上海的叫曾步艺一起去聚餐吃晚饭，说AA制。每逢佳节倍思亲，在异国他乡，只要是中国人就算亲人了。曾步艺就去了。那天，喝了酒，有人唱歌，有人流泪……

曾步艺发现这一顿晚饭的费用，如果自己买菜自己烧的话，至少可以吃一个星期。曾步艺真的有点心疼。

郯上海的父亲是机关的小干部，经济条件比曾步艺好，但也不是那种不差钱的主。他大概看出了曾步艺的心思，就对他说：“步艺，你会烧菜吗？如果会，你来烧，我们一起吃，这样又合口味，又省钱。”

曾步艺在家时只偶尔下过面条而已。但他妈却是烹饪高手，烧得一手好菜。曾步艺耳濡目染，实践经验没有，但大致的操作的流程还是了解一二的。

曾步艺当时没有接茬。第二天就去买了菜，开始练手，试试自己能否胜任。曾步艺发现，自己在烧菜方面还是有点天赋的。

一个星期后，他对郯上海说：今晚我请你吃晚饭，尝尝我的手艺。

那天，郯上海带了一个外号叫“将军”的一起来的。曾步艺端出了梅干菜烧肉、西红柿炒蛋、清蒸鲳鱼、清炒土豆丝，加榨菜肉丝汤。

曾步艺说：“四菜一汤，提提意见。”

郯上海与“将军”风卷残云般把这四菜一汤吃了个一干二净。

郯上海满意地说：曾步艺你有两下子啊，味道好极了。

“将军”虽然与曾步艺第一次见面，毫不掩饰对曾步艺烹调手艺的赞赏，他说：我来伦敦一年了，难得吃到这么地道、可口的家乡味道的饭菜。

郯上海看出了曾步艺的意思。一锤定音地说：“从明天起，你来烧，我与将军搭伙。”

“将军”一听，这不说到他心里了吗。马上说：“对对，我搭伙，你出手艺，我出钱。”

这后，郯上海、“将军”的饭菜就由曾步艺来负责。

有句老话谓之“吃什么饭，当什么心”，曾步艺在读书之余，钻研起厨艺。他的菜肴不断翻新，诸如糖醋排骨、炒猪肝、红烧鲫鱼、白斩鸡、栗子炒鸡块、红烧大虾、土豆炖牛肉、西芹炒百合、家常豆腐、手撕包菜、干锅辣白菜、西红柿蛋汤、紫菜虾皮汤等。

慢慢，曾步艺的手艺在留学生中有点小名气了，碰到节假日，会有几个留学生事先与曾步艺打招呼，说要来尝尝家乡的味道、儿时的味道……

两年后，曾步艺回到中国，回到家，他烧了一桌菜，请父母品尝。他爸爸妈妈万万没有想到，原本在家啥事不做的儿子，去了伦敦读书两年，竟成了呱呱叫的大厨。

他老妈说："歪打正着，想不到你还学会了烧菜烧饭，以后哪个女孩嫁给你，也算有福气了。"

写于2020年8月13日

庚 子 年 笔 记

民间篇

凌 鼎 年 微 型 小 说 新 作 精 选

隔壁老王

单晓仁与姚萍萍是新婚夫妻。单晓仁清瘦、白净，戴着副眼镜，一看就是个读书人。姚萍萍长发披肩，凹凸有致，是那种在马路上回头率很高的女性。总而言之，两人看上去蛮般配的。

结婚，总得有自己的窝吧，可刚工作没有几年，手头积蓄不富有，单晓仁与姚萍萍贷了点款，也只能在滨湖雅苑买个中户，78平方米。不过小夫妻俩挺满足，觉得两人世界，这面积够了。以后，有了条件再买大的。

滨湖雅苑的房型一梯三户，两边都是140多个平方米的。

单晓仁不爱打听别人家的私事，但住了几个月后，还是知道了1801室住了一个长头发的帅哥，常有女的来，闹不清结婚了还是单身；1803住了一个老外，一家三口，女主人挺着个大肚子，要生二胎了，似乎很恩爱，哪个国家不知道。

各家过各家的日子，一天又一天就这样快快乐乐地过着。

有天，单晓仁的大学同学群，有人发了一个段子《隔壁老王的故事》，大意是有个三四岁的小女孩有特异功能，能预测人的生死，百说百灵。后来她无意中说了爸爸要死了，这可把当父亲的吓坏了，结果第二天隔壁的老王死了。

这后，这位爸爸的日子比死还难受，因为他知道自己戴了绿帽子。

发帖子的同学还调侃说：查查你隔壁有没有老王？

单晓仁听后一笑了之，因为他觉得不关自己的事。

几天后，单晓仁在当地《娄城日报》上读到《王一牛真牛》的一篇报道，还配发了一张照片。嘿，这不是1801的长头发吗？竟是诗人，还获了中外爱情诗歌大赛一等大奖。

单晓仁兀自一愣，万万没有想到，真有个隔壁老王，心里有点不自在。

记得有次同学聚会，听到已是娄城市作家协会副主席的林同学讲：小说作家笔会如果有男有女，三天后有故事，诗人笔会如果有男有女，当晚就有故事。这隔壁老王是诗人，诗人系感情型、浪漫型、冲动型，他又长得帅，近在隔壁，保不定哪天诗请勃发，一不留神有了故事就麻烦了。

单晓仁有了心事。

还好1803是老外，不是老王。

春节期间，当地电视台播放在娄城的外国人对全市人民的祝福，其中就有个金发碧眼的外国人双手作揖，说着一口流利的中国话，向娄城人民拜年，一行醒目的大字标着：法国，王威廉。单晓仁一下傻眼了，这不就是1803的外国人吗？竟是隔壁的洋老王。法国人一向以浪漫著称，追求性解放。单晓仁不敢想下去了。

也许1801的诗人与1803的老外都是正人君子，只是一下子有了两个隔壁老王，这如何受得了。虽然自搬进来后，还没有来往过，但不怕一万，就怕万一。单晓仁开始失眠，心事重重。

初三那天，娄城下了场大雪，小区突然停电，1801的诗人王一牛敲门来借蜡烛，妻子姚萍萍很热情地请他稍坐，借了个手电给他。俗话说“金乡邻，银亲戚”，隔壁邻居帮个忙，应该的，但要知道来人是隔壁老王。常言道“有借有还，再借不难”，就怕有了第一次，就有第二次，哪天自己出差不在家……

一事未了，一事又来，元宵节前一天，有人敲门，竟是洋老外来送红蛋，还有一盒巧克力，原来二胎生个大胖儿子，高兴得很。

姚萍萍对单晓仁说："来而不往非礼也。下次也要回敬他们，不能让老外笑话我们不懂礼节。"单晓仁嘴里说："对对对，应该的。"心里又一紧，没有想到这隔壁洋老王也走进了自己的家。单晓仁的心事越发重了。

姚萍萍是个粗线条的人，但还是看出来了，觉得自己先生最近不对劲，是单位遇到了麻烦，还是身体出现了状况？她小心翼翼地问单晓仁。丈夫一口咬定说：没事没事。但时间长了，他自己觉得这折磨太残酷了，有点承受不起了。

他想到了搬家，考虑来考虑去，他决定向妻子摊牌。

姚萍萍觉得有点莫名其妙，住得好好的，搬什么家。风水不好？环境不佳？邻居不睦？交通不便？……好像都没有。

姚萍萍追问原因，单晓仁就是不说。只固执地说："搬家！"

"搬家搬家，你知道搬一次家多麻烦吗？不搬！再说，搬哪去？房价又涨了，你知道吗？搬一次要损失多少钱你算过吗？"

"萍萍，我求你了，这家必须搬！"

姚萍萍还是那句老话："你不说清原因，不搬！"

单晓仁痛苦啊。

过了年不久，诗人突然搬走了，说是要结婚了，新娘是当地首富的女儿。

从不喝酒的单晓仁，那晚破天荒喝了酒。

单晓仁喝醉了，姚萍萍服侍他睡下后，还听到嘟嘟囔囔地在说醉话："你搬吗？你什么时候搬？"

姚萍萍很奇怪，老公怎么老是搬、搬、搬，连喝醉了酒也不忘。

写于2020年1月11日

钓鱼轶事

（1）

洪局好孬也是个副局长，虽然说退休了，但认识他的人不少还习惯叫他洪局，他也颇受用。

洪局在位时没有什么爱好，退休后，有点无所事事的样子，不知如何打发那长长的日子。搓麻将打牌他觉得有点俗，档次低；广场舞嘛，热闹是热闹，只是他觉得自己这身份混迹于那些普普通通的老头老太的队伍里，太掉价，下不来这决心。至于书法、绘画，好是好，雅是雅，可60岁学吹打，自己不是这块料，省省吧，别出洋相了。

一次偶然的机会，见到了小学的同学黑皮钓鱼回来，竟钓到好几条七八两的大鲫鱼，还都是活的。

洪局想自己儿时也算是钓鱼好手，曾经有过钓到20多斤大鲤鱼的辉煌，当时在小伙伴中传为美谈，只是40多年没有碰钓鱼竿了。洪局决定：重拾钓鱼这爱好！

工欲善其事，必先利其器，这洪局懂，反正退休工资有万把块，配齐全套钓鱼工具，没有问题，老婆也支持。

洪局兴冲冲地带着最好的钓具去了乡下，但扫兴的是一条像样的鱼也没有钓到，弄得他回到家见到老婆很不好意思，好在老婆没有半点怨言。

后来碰到黑皮，一讨教才知，野河塘里哪里还有什么鱼，野钓那是老皇历了，要钓得去正规的人工养鱼塘，得交费的。黑皮还告诉他：小菜场上的鲫鱼最贵不会超过10元钱一斤，但鱼塘里你自己钓上的鱼至少12元一斤，有的还要贵呢。

受教受教，原来钓鱼还有这么多名堂。

花钱就花钱，我洪局又不是花不起这个钱，不就图个有事做吗，心情好吗？

有一天黑皮透露给他一个信息，他在网上查一则钓鱼信息，古庙镇乡下有个叫黑鱼塘的养鱼场，老板在网上发了这样一个帖子：不瞒各位钓鱼界的大咖高手，我家鱼塘的鱼都成精了，轻易不咬钩，谁要有本事在我的鱼塘钓到鱼，那一定是高手中的高手，大咖中的大咖。来PK吧，秀一秀你的钓技。本老板不想赚你钱，只想领略你的钓鱼绝技，故钓一天只要交100元钱，有本事钓到可以统统带走，不管多大的鱼。钓不到，别怨鱼，别怨我。为不让你白跑，临走每人赠送一只老母鸡，以作补偿。中午还可在那儿订饭，尝尝农家菜，譬如杀只鸡宰只鸭都可以，价钱还公道，保证不宰客。

洪局想这太划算了啊。你算算，钓一天，钓到五斤十斤鱼应该不成问题，也差不多够本了，就算霉到家，钓几条小猫鱼，那一只老母鸡拎回去，老婆面前也有交代了。要知道，如果是三四斤的老母鸡，也得100来元，如果四五斤的，100元还不止呢。洪局与黑皮结伴去了。

哇，几个鱼塘都有人。看来，不服输的不少，会打小算盘的也不少。

洪局看中了一个位置，把鱼饵料撒到了几米外的鱼塘里，把鱼钩装上红丝蚯蚓，就静候鱼儿上钩了。但奇怪的是那浮子久久不见动静，再看其他人，也难得有人钓到鱼。

有经验的钓鱼人说：你精，人家比你更精。今天一早鱼塘主人肯定已放足鱼食了，那些鱼已吃饱饵料了，怎么会轻易上钩呢？

想想是这个理，一半人就此败兴走了。

洪局很大方，请黑皮一起高高兴兴吃了农家菜，还喝了啤酒，心满意足。到了下午，还是钓不到鱼，洪局与黑皮也没有耐心了。不过鱼塘老板倒很讲信用，每人一只鸡已准备好了。他大概认出洪局了，特意挑了一只五斤左右的老母鸡给洪局，还很客气地说：洪局，欢迎下次再来！

随后的几天，各路钓鱼高手纷至沓来，有些真高手一看就知道这鱼塘没有鱼，啥话也不说，拿了鸡就走人了，但还是源源不断有人来。

一个月后，洪局再次碰到黑皮，黑皮很感慨地告诉洪局：上次那个黑鱼塘其实根本没有鱼，那个所谓的鱼塘老板其实是个养鸡场老板，他放了个噱头，结果也就个把月，几百只鸡全都销出去了，还连带销了一二百只鸭子。

洪局并没有上当受骗的感觉，只是淡淡地说：这就叫各庄有各庄的高招。老板懂心理学呢。

“看来，你我都玩不过这些生意人。”黑皮说的是真心话。

（2）

任哥，外号“钓鱼一哥”，还真不是浪得虚名。他喜欢钓鱼，竟高科技到利用谷歌查鱼塘，查鱼多鱼少。

这不，他竟然查到娄城郊区，有一口黑鱼塘的老塘几十年没有抽干过，有两条五六十斤的大青鱼。但这两条鱼确乎为鱼精，据说网了几次都没有网住。想钓它，更是门也没有。

近年，这鱼塘被当地农民承包了。

任哥按谷歌指引的方位去过一次野鱼塘。可一块大木牌上的字很醒目——“集体鱼塘，私人承包，偷捕偷钓，一律罚款！”

任哥就去找承包人，表示可以出钱来钓。或一天多少钱，或钓到的鱼多少钱一斤？

承包人考虑半晌说：每人每天500元，爱钓不钓。

每人每天500元，确实贵了些。

任哥答应了。说自己要出差，十天后才能来钓。

承包人要求来钓鱼的前一天必须提前通知。任哥一口答应。

承包人打着自己的小九九，他想只要在开钓前一晚撒足鱼食，那些鱼吃饱了喝足了，看你有多大能耐，多大本事，钓吧钓吧。

任哥既有“钓鱼一哥”外号，当然有自己的绝技绝活。他买通了黑鱼塘附近一位老实巴交的农民，请他每天一早在黑鱼塘那棵楝树下撒鱼食，连续10天，一天不能间断，给了他500元，算是劳务费。鱼食是任哥亲自配制的，有一种特殊的香味。但任哥要求保密，不能让任何人知道，更不能让鱼塘承办人知道。

这钱好赚，又不伤天害理，哪有不答应的。

第十天，任哥打电话告知黑鱼塘承办人，说明天我来钓鱼。

承办人当晚就在黑鱼塘撒鱼食。他自认为自己对鱼的习性很了解，不信任哥有孙悟空的火眼金睛，能看到水底的大鱼，能钓到什么大鱼。

任哥到后，不慌不忙，在楝树下放上凳子，撒了鱼食，打了鱼窝，架起了两根鱼竿，他鱼钩上用的蚯蚓又红又粗又大，有一股难闻的腥味，但那蚯蚓活力四射，又扭又动，也就十几分钟鱼就上钩了，好沉，十有八九是大家伙，任哥溜了好一会儿，在助手的帮助下，用网兜把大鱼网住，拖了上来。哇，是一条大青鱼，任哥与助手一称，乖乖，58斤。任哥与大青鱼合了影，整个过程都用手机录像。

黑鱼塘承办人闻声赶来，一看那大青鱼，肉痛啊。但君子协定，说好的事不能反悔。他只希望另一条大青鱼不再上钩。阿弥陀佛！阿弥陀佛！！

承办人最担心的事还是发生了，大约过了半个小时，第二条大鱼又咬钩了，那鱼气力好大，直往鱼塘中间窜去，好在任哥经验老到，放线收线，收放自如，把握得恰到好处，这次溜了有半个小时，才把大青鱼网上了。好家伙，比第一条更大，有63斤。

任哥躺在两条大鱼中间，拍了一张照，助手即时晒了朋友圈，点赞连连，轰动一时。

鱼塘承办人哑巴吃黄连，觉得亏大了，他想说：你就拿一条，留一条吧。可话到嘴边，没好意思说出来。

谁知，拍好照，录好像，任哥在助手的帮助下，把鱼放回了塘里，那两条大鱼一会儿就在水里没有了影踪。

鱼塘承办人惊得目瞪口呆，他有点不相信自己的眼睛了，不解地问任哥："你放生，积德？"

任哥说："不不不，我不是善男信女。我钓鱼在乎享受那个过程，钓到的鱼拿不拿无所谓。"

鱼塘承办人坚持要把500元钱还给任哥。任哥说："使不得使不得，这是你应该得的。"

鱼塘承办人有点不好意思地说："你放生时，我忘了用手机给你录个像，可惜了可惜了。"

任哥说："我已收获了钓到大鱼的乐趣，照片也拍了，值了，够了！拜拜！"

写于2020年1月17日

奶奶的怪癖

孙子、孙女对奶奶都很孝顺，时不时给奶奶买吃的买用的。每每这时，奶奶就埋怨他们乱花钱，说买这买那，不如把钱给她。

奶奶还老变着法子问孙子孙女要钱，要了一回又一回。孙子、孙女都是白领，年薪都不低，奶奶要钱，没有不给的，反正也就是几十几百，也不是大数目。只是次数多了，不免让孙子、孙女觉得奇怪，奶奶既不去买什么东西，也不去烧香，更不去搓麻将，她一次又一次要钱，派什么用场呢。

有次，奶奶要了钱后，一个人高高兴兴地外出，走着走着，看看四周无人，就把一个装钱的信封扔在了路上，然后，开开心心地回来了。

咋回事呀，难道奶奶老年痴呆了？

可奶奶脑子很好使，讲话清清楚楚，做事利利索索，没有任何迹象像是脑子出了问题。

怎么办？只能每次给了她钱后，看到她出门，就跟在她后面，她扔了，就捡呗。

有次不巧，捡钱时被奶奶发现了。奶奶就不高兴了，说：“这钱不是给你们的，不能捡！”

为什么家里人不能捡？这其中一定有什么原因，一定。

在孙子、孙女的再三开导下，奶奶终于说出了埋藏在心底很久的话。

原来，三年自然灾害时，家里断了粮，可家中有四个孩子，三男一女，都是长身体的年纪，饭量大着呢，一个个饿得嗷嗷叫，眼看要饿坏饿死了，奶奶急啊、愁啊。

巧不巧有天奶奶在回家的路上捡到一个信封，里面有150斤全国粮票。奶奶知道这是救命粮。谁丢的，一定急得痛哭流涕。奶奶在原地等啊等，没有人来。她想会不会是上苍可怜她，给她送来了救命粮？她决定不等了，像做贼似的去买了粮。即便到了家，心还怦怦直跳。

因为有了这150斤粮票，四个孩子活了下来。奶奶内心愧疚着，郁结在心。她至今不知是谁家丢的，不知丢粮票的这家会不会饿死人？从此，这成了奶奶的心病。

孙子、孙女明白了，奶奶是在还心债啊。

写于2020年1月29日

弄级名人谭老三

知道谭老三名字的人不多，知道他“光辉业绩”能背诵全本《西厢记》的就更少了，所以他够不上娄城名人，只能勉强跻身翰林弄名人，姑且定为弄级名人。

既然是名人，出身很重要，千万别信什么“英雄不问出身”之类的屁话，那是草莽、绿林杀人放火，或被招安了，或有了出头之日后，为自己找的一块遮羞布。

好，不扯远了，先说说谭老三的家庭背景。曾经还挺显赫的，他爷爷出任过布政使，他父亲日本国学院大学毕业的，四十年代初，供职于汪伪政府，解放后被关起来审查，不知是胆子小，还是真做了什么坏事，心里虚，进去头天晚上就上吊自杀了。人死散球，一了百了，也就没有正式定为汉奸，判个无期或死刑什么的。

你想想，谭老三出身这样的家庭，能不受影响吗？

谭老三有两个姐姐，都嫁了南下干部，与老妈老爹划清界线，不再往来。谭老三恨过、骂过，稍大，有所理解，不再一味怪姐姐。他认命，与老妈相依为命。

读书读到初中毕业他就辍学了，靠他妈为纸盒厂糊纸盒，赚仨瓜俩枣加工费，能有几个钱，这日子自然是紧紧巴巴的。

谭老三下决心自己去赚钱，养活老妈。

他去娄城运输大队干过，可身子骨单薄了点，扛棒压得肩膀又红又肿，扛着重物上船下船，过那长长、窄窄的跳板，更让他胆战心惊。他意识到自己不是凭力气吃这碗饭的料，就打了退堂鼓。

一个偶然的机会，他认识了一个买卖糖精的小贩。现在的“80后”、“90后”、“00后”，估计对糖精没有任何印象，但在五六十年代，糖精可是稀罕之物。那糖精是晶莹剔透的晶体，颗粒小，体积小，便于携带，便于藏匿。烧菜、做点心，只要稍微放几粒，就甜得很，在买不到红糖白糖的时期，糖精大受普通百姓的欢迎。

用谭老三的话说：骗骗嘴，那摩温！

谭老三觉得赚这钱，太适合自己了。当场拜师学艺，做起了糖精贩子。

凭良心说，谭老三长得还是蛮帅的，用现在的流行语就是“师奶杀手”，他常常挎个包，串门走户，去拜访那些大妈大婶与小媳妇，与她们聊家常、聊孩子。那些妈妈们从没有一个撵他走的，不但泡茶，还请他吃点心。谭老三节奏掌握得恰到好处，聊着聊着，就转换话题到油盐酱醋上，就说到了糖精上。他一套一套的，什么“比白糖甜，比红糖甜，比甘蔗甜，比香瓜甜”“吃到嘴里，甜到心里”“家中常备，甜蜜全家”“不甜不要钱，甜死不偿命”……反正只要他进了哪家门，没有空手回的，不少家庭妇女还盼着他下次再光临呢。

可惜好景不长，谭老三被抓了，罪名是投机倒把。

后来才知道是那些小媳妇的老公举报的。不是不想甜，是怕老婆被勾了魂。

谭老三在监狱里待了三年，认识了卖老鼠药的黑皮。黑皮因卖老鼠药，致死人命，判了二十年，就把卖老鼠药的一套生意经传给了谭老三。

谭老三出狱后，就捣鼓做起了老鼠药的小买卖。

每天在娄城最热闹的武陵桥南侧，他会用石灰圈出一方地，铺上一张油纸，放上几只老鼠标本，再放五十包老鼠药，多了没有，卖完回家。排场停当后，他就开始耍嘴皮子了。他一开口就说："各位老少爷们，有钱的帮个钱场，没钱的帮个人场。"

他拎起那只大老鼠，说实在，也不知他从哪儿弄到的，确确实实比一般的老鼠大一两倍不止，他指着老鼠问："各位看官，见过这么大的老鼠吗？"

当时的人老实，都异口同声说："没有见过。"

"知道这叫什么吗？这叫硕鼠。《诗经》里有记载，硕鼠硕鼠，无食我黍！……硕鼠硕鼠，无食我麦！……"

"别扯诗经牛筋，我就问你，你的老鼠药管用吗，药得死这样大老鼠吗？"有人不耐烦地问。

谭老三一拍胸脯说："不是我谭老三吹牛皮，说大话，我告诉你：我这药，大老鼠吃了跳三跳，小老鼠吃了当场死。灵不灵，买回去试一试就知道。老鼠不死，我谭老三死。老鼠不死，你来砸我摊，砸我碗。"

谭老三最绝的一招是：谁买了他的老鼠药，药死了老鼠，剪十根老鼠尾巴来，就奖励一块钱。当场兑现，决不食言。

各位看官，千万别小看了这一元钱，在当时，一般工薪阶层每月工资也就二三十元，一元钱抵如今好几百呢。

是噱头，还是真的？眼见为实嘛。

果然，有人拿了十根老鼠尾巴来了，谭老三很爽快掏兜，赢得掌声阵阵。

有这等好事？于是，围观的纷纷掏兜买老鼠药，想着既灭了老鼠，再赚他一块钱，多美的事。

谭老三的生意也就红红火火。

后来，有人觉得上当受骗，做起了有心人，竟发现那每天来交十根老鼠尾巴的是谭老三的托，如外号鼻涕虫、瘦棺材、剃头佬等几个与他相熟的酒肉朋友。

谭老三被人砸了摊，失去了生计，没有了活路。

他倒也干脆，一包老鼠药，用黄酒灌下，当晚就去见了阎王。

谭老三的老鼠药连大活人也能毒死，那毒死几只小老鼠还不小菜一碟。

有人说谭老三是以自己的死为老鼠药做了一次活广告。

翰林弄在九十年代末的老城区改造中拆了，搬出的老住户偶然碰到，闲聊回忆翰林弄的往事，总有人提起谭老三。

谭老三系弄级名人，名不虚传。

写于2020年4月17日

灵丹妙药

朱蔚栋是老三届的，他老伴叫杨雪青，也是老三届的。只不过朱蔚栋是六七届高中，杨雪青是六七届初中。六十年代中期，朱蔚栋把名字改为朱卫东，杨雪青把名字改为杨学青。两人是一个厂子里的，当年是响当当的工人阶级，也算吃香过那么几年。

九十年代时，工人阶级已不再那么吃香了，但厂子的经济状况不错，奖金也挺高的。有同学还羡慕他们夫妻俩呢。

当时朱蔚栋是有机会调到事业单位的，可他舍不得老单位的同事，且经济效益也还满意，就算了。谁知，到退休才知，企业退休与事业退休，退休工资差得太远太远。可路是自己选的，怪得了谁呢，骂几句发泄发泄也就过去了。

还好老夫妻俩省吃俭用惯的，每人每月两三千块退休金也够用了，只要不穿金戴银，不去旅游，还有点小积蓄呢。

前年年底，老伴身体不适，一查，查出了肺癌。朱蔚栋懵了，一千个不相信，一万个不相信，老伴又不抽烟，自己也不抽烟，怎么会肺癌呢，真是想不通。想不通归想不通，可诊断书上白纸黑字，无法不认。患上了，得治疗啊。

在外地工作的儿子打电话来说：看病还是去上海大医院比较放心。人到了这时候，往往想通了，朱蔚栋破天荒与老伴打了个的去上海中山医院。真是去了婚纱店，全是准备结婚的，去了医院全是病人。挂号排队时，朱蔚栋与患病的聊了起来，一打听，无论是化疗，还是吃药，没个几十万是打不住的。

老伴杨雪青一听化疗，就打退堂鼓了，说："我宁可少活几年，也不化疗。一化疗，头发都没有了，人不人、鬼不鬼的，活着有什么意思。"

有病友告知：不化疗的话，可口服易瑞沙或特罗凯，每月光药费就在两万元上下，服用一年就得二三十万，关键这药不能报销……

杨雪青一听就发毛了，老两口辛辛苦苦一辈子，也没有积蓄到这数字，看个病，一夜回到解放前。算了算了，不看了。

朱蔚栋知道老伴的倔脾气，知道劝也没用。考虑再三，对老伴说："看不看，等儿子回来再说，不急在一天两天。今天我陪你去老城隍庙逛逛，散散心。"

娄城与上海虽然很近，但上次逛老城隍庙还是两人谈恋爱时。记得那次在一家首饰店，杨雪青看中了一条金项链，一看价钱，吓了一跳，连忙转身出店。要面子的杨雪青还说："什么金项链，资产阶级生活方式，我才不稀罕呢。"

朱蔚栋知道自己口袋里那几张老人头，是绝对买不起金项链的，但他从女朋友的眼神中看出了她内心的喜爱。就说了一句："总有一天，我会买金项链给你！"

一晃，这话说了半个世纪了，一直没有兑现，想想真愧对老伴。

如今老伴患了癌症，生命进入倒计时，也许活不了多久了，他下决心圆老伴一个梦，买一条老伴满意的金项链。

朱蔚栋对老伴说：咱俩各自选，看看我俩的眼光是不是差不多？

看了一圈，老伴指指放在醒目位置的说："这条款式好。"

朱蔚栋说："英雄所见略同，我看中的也是这一款。"

随即，朱蔚栋对店员说："包起来，这条金项链我要了。"

店员笑笑说："好眼力！这是本店推出的最新款，但要与手链等配套买。"

"一起要了！"朱蔚栋很大气地说。

回家的路上，杨雪青的笑一直在嘴角。她对朱蔚栋："老头子，你也真舍得，两万多呢。"

"不就买个高兴吗，值！如果今天住院，估计还得加个零。"

回家后，杨雪青把金项链、金手链、金耳环等都戴了起来，还天天化妆，天天去市民广场跳广场舞。全然不顾肺癌不肺癌。她对老伴说："快乐每一天，活一天赚一天！"

朱蔚栋想，自己年轻时雄心壮志，老来碌碌无为，要权没权，要钱没钱，如今古来稀了，能给妻子兑现诺言，买了金项链、金手链，也算对得起自己良心了，等老伴大去，这些就给她陪葬。

杨雪青也对朱蔚栋说："老头子，这些金项链、金手链，我就带棺材去了，谢谢你。老头子。"老伴自从戴上金项链、金手链一直开开心心的。

又一年，去医院复查，医生说："奇了怪了，肺上的病灶怎么不见了？"

医生问杨雪青："吃了什么进口药吗？"

杨雪青笑得脸上开花，说："老头子有偏方，问他。"

朱蔚栋大声说："祖传灵丹妙药——开心！"

写于2020年7月6日

救援驴友

蓝梅花内向，喜欢独来独往。她最大的爱好就是做背包客，一个人去旅游。

因了疫情，她今年已半年多没有出门了，她决定趁疫情相对缓解的8月份，去亲近亲近大自然。这不，她一个人去了七子山。

七子山1500多米，有原始森林，有瀑布，有山溪，有峭壁，有峡谷。雨后，岚气浮动，美得疑似仙境。

蓝梅花看看，走走，整个身心仿佛融合到大自然的怀抱。走着走着，竟迷了路。天渐渐黑了，山路越来越窄了，两旁是半人高的野草。突然，她脚下一滑，就跌了下去，原来那野草下面是空的。等醒来，天已全黑了，背包也不见了，幸好手机在口袋里，她借助手机的光，确定自己掉在悬崖峭壁的一处突出部位，也就一张床的大小，自救是不可能的。她准备发出求救。这时，她才发现，自己手机里除了家人，很少有其他人。她不想让家人担心，最后选定了方川润。

方川润是娄城蓝天救援队的队长，说起来也仅一面之交。但印象深刻。方川润说：你我有缘。你姓蓝，我在蓝天救援队，一笔写不出两个蓝字。

方川润接到蓝梅花的求援微信后，立即启动了救援程序。他带着队员赶到了七子山，根据蓝梅花的手机做了定位，直到下半夜才找到蓝梅花。要把蓝梅花救上来，得攀缘下去，一不小心就可能粉身碎骨。

方川润是队长，自然亲自下去。他怕两个人的分量太重，就把绳子绑在了蓝梅花的腰间、胯下，让队友先拉她上去。

等方川润被拉上去时，东方已泛出鱼肚白了。

蓝梅花一把抱住方川润，久久没有松手，爱润心间。

写于2020年8月27日

质疑者

董必文这个人，瘦弱、斯文、倔强、固执，有人喜欢，有人不喜欢。不喜欢的叫他“死脑筋”“书呆子”“戆棺材”；喜欢他的赞他“万宝全书缺只角”“老百晓”……

董必文爱读书，看得杂，文史哲在看，小说散文诗歌在看，周易八卦在看，算命相面之书在看，风水堪舆之书在看，收藏盗墓之书在看，看多了，满脑子别人不知道的，七想八想，有时会神经兮兮，还喜欢质疑。就是上海人俗话说的“当着不着”。

就说有次他去上海参加一个国际研讨会，下榻在一家五星级的宾馆。漂亮的女服务员对他说：“请出示身份证。”

他答非所问地说：“还五星级宾馆呢，丢上海人的脸。”

女服务员莫名其妙，难道要客人出示身份证错了，丢脸了？

董必文望着一脸愕然的女服务员，总算回过了神来。指着吧台的一块铜牌说：“结帐？请问帐怎么结？蚊帐还是帐篷？”

女服务员以为遇上了神经病。打电话叫大堂经理过来一下。

董必文一见大堂经理就说：“我正要找你呢，你看看，你们什么水平，结账的账，明明是贝字旁的，你们弄成了巾字旁的……”

五星级宾馆的大堂经理至少是本科毕业的，账、帐两字还是分得清的，只是平时不注意罢了，被董必文一点穿，真的有点无地自容的样子，连忙说："谢谢，谢谢指正，我们马上更改。"

董必文倒也没有洋洋自得，只是说："改了就好，不改，被人笑话的。被老外看了，丢中国人的脸。"

有次，他坐朋友的小车去外地参加一个活动，因路不熟，就用手机导航。他朋友是个急性子，开着开着就快了，手机导航就警告：你已超速！还时不时警告说：前方50米有违章拍照等等。

董必文听着听着就来气了。气呼呼地说："什么叫违章拍照？既然你承认违章拍照就不要拍了。"

开车的朋友对他说："你误会了，是说我们违章了，警告我们前面有拍照的。"

董必文说："我又不傻，当然知道它啥意思，但他们这表述有问题。应该是违章要被拍照，照他们现在的文字，只能解释为拍照是违章的。"

开车的朋友对董必文说："你这咬文嚼字，应该去交通部领奖。"

董必文除了喜欢看书，也喜欢听音乐，开车的朋友说："放点好听的老歌，轻松轻松。"

结果放了俄罗斯的经典老歌《三套车》。那旋律真的很好听。听着听着，董必文突然说："这歌词有问题！"

开车的朋友想这《三套车》听了几十年了，会有什么问题。

董必文说："肯定有问题。你仔细听听——

"冰雪遮盖着伏尔加河/冰河上跑着三套车/有人在唱着忧郁的歌/唱歌的是那赶车的人/小伙子你为什么忧伤/为什么低着你的头/是谁叫你这样的伤心/问他的是那乘车的人/你看吧这匹可怜的老马/它跟我走遍天涯/可恨那财主要把它买了去/今后苦难在等着它……"

开车的朋友说："错在哪？"

董必文说："翻译错了。你想想，这匹马它已老了，财主要买这老马干什么？吃错药了。歌词里有'今后苦难在等着它'，那显然不是杀了吃，而是要这老马干活。这老马跟着现在的主人走遍了天涯。够苦的了，难不成财主要把老马买了去就是每天折磨它，要不然一样干活，谈何苦难？再说，财主买老马有什么可恨的，又不是抢？"

开车的朋友听董必文这样一说，似乎开窍了："对呀对呀，这歌词从情理上说不过去。"

董必文说："我觉得如果把老马改成姑娘，就说得过去了。小伙子之所以伤心，是因为心爱的姑娘被财主买了去，姑娘与不爱的财主在一起生活，自然就是苦难了。"

开车的朋友茅塞顿开，大夸董必文太有水平了。

董必文的倒霉是因为他质疑来质疑去，质疑了领导。他们单位的一把手书记喜欢做报告，一做报告就亢进，常常读错字，譬如"酗酒"读成"凶酒"；"咄咄怪事"读成"出出怪事"；"草菅人命"读成"草管人命"；"呱呱坠地"读成"瓜瓜坠地"；"唾手可得"读成"垂手可得"；"瞠目结舌"读成"堂目结舌"；"纨绔子弟"读成"纨夸子弟"；"耄耋之年"读成"耄至之年"；"莘莘学子"读成"辛辛学子"；"皈依"读成"反依"……有次秘书写发言稿时，怕书记不认识范蠡的蠡字，就用括号加了"贩梨"两个谐音字，算是提醒，结果书记有点不高兴了，当场说："范蠡还是贩梨，以为我不知道，真以为我不学无术，把范蠡当成贩梨的。"

单位里其他人都在背后笑话书记，谁也不肯当面点穿。碰到董必文这个"一根筋"竟看不下去了。最近，书记刚做罢报告，红光满面地下来，董必文鼓足勇气走上前去对书记说："书记，你今天把刚愎自用读成刚复自用，传出去要被人笑话的。我把你常读错的字列了个表，都注了正确的读音，供你参考。"

书记当着众人的面那脸就挂不住了，很严肃地对董必文说："做好你自己的本职工作，别充大头，要不要领导的位置让给你？"

没几天，董必文就被从图书馆调到了车间。书记说这种自以为是的知识分子要好好锻炼锻炼。

不久，一家民营文化公司的老总听说了董必文这个人，很感兴趣，高薪挖了过去。

写于2020年9月10日

庚子年笔记

武侠篇

凌鼎年微型小说新作精选

拜 师

当今的江湖，武功最高、人望最高的应该数赵穹冰。他原本是红拳掌门的大徒弟，后来不知何故离开了红拳门，自创了赵家拳，再后来还演化出赵家枪、赵家剑、赵家刀、赵家棍，随着门徒越来越多，他干脆挂出了“红传赵氏门”，他手下有十三太保，发展为十三个堂口。其势力迅速冒升，鲜有匹敌。

自两年前，老的武林盟主仙逝后，武林盟主一直空缺，从目前的趋势看，赵穹冰已成了不二人选。

而华山论剑要到明年秋季，也就是说推举武林盟主的事要到明年秋季才有可能。

赵穹冰虽然还没有被推选为武林盟主，但已有不少门派视他为武林盟主，开始马首是瞻。

江湖中更有不少年轻后生千里迢迢来找赵穹冰，想拜他为师，以便名师出高徒，在武林、在江湖扬名立万。

门派壮大当然是好事，可赵穹冰哪有时间教徒弟啊。不胜其烦的他，在军师的策划下，制定了“忠于盟主，传至永远”八个辈分。十三太保算“忠”字辈，十三太保收的徒弟就是“于”字辈，依次类推。

这样，赵穹冰就省力了，但所有“红传赵氏门”的都算他徒子徒孙，他的地位越发巩固了，越发高高在上了。十三太保把赵穹冰捧到了神的位置。

有天，来了一位叫飞盏的年轻人，指名要拜见赵穹冰，并大言不惭地说十三太保一个个都不是他的对手，没有资格做他的师父。

赵穹冰大吃一惊，但骨子里不信这小子年纪轻轻，能有多大的武学根底。他让大徒弟杜舞与飞盏交手，他在门楼上观战。所谓内行看门道，他一看就知道这飞盏的内功、轻功、拳术、刀剑功夫都远在大徒弟杜舞之上，就算自己出马，也未必有必胜的把握。

赵穹冰心里明白，就算自己收了飞盏为徒儿，也没有多少可以教他的。飞盏会甘心永远臣服吗？总而言之，是个祸根。说不定哪天就爆雷。

赵穹冰考虑再三，想出一条妙计，说："拜师可以，但须先三选一，即或面壁三年；或挑战少林、武当、昆仑、峨眉、华山、崆峒、青城中的任何一派，交个投名状；或自宫。"

飞盏一听，哈哈大笑，作了一个揖，转身，飘然而去。

赵穹冰一愣，不知飞盏什么意思，是去面壁，是去挑战，是去自宫，或者放弃拜师？

赵穹冰最担心的是飞盏一听这三个条件，不再愿意拜师。如果就这样让他走了，那无疑是放虎归山，说不定哪天就成了自己最头痛的对手。不行，不行！不能让飞盏就这样轻而易举地走了。

赵穹冰的轻功了得，他一个凌波飞燕，踏雪无痕，就横在了飞盏前面，说："这位少侠，想必是飞盏吧？我是赵穹冰。听说你想拜我为师。好，我答应你。"

"不用那三个条件了？"飞盏问。

"那是杜舞想试探你是否诚信，一句玩笑话而已，当不得真的。"

飞盏似有心动的样子。

赵穹冰对飞盏说："我收你做关门弟子。会在中秋的华山论剑武林大会上当着各门各派宣布，以示郑重。"

落霞满空，天色渐晚。赵穹冰带着飞盏去了后山的达摩洞，说是他闭关面壁的所在。说，这洞的气场是一般山洞的几十倍，在此练功，可以事半功倍。

赵穹冰叫飞盏在蒲团上打坐，闭上眼试试。

飞盏盘腿而坐后，确乎感到自己处在一个磁场的中间，浑身热腾腾的，脑子里幻化出奇奇怪怪的画面……

飞盏隐隐听到一个声音似乎从很遥远的地方传来："飞盏，你想学武林绝学《月光宝典》吗？一旦学成，你就天下无敌。"

天边传来了滚滚的雷声，越来越近，越来越近，终于，轰隆一声，尘烟四起，不久归于沉寂。

赵穹冰对于自己的《月光宝典》功夫很是满意。望着轰然倒塌的达摩洞，觉得自己小试牛刀就如此收获，感到自己可以去华山论剑了，武林盟主的位置已近在眼前了。

赵穹冰踏着泻地的月色兴冲冲返回时，突然看到那棵古松下，伫立着一个人影，再一看，竟是飞盏。

赵穹冰差点魂灵出窍，"你、你，你是人是鬼？"

"你说呢？"那声音冷冷的阴阴的。

"你到底是谁？"

"你真的很想知道吗？告诉你也无妨，我是红拳的真正传人。你以为你欺师灭祖的丑事没人知道了？"

"你是师父的儿子资歌，你没有死，难道你有九条命？"赵穹冰实在想不通，当年的资歌与眼下的飞盏都是怎么逃脱死神追索的。

"华山论剑见！我会当面揭穿你的庐山真面目。"

赵穹冰一听这话，心凉了半截，连忙去追飞盏。谁知飞盏的轻功更胜他一筹，早已无影无踪了。

写于2020年1月23日

冷家四杰

震远镖行的冷凌虚在江湖上的名头大了去了，就算县官州官也不能与他相比。

冷凌虚有两男一女。老大冷一雄，老二冷一德，小女冷寒梅。

兄妹三人的武功都得冷凌虚的真传，个个武艺了得。老大冷一雄偏重硬气功，什么“银枪刺喉”“刀砍手臂”“胸口碎石”“掌劈条石”“头顶击打”“车过肉身”等等，练就了刀枪不入的金刚不坏身。老二冷一德的拳术、剑术，样样精通，通背拳打得虎虎生威，少林剑舞得出神入化，近身搏击更是擅长，三五个壮汉联手合力都不是他的对手。冷寒梅的轻功了得，在整个江湖不管怎么排，都是名列前茅，一等一的高手。

冷凌虚有了这两儿子，一个女儿，连同自己，被誉为“冷家四杰”。行走江湖，谁敢冒犯，谁敢挑衅？

不知不觉，冷一雄、冷一德都到了娶妻的年龄，冷寒梅也到了出嫁的年岁。假如冷凌虚再入赘一位武功高强的上门女婿，冷家更是如虎添翼。

但奇怪的是，媒人踏破门槛，就是不见冷一雄、冷一德答应娶任何一家的小姐。最不可思议的是冷寒梅十八岁了，来提亲的不管文的、武的，属高攀的、低就的，冷寒梅没有一个中意的，冷凌虚也不表态。似乎“父母之命，媒妁之言”到了他这儿，不管用。

再后来，有传言说：冷一雄、冷一德都看中了师妹冷寒梅。啥、啥、啥？让人惊得下巴也要掉了。这冷寒梅不仅是冷一雄、冷一德的师妹，更是他俩的小妹，一家子，怎么可以娶？

到了这时，外界才闹清，冷一雄、冷一德都是冷凌虚从小收养的，只有冷寒梅才是他亲生的，所谓的兄妹三人之间没有血缘关系。

原来如此！

外界就不好说什么了。

看来老爷子想肥水不流外人田，那就看冷寒梅中意谁了。

冷一雄、冷一德与冷寒梅从小一起长大，说青梅竹马没有丁点儿水分。也正因为从小一起长大，知根知底，冷寒梅不知该选择谁。在她眼里，两位哥哥的武功各有千秋，伯仲之间，冷一雄有冷一雄的长处，冷一德有冷一德的优点。而且，两位哥哥都对她这小妹爱护有加，什么事都让着她、惯着她。

难以决断的她，很想听听她爹爹的意见，毕竟爹走过的桥比自己走过的路还多，爹吃过的盐比自己吃过的饭还多，要不然也不会有姜还是老的辣的说法。

冷凌虚认为：第一是忠心，第二是武功，第三是爱情。

冷寒梅对她爹说："不对不对，应该第一是爱情，第二是武功，第三是忠心。"

冷凌虚沉思良久，不置可否。

可能是名声在外的缘故，镖行的生意极为红火。竟在同一时间段接到四宗生意。冷凌虚分身乏术，只好临时招募了一些有武功的后生，自己与冷一雄、冷一德、冷寒梅各负责一趟镖。

分手出发前，冷凌虚再三关照，万一遇上什么要紧事，就飞鸽传书。

在一个秋风瑟瑟的早晨，冷凌虚、冷一雄、冷一德、冷寒梅各自押着各自的镖车，精神抖擞地上路了。

大约十天后，回程的路上，东路的冷一雄与西路的冷一德几乎同时收到两次飞鸽传书。其一，说南路的冷凌虚遭遇劫镖；其二，说北路的冷寒梅也遭遇劫镖。

冷一雄、冷一德为难了，是去救师父冷凌虚呢，还是去救师妹冷寒梅呢？

救师父有救师父的理由，救师妹有救师妹的道理，不好取舍啊。

冷一雄认为：人在江湖走，忠心最重要，一日为师，终身为父——他去了南路，去救冷凌虚了。

冷一德认为：真爱最难得，为心仪之人，就算粉身碎骨也在所不惜，其他，只能对不起了——他去了北路，去救冷寒梅了。

两人去了才知道，所谓的劫镖，虚惊一场而已。

经此一事，冷凌虚与冷寒梅的意见更相左了。冷凌虚认可冷一雄。冷寒梅认可冷一德。

冷凌虚与冷寒梅一直难以达成共识，冷寒梅铁了心要嫁给冷一德。冷凌虚退了一步，准备把震远镖行交给冷一雄。

写于2020年2月2日

原载《小说月刊》2020年6期

结拜兄弟

江湖与朝廷的不同之处在于江湖永远是以实力说话的，谁的拳头硬，谁的武功高，谁就有话语权。

元朝末期，江湖上突然出现了一个叫武独秀的，他自称得西域高人传授武功秘籍，武功已达化境，一对一，无人能敌。

武独秀放出大话：要打遍天下，要称霸江湖，要号令武林。

武独秀的狂悖言论，引起了江湖名门正派的反感。

武独秀也知道，如果各大门派联手，对他登上武力至尊宝座是个威胁，于是，他开始各个击破，在江湖上大开杀戒。

各自为政的各门各派，没有一个是武独秀的对手，都成了他的刀下之鬼。一时，江湖人心惶惶，风声鹤唳。

面对江湖的巨变，宗达照、茅慕德决定不再隐身江湖，联手铲除武独秀。宗达照、茅慕德都是一等一的武林高手，两人意气相投，结拜为兄弟，宗达照为老大，茅慕德为老二，创立了五星教，只是时机未到，基本上处于地下活动、秘密活动。两人蛰伏多年，一直在等待崛起的机会，这次，绝对是个扬名立万的好机会，所谓不鸣则已，一鸣惊人。只有打败了武独秀，才能让整个江湖刮目相看，奠定地位。

宗达照、茅慕德反复掂量过了，只要两人联手，双方合力，完全有可能击败武独秀，为武林除害，借此完美亮相。

宗达照、茅慕德的高调挑战，让武独秀很不以为然，在他眼里，什么派、什么宗、什么门，都金玉其外、败絮其中，都不堪一击。说得难听点，什么掌门人、什么门主、什么老大，无非一堆行走的肉而已。

宗达照、茅慕德向武独秀下战书时，约法三章：一、双方都不用刀剑；二、不使暗器；三、不用毒药。

武独秀一口答应。因为他自信凭自己的武功，如果不用刀剑，不施暗器，不用毒药，自己不更胜券在握吗？他就不信名不见经传的宗达照、茅慕德会有什么能耐。在他看来，打得过自己的，还没有生出来呢。

一个阴云密布的下午，宗达照、茅慕德约武独秀到黄金顶决斗。

宗达照、茅慕德配合默契，前后夹击，招招进逼，志在必得。武独秀则一招更比一招狠毒，招招要夺人性命。打到第八个回合，武独秀瞅准茅慕德的破绽，一个抱虎下山，给了茅慕德一掌，这一掌的千钧内力，让茅慕德受了内伤，但茅慕德还扛得住。不过此时的茅慕德多了个心眼，他想：即便打赢，老大还是老大，自己老二还是老二。再打下去，自己很可能内伤而亡，那一切的一切都灰飞烟灭了。不行，不行，万万不行，自己还有宏图大志要实现，岂能命丧于此。茅慕德就势倒地佯死，两脚一蹬，不再动弹。让老大宗达照一人独战。宗达照的武功略高茅慕德一筹，但比之武独秀略显下风，现茅慕德意外倒地，变成了一对一比拼，孰输孰赢，似乎不用多说了。宗达照知道，坚持打下去自己凶多吉少，到了这一步，想退想逃也都不可能了，唯有玉石俱焚，同归于尽，他下决心来这绝招。武独秀万万没有料到宗达照会使出这一招，确乎是防不胜防。宗达照以自己的死，重创了武独秀。受了重伤的武独秀一屁股坐地下，他要乘其他门派还没有上山之际，尽快自救。他闭上眼睛，开始运功疗伤。茅慕德瞅准机会，悄悄爬起，运足全身之力，一掌劈下去，要了武独秀的性命，他自己也瘫在了地上。

等其他江湖各派有人上来，大局已定。受了伤、却杀了武林公敌武独秀的茅慕德成了当之无愧的英雄，江湖各门各派，无人不服，无人不赞。

茅慕德被各门派推举为武林盟主，五星教迅速扩大。

茅慕德登上高位后，大权在握，风光无限。但也发现高处不胜寒。每当夜深人静之际，他就睡不着，回想与宗达照结拜的日日夜夜，回想在黄金顶的那点点滴滴，多多少少有点忏悔，有点不安。

茅慕德给宗达照造了个庙，塑了像。每年宗达照忌日，他都要去拜祭，江湖人都说茅慕德有情有义，都说宗达照有茅慕德这样的兄弟，这辈子值了。

写于2020年8月7日

容之祖

容之祖的祖上都是谍者，几乎没有一个善终，没有一个活到花甲年纪，究其原因，都是因身份暴露，被对方杀之。应了那句老话“常在河边走，哪有不湿鞋”。

传到容之祖，他是第几代谍者，他也搞不清楚了。他只记得父亲临终前，拉着他的手，对他说：谍者如果仅一种面孔，早晚是个死……

父亲的话深深地印在了容之祖的头脑里。他知道做谍者是自己的命，家族的命，为了自己，为了家族，他迷上了易容术，关在家里潜心钻研。

容之祖潜伏在敌国已好多年了，对外身份是开胭脂铺的老板，他呢，还是京城有名的妆容师，这给他研究易容术带来了诸多便利。

容之祖知道，真正的易容，必须有一张张不同的人皮脸，而制作人皮脸先得用石膏做阴模，他从妻子百花的脸上试起。

容之祖在百花的脸上涂上一层油，再倒上石膏，一个新的人脸模具就出来了。

他试着把百花的人脸皮蒙在自己脸上，化妆后去邻居家转了一圈，竟然没有人认出来。

容之祖知道自己离成功不远了。

他的职业不是常给新娘化妆吗？他就利用这优势，神不知鬼不觉地做了不少的阴模。为了试一下实际效果，他过几天就给妻子百花戴一个面具，化一番妆，再带她出去招摇过市，甚至带她去参加宴席。

容之祖每次坐定后都会指着边上的百花介绍说：我的老婆。

百花也很配合，笑笑，不吱声。

熟识容之祖的就会调侃说：“对对对，是百花嫂子。不过，这回是牡丹还是茉莉，抑或是芍药？”大家哈哈一笑就过去了。

正人君子总还是有的，有人会转弯抹角地告知百花：你家男人在外面寻花问柳花嚓嚓，看紧一点。

百花心里在笑，嘴上却很大度地说：他女人再多，我还是正房，还是大老婆，怕啥？

传话的、告状的只好苦笑一声，摇摇头走了。在他们心里，哪有不偷腥的猫，他们弄不懂天下竟有这样的傻女人。再后来，容之祖即便带其他女人出去，也没有人向百花告状了，何必自讨没趣呢。

容之祖经过这多次验证后，胆子肥了，知道可以执行任务时派用场了。

不久，容之祖接到上峰密令，说敌国外号“花帅”的将军是主战派中坚力量，将由他挂帅出征，必须不惜一切代价制止。上峰提供的唯一的线索是“花帅”好色，出征前很有可能会去青楼，与他的相好告别。

京城最大最出名的妓院是春满园，最出名的花魁是柳香香。“花帅”迷恋头牌，私下里还是有人知晓的，只是没人敢在大庭广众明说而已。

容之祖买通了春满园专为柳香香服务的龟奴栗，易容成他的角色，伺候于柳香香跟前，趁机打探消息。功夫不负有心人，容之祖发现老鸨关照今天柳香香不接客，有人包了。容之祖猜测“花帅”要来了，其他人没有这么大的权势与面子。

容之祖以龟奴栗的身份给天之一号房间送了酒菜，对来人说：“客官，您先喝酒，柳香香正在梳妆打扮，稍后就来。”

不说读者也明白，容之祖在“华帅”的饭菜里下了蒙汗药，等“花帅”昏迷后，就进去一刀结果了“花帅”，还特意留下纸条：与我争抢柳香香的下场！

第二天，这成为京城的头条新闻：争风吃醋，“花帅”命丧青楼！

出了人命案子，自然得报官。肖捕头带着衙役来查案。

老鸨、柳香香、龟奴栗都一一问到了，似乎没有什么破绽。

嫖客杀嫖客，属丑闻。上峰也不想大张旗鼓，闹得沸沸扬扬。

但也是容之祖合该出事，那龟奴栗因为拿到了容之祖的钱，发了笔小财，就手痒痒去赌了，一赌就输了，说好第二天还钱的，但出了人命案子，肖捕头不让他走。债主气势汹汹前来追债要钱，当时龟奴栗正被肖捕头问话。

债主可不管你衙役不衙役，大大咧咧地闯进来问龟奴栗：“你昨天赌输的钱呢，还钱！”

肖捕头觉得奇怪：龟奴栗昨天不是在当值吗，怎么可能去赌钱？多年的捕头经验让他感到蹊跷，肖捕头意识到这龟奴栗身上有文章。

再说，容之祖有三天没有在胭脂铺了，去哪了，他神神秘秘不肯说，这引起了百花的怀疑，难不成他真的在外面有了相好？

女人一怀疑，做起侦探来，有天生的优势。百花闻到了容之祖衣服上残留着一种特殊的香味，这种香正正经经的女人不会用，只有青楼女子才偏爱。加之，昨晚容之祖睡梦中说过“春满园”，百花似乎明白了什么，她来到“春满园”找到老鸨问：“胭脂铺老板容之祖这几天来过吗？找了哪个小姐？”

老鸨因“春满园”出了命案，肖捕头还在调查问话，正烦着呢，就没好气地说：“没见过。”

真巧柳香香走过，鼻子灵光的百花一把拉住柳香香说：“就是这味，昨天我家男人肯定找过你！”

“神经病！”傲慢的柳香香一甩手，头也不回地走了。

百花怎么能放过，纠缠了起来。

这惊动了肖捕头。肖捕头何等精明之人，三问两问，就察觉了问题。肖捕头决定盯上容之祖。

容之祖毕竟是谍者世家出身，发现妻子百花去了“春满园”，意识到大事不妙，即刻易容后逃之夭夭。

龟奴栗扛不住严刑拷打，一进去就招了。

肖捕头即刻带衙役去抄胭脂铺，但还是晚了一步，容之祖已不见踪影，只抄出不少人皮脸面与易容材料。

京城的几家报纸头版头条刊登了“杀人命案告破，凶手竟是谍者”“胭脂铺老板容之祖，易容杀人大间谍”……

有人回想起容之祖酒宴上带过不同容颜的女人，一下子恍然大悟。

写于2020年8月17日

庚子年笔记

凌鼎年微型小说新作精选

情感篇

彼岸花

艾一花是书香门第，大家闺秀。

从小受到良好的教育，琴棋书画样样拿得出手。尤喜花鸟画，她的工笔凤仙花、鸡冠花、海棠花等真是画得又细腻，又逼真，人见人爱。

父亲知道她对花鸟画情有独钟，因此，只要看到好的花鸟画谱，或精彩的花鸟画，总会不论价钱买下来。

一次，父亲带回一幅古画，画面上是一丛红艳艳的花，题着两句诗："一见彼岸花，羡煞识花君。"

艾一花识得牡丹花、芍药花、月季花、玫瑰花、栀子花、百合花、迎春花、水仙花、金银花、杜鹃花、石榴花、腊梅花、含笑花、白兰花、茉莉花、兰花、菊花、梅花、茶花、荷花、桂花、桃花，以及睡莲、丁香、紫藤、木芙蓉、美人蕉、一品红、仙客来等不少花卉，大部分还见过、画过，但这彼岸花连名字也是第一次听说，更不要说见过了。

这花以色泽而言，红得亮眼，红得滴血，以花型而言，硕大而精巧，你看看，整体比一个手掌还大，可每一个花瓣纤细而娇弱，该弯曲的弯曲，该舒展的舒展，或向上，或向下，花瓣外配以虎须似的花须，硬柔相间，和谐统一。艾一花打心眼里喜欢这花的形状、颜色，以及这花的名称。

艾一花反复琢磨着彼岸花这名词，以她的理解，彼岸既可以是超脱生死的境界，也可以是彼此向往的境界。艾一花喜欢这花名，但就是不知道人间有没有这花的真实存在，她甚至祈祷过这彼岸花不是画家一时心血来潮虚构画出的。

艾一花问了多位画家，都说没有画过此花，也不认识此花系什么花。

艾一花又问了多位花匠，也都说没有种过此花，也叫不出此花是什么花名。

后来有位偏爱游山玩水的亲戚说此花好像叫蟑螂花，在江南见过。

艾一花一听又喜又恶心。喜的是总算有了线索，恶心的是这么漂亮的花，竟然被叫作蟑螂花。

也是奇了怪了，问彼岸花无人知晓，说蟑螂花竟有乡下老农说见过。还介绍说：这花俗称鬼滴血，又名灯檠花、魔术花、幽灵花、忘川花、龙爪花、平地一声雷等。

艾一花越听越糊涂，这么鲜艳夺目的花，怎么会有如此多的名称，而且花名与花名之间，反差怎么那么大。龙爪花这名多美，鬼滴血这名多俗。艾一花决心寻找到这种花，亲眼见识一番。

老农告知：这花很神秘，一般长在人少、荒野的地方，根茎在地下，有茎无叶，仿佛突然开花，又很快谢去，故平时不易发现。而开花时，正是农忙阶段，谁有闲功夫去关心一两株野花的自生自灭呢。

艾一花几次在梦里见到此花，有红的，有白的，有黄的，有粉的，特别是有一次梦见那湖边密密匝匝的全是彼岸花，成片成片的，美得令人陶醉。她幻想，如果在那湖边盖一小院，那岂不就等于是陶渊明笔下的世外桃源了？

梦醒后，艾一花迫不及待地抓起画笔，画了《梦中的彼岸花》，一幅全是红色的彼岸花，一幅全是白色的彼岸花，一幅全是黄色的彼岸花，一幅全是粉色的彼岸花。

凡见过这四幅画的，懂或不懂画的，都无不夸赞，都说美得过目难忘。

艾一花已到了婚嫁年纪，来提亲的不是一家两家，或朝廷大员后代，或富商乡绅之子，或进士秀才，可艾一花主意大着呢，她提出：谁能为她觅得梦中的湖景与彼岸花，她就嫁给谁。

这可难倒了那些有权有势的父母，有钱有才的青年才俊，一个个都打了退堂鼓。

艾一花的父母急得抓狂，但艾一花不为所动，一直单着。

那一年秋天，艾一花表姐结婚，请她做伴娘。一个秋高气爽的丽日，艾一花在父母的陪同下第一次去了江南。途中，在经过弇山脚下时，艾一花意外地看到了一块牌子，上书“彼岸山庄”四个大字。艾一花心里兀自一动，她提出停车，说想进去看一看。艾一花在好奇心驱使下进了彼岸山庄。原来庄内有天境湖，湖面不算大，但湖的四周竟然长满了，不，开满了彼岸花，红得灿烂，白得素静，黄得耀眼，粉得温馨。湖畔，一幢木屋边，有一位书生模样的青年在吹箫，那音色圆润、轻柔，悠长、恬静，艾一花听出来了是《春江花月夜》，是她喜欢的曲调之一。

吹箫的青年叫常若水，系山庄的主人。他对艾一花说：“我等待有缘人，已等了很久了。”

艾一花望着这位相貌文静、气质不俗、一脸真诚的青年，望着湖边开满着红的、白的、黄的、粉的彼岸花，疑在梦里，这是真的，这是真的吗，世界上有这么巧的事吗？！

常若水把竹箫当作了定情的礼物；艾一花则准备把《梦中的彼岸花》那四幅画作为回赠的礼物。

写于2020年1月26日

瞒报年龄

小学同学毕业60年聚会，年纪最小的也超过了70岁。

发起人是戈佩珥，73岁。老话说：七十三八十四，阎王不请自己去。戈佩珥比前两年似乎老多了。

“大嘴巴”对“眼镜”说：老牛吃嫩草能不老得快吗？

“眼镜”知道戈佩珥去年老伴死后，新娶了不到30岁的小娘子，就心领神会地点点头，意味深长地笑了笑。

戈佩珥在小学时是三条杠的少先队大队长，但同学们都不喜欢与他玩，倒不是嫉妒他三条杠，而是戈佩珥有点娘娘腔，小伙伴有点瞧不上他。

再说了，一个男子汉什么名字不好起，起个怪里怪气、不男不女的名字。连班主任也开玩笑说：戈，兵器，珥，耳环，拿着长枪，戴着耳环，有意思，太有意思。

后来才知道，他父亲是渡江干部，进城后娶了一个有“才女”之称的资本家的女儿，这名字就是才女起的。

戈佩珥的父亲不是什么大官，但在娄城，戈佩珥算货真价实的红二代。

戈佩珥没有读过大学，做过厂政工科科长、企业的宣传部部长，最高官职是党委副书记。照理，企业退休，碰顶了也就三四千元。但戈佩珥运道好，遇上了企业转制，几个亿产业，白菜价到了他名下。可惜，他老爹老娘都过世了，要不然不是气死就是笑死。

坐拥大厂，身价数亿，戈佩珥自然财大气粗，长袖善舞。

他发起建这同学群，说怀旧也好，说炫耀也罢，反正有钱任性，同学聚会聚餐，大聚小聚，都他签单全包。

因了疫情，已有半年没有聚会了，看看疫情差不多的了，戈佩珥定了6月底聚会，当年毕业也是6月底嘛。

可能对新冠病毒有人心有余悸，来聚会的比往年少。“大嘴巴”说：能来的都是生死之交。咱今天无话不谈。

“大嘴巴”说这话，就是想引出戈佩珥新娶小娘子的话题。

可这些人贼精，吃人家的嘴软，没人接嘴。“大嘴巴”无趣了，就鼓动大家不醉不归。

喝到七八成时，“大嘴巴”已管不住自己的嘴巴。他喷着酒气说：“你们这些家伙，私下里一直在议论戈佩珥娶小娘子到底瞒了多少岁，今天咱当着戈佩珥面打个赌，看看谁最了解戈新郎怎么样？”

“好！好！！好！！！”一致通过。

“大嘴巴”抢先说：“少报20岁。”

“眼镜”说：“瞒个十岁八岁我认为可能的。”

“蝴蝶花”说：“至少瞒了30岁，要不那30来岁的黄花闺女肯嫁他？”

在座的七嘴八舌，莫衷一是……

最后，“大嘴巴”逼戈佩珥坦白交代。

戈佩珥那天也喝高了，他大着舌头说：“你们啊，一个也没有猜对。你们小看我了。”

哇，难道这老家伙敢说自己40岁，那女孩会信？

戈佩珥放肆地大笑后说：“不瞒各位老同学，我是谎报了年龄，但不是少报了几十岁，而是多报了几十岁。我那天与她单独喝酒，假装喝醉，说自己真正年龄已90岁了，那女孩听后就下决心嫁我了。就这么简单！”

高，实在是高。在场的同学，不管男的女的，都大悟，都佩服得五体投地。

写于2020年6月12日

相 亲

申京生喜欢演出，业余爱好。他参加一个名为“我距春晚一步之遥”群，全都是有明星梦的男男女女。

申京生那天准备去相亲，刚想出门，微信来了。群主发给他这样一句话：“救场如救火，请火速到天蟾剧场。”

申京生对群主很尊重，不便推辞，就开车去了。

去后才知道，《上海滩往事》中的二号人物饰演者突然拉肚子，去医院挂针，来不了。而观众已陆陆续续到了。群主急得一头汗水，只好请申京生救场。

申京生匆匆看了一遍要说的台词，换上了一件半新旧的中装就上了台。台词不算多，这本难不倒申京生，问题是第一场他要亮个相，最后一场他还得出场，这样，他就不能提前走。等最后一场落幕，已快到晚饭时间了。而天蟾剧场到相亲地点不堵车也得一个小时，申京生连衣服也来不及换，以最快的速度奔向停车场。

申京生赶到上岛咖啡店时，女方已等得不耐烦了。

女孩叫叶田田，她母亲陪她来的，来把关的。

叶田田母亲一看申京生的衣着打扮，就十分失望，感觉太老派了，与介绍人说的似乎有较大距离。

申京生到后，先是道歉，并叫服务员来点菜。

叶田田母亲一点面子也不给，推托还有事，拉着叶田田拂袖而去。

申京生很尴尬地被撂在那儿。

出饭店时，母亲对叶田田说：“妈眼睛很毒的，瞥一眼就看出他骨子里的穷相。算了，妈另外给你找，保证给你找个大款的儿子。”

半个月后，叶田田母亲带着她女儿来到花园酒店相亲时，一进包厢就见到了西装笔挺的申京生，介绍人热情地说：“我来介绍一下，这是申——”

叶田田与母亲羞得无地自容。

写于2020年6月18日

庚 子 年 笔 记

动物篇

老狮王与新狮王

马拉草原上的狮王不是体格魁梧、威武凶猛的公狮，而是一头线条流畅、毛无杂色、四肢发达、动作矫健的母狮多拉西。多拉西是位英雄妈妈，别的狮子一胎2～4只，它几乎每胎都6只。更重要的是在它的呵护下，往往都能活下来，都能长大成狮。

然而，一晃多拉西15岁了，已相当于人类八九十岁了，垂垂老矣。

曾记否，多拉西是马拉草原上最善捕猎的母狮，只要它一出手，必有瞪羚、角马、羚羊、疣猪、斑马，甚至长颈鹿、野牛等被它扑倒，被它咬死，被它拖回，几乎没有一次空手而回的。

整个马拉草原上的狮子提起多拉西，没有不佩服的。

然而就是这样一位夙负盛名的草原狮王、英雄妈妈，如今老了，肌肉已松了，毛发也乱了，牙齿也掉了，腿脚已越来越不听话了。多拉西有自知之明，知道在草原上捕不到猎物，就意味着饿肚子，就意味着死亡。

多拉西有几十个儿子，其中不乏英俊潇洒、威风凛凛的，可都成家立业，有儿有女了。它并不指望它们来养老，于是，它找了一个土坡，在一棵高高的金合欢树下，静静地躺着，等待着死神的降临。

多拉西退出狮群的领导地位后，克拉克竞争到了狮王的位置。它是多拉西的后代，只是已自立多年。

克拉克召集17只依然跟随着它的大大小小的狮子，讨论多拉西的问题。

狮子甲说："有什么好讨论的，生老病死，自然规律，谁也逃不过。狮王老了，自生自灭，很正常啊。"

狮子乙说："多拉西风光了一辈子，要强了一辈子，养育了那么多的后代，劳苦功高，我们去送它一程，来个最后的告别吧。"

狮子丙说："给它送只角马吧，让它能看到十五的月亮。"

克拉克最后一锤定音说："从我这一届开始，制定一个养老制度，凡老了的狮王，由新狮王负责赡养，直到魂登极乐。"

狮群中有同意的，有反对的，有弃权的，最后少数服从多数。

克拉克每隔一段时间，就送一只捕获的动物到土坡的金合欢树下，一年后，多拉西安详离世，它的嘴角带着笑意。

克拉克带着狮群在土坡的金合欢树下转了三圈，才走向草原深处。

写于2020年1月27日

动物法院

动物法院2020年元月底第一次开庭，法官是猴子。它把法槌用力一敲，很严肃地说："把罪犯嫌疑狗獾带上来。"

狗獾一副不服的神态。

今天的公诉人是狼，在猴子法官的示意下，狼一本正经地宣读了公诉状，大意是：自去年2019年12月上旬开始，人类发现冠状病毒，已有数千人感染，百余人死亡。现据中国最顶级的传染病专家说病源来自獾或竹鼠，但野生竹鼠已几乎绝迹，市面上的都是人工饲养的，所以，狗獾就是最大的嫌疑人！

"你，闯了泼天大祸，知罪吗？！"

狗獾的律师是狐狸。

狐狸不慌不忙说："老话说插秧看上行。17年前，SARS病毒肆虐中华大地，说果子狸是罪魁祸首，结果呢，它仅仅是SARS病毒的中间宿主，果子狸也是受害者。其实，真正的SARS病毒是蝙蝠——"

猴子法官打断了狐狸律师的滔滔不绝，说："扯远了。我们只谈冠状病毒。"

狐狸说："就算病源是獾，可獾还分狗獾、猪獾、狼獾、蜜獾等多种，你说到底是哪一种？怎么可以不分青红皂白一股脑儿把屎盆子都扣在狗獾头上呢，我抗议！"

狗獾一听来了劲，说：“我们狗獾主要拱食各种植物的根茎，加上吃点蚯蚓，与地下的昆虫幼虫，再或者在溪边捕食点青蛙、螃蟹等，老鼠都偶然捕捉，凭什么说我们传播病毒？如果我们狗獾是冠状病毒的宿主，那么你们猴子、狼、狈、猩猩、野猪、刺猬、穿山甲等与我们的生活习性大同小异，你们也都可能是病毒传播者——”

猴子气坏了，猛敲一下法槌说：“嫌犯不许插嘴！”

狐狸律师继续说：“据我们掌握的情报，蝙蝠身上带有汉坦病毒、狂犬病毒、尼帕病毒等上千种病毒，这次冠状病毒的宿主依然是蝙蝠。应该起诉蝙蝠才对。”

猴子与其他法官，以及陪审团的动物协商后，达成共识，一致同意起诉蝙蝠。

满面红光的蝙蝠到庭后，神定气闲地说：“你们没有资格审讯我，更没有权利审判我，定我罪，判我刑。”

“哟哟哟，你是特殊公民？有丹书铁券、免死金牌？”猴子法官很不以为然，语带讥讽。

蝙蝠慢条斯理地说：“请注意，你们是动物法院，我是动物吗？对不起，我会飞，你们会吗？我属禽鸟类，我犯不犯法，有没有罪，都与你们无关！”

猴子一时呆住了，被呛得无话可说。

狐狸读书较多，他说：“不对呀，你蝙蝠会飞不假，但会飞不等于都是鸟类。大百科全书上写得清清楚楚，你是哺乳纲动物，你没有羽毛，没有翅膀，与我们相貌不同而已。”

蝙蝠被狡猾的狐狸揭穿真面目后，一点儿没有慌乱，说：“就算我是动物，你们也不应该起诉我，反而应该为我记功、授勋！”

“你、你、你，你把人类世界闹得鸡飞狗跳，都封城封路了，还想记功、授勋，你要不要脸！”猴子法官气得想说粗话了。

蝙蝠诡秘一笑说："你们是真傻还是假傻，你们难道不看微信，不看网络的吗，不调查事实吗，我负责任地告诉你们，今年全国两代会上，必有人大代表或政协委员会有《关于全面禁止捕捉、买卖、食用野生动物的提案》，这将是我们全体动物的福音，我们的好日子来了。你们一个个摸着良心说，我的功劳大不大，该不该记功、授勋？"

狐狸律师反应最快，它马上接口说："该！该！！该！！！大大地该！！！"

"是啊，是啊，我们被人类追杀、被烹食的命运可能因此而改变。"狼与狈异口同声。

果子狸与穿山甲感激涕零地对蝙蝠："谢谢你！谢谢你！"

猩猩、野猪等个大体壮的动物对蝙蝠说："我们惭愧啊，长得虽大虽壮，可不是被关在动物园，就是成了大款餐桌上的美食。你，个小志大，应了老话秤砣虽小压千斤。"

…………

猴子法官一锤定音："我提议给蝙蝠颁个'全球动物界突出贡献奖'！"

一时掌声雷动，所有的动物都久久地鼓掌。

据说，颁奖会正在紧锣密鼓地准备中。

写于2020年1月28日

猴子称大王

武松在景阳冈打虎一举成名天下知。从此。武松大名名传遐迩，无人不知，无人不晓。

英雄在上，英雄在前，于是学英雄、做英雄、赶英雄、超英雄之风吹遍大江南北、长城内外，各地涌现了不少“武松第二”“赛武松”“胜武松”“小武松”“女武松”……

武松多了，老虎少了，再后来，野地里、森林里、大山里，都没有了老虎的踪迹——老虎灭绝了！

老虎是百兽之主，森林之王。老话说“天不可无日，兽不可无王”。没有了老虎，森林乱了，百兽乱了。

这时，猴子跳出来，骄傲地宣称：“山中无老虎，猴子称大王。我——猴子，从今以后就是百兽之主，森林之王！”

兔子、松鼠、果子狸、狗獾、穿山甲、梅花鹿等动物既不反对，也不拥护，以沉默对之。不知是默许，还是抗议。

第一个反对的是豹子。豹子想：按实力排名，老虎、狮子、豹子……就算排排坐吃果果，也暂时轮不到你猴子啊。你想称大王，不行，万万不行！我豹子第一个不服，还有，猞猁、黑猩猩、疣猪、野牛、土狼、豺狗它们会服？不可能！豹子很自信，自己有足够的本钱，与猴子一较高低。所以豹子大大咧咧地说："老虎绝了，我很痛心。狮子远在非洲。对不起，这片森林该称王的是我豹子，听清楚了，是我豹子！你——猴子，靠边站！你真以为你是孙悟空，是齐天大圣啊。撒泡尿去照照，看看自己是个什么货色。"

猴子见豹子反对自己替代老虎称王，轻蔑地一笑。说："人类有句俗话谓之：是骡子是马拉出来遛遛。好，你有种与我们猴子比试比试吗？"

豹子觉得这猴子的猴脑袋八成是被驴踢了，要不咋说出如此幼稚的话。和我比？正好送上门，我张口就咬死你，把你吃了，不但能堂而皇之饱餐一顿，还借此杀一儆百，立个威。

"比就比，不比是小狗！"

豹子张了张嘴，露出锐利的牙齿，又伸了伸腿脚，露出了弯曲而锋利的前爪。

猴子一声尖叫，不一会漫山遍野、四面八方响起了群猴的呼应声，迅速向猴王身边靠拢过来。老话说"好汉不敌双拳，双拳不如四手"，就算你豹子单打独斗天下无敌，但此时此刻，它面对的是成百上千的猴群，怎么打？说起来豹子也有兄弟，也有姐妹，只是"兽丁"实在太单薄了，与猴子家族完全无法等量齐观。

豹子粗粗观察了一下今日猴子庞大的阵势，猞猁、黑猩猩、疣猪、野牛、土狼、豺狗等等都不是它的对手。好兽不吃眼前亏，还是认怂认栽吧。它乖乖地躲到一边，闭嘴不响了。

猴子是百兽中最有智慧的种群，它心里透亮，要想立足，至少要有明面上的合法性，它提出当场举手表决。

几千只猴子众口一致地叫道："表决！表决！表决！"

在猴王杀气的眼神注视下，豹子被迫无奈地说："凡是同意猴子当大王的请举爪。"

兔子、松鼠、果子狸、狗獾、穿山甲、梅花鹿等首先举爪，表示同意。

在群猴的呼叫声中，猞猁、黑猩猩、疣猪、野牛、土狼、豺狗等也很不情愿地一只只举起了前爪。

猴子就这样当了大王。

此后，猴王关照属下，千万千万避免单独行动，猴子们开始了群居生活。猴多力量大嘛。

猴子当了大王后，才知道高处不胜寒，这大王不好当。可猴子已尝到了做大王的甜头、做大王的威风，怎肯把大王位子轻易让给豹子。而且，它心里明白，假如猴子不再做大王，就意味着自己四面楚歌，危机四伏，猴群的日子也一定不好过，为了自己，为了猴家族的利益，无论如何也得撑下去。猴子最最最担心的是会不会哪天老虎突然冒出。

写于2020年2月21日

麋鹿的野性

麋鹿，它头脸像马，角像鹿，蹄子像牛，尾像驴，因此得名“四不像”。麋鹿是一种古老的鹿种，一种神奇的动物，是世界珍稀动物。

一万年前，麋鹿浑身野性，乃鹿中之王，是最彪悍的种群，可以说子孙遍野，称霸江湖。

其中有一只名为“赛老虎”的鹿王，它个大、体壮、毛浓，特别是那角，分叉再分叉，每个角都又尖又硬，好似头上顶了十几把尖刀，如打斗，所向无敌，那真是威风凛凛，名副其实的赛老虎。

每年的6月底，麋鹿就开始进入求偶发情期，持续一个半月左右。在这40多天里，鹿王是极为辛苦的。

首先，作为鹿王，它为了维护自己的面子，保住自己的王位，得接受觊觎王位者的挑战；第二，得与一只又一只母麋鹿交配；第三，得管理好他庞大的后宫，不能允许她们红杏出墙，让自己戴绿帽子……

这一个半月的时间里，鹿王“赛老虎”没有时间好好睡觉，没有时间好好吃草吃树叶，换句话说：入不敷出。加之精神高度紧张，每根神经都绷得紧紧的，防不胜防。等度过交配期，鹿王“赛老虎”瘦一大圈，得好几个月才恢复过来。好在鹿王“赛老虎”胎本好，第二年又生龙活虎，雄风再现，再一次痛苦并快乐着。它连着做了十五年鹿王，这在麋鹿家族中是绝无仅有的。当年，它雄心勃勃，准备一辈子做鹿王，鞠躬尽瘁，死而后已。但随着年岁的上去，“赛老虎”感到了力不从心。它知道，被新麋鹿取而代之是大概率的事。它不甘，可似乎又无法对抗这客观规律。

“赛老虎”觉得争霸争斗，太累太苦，决心改变游戏规则。

“赛老虎”联合后宫那些有话语权的雌麋鹿，订立了许多条规矩，反正让那些有竞争力的雄性麋鹿每天每晚站岗放哨，最危险的事让它们冲在前面，让它们顶着。这些原本最有后劲、最有希望的接班人往往最先被老虎吃掉，被豹子扑倒，被野牛顶残，被野猪咬残，司空见惯，每天发生。“赛老虎”最辣手的一招是利用野人的手，消灭竞争者。因为“赛老虎”发现，任何兽类，再凶猛再血腥都不是野人的对手。

仅仅几年时间，最有力的麋鹿竞争者都死了残了，失去了竞争力。

稍有点头脑的麋鹿都明白，谁雄性，谁强硬，谁就可能最快消失。这以后，很少有年轻麋鹿敢挑战“赛老虎”的权威，试图争夺鹿王宝座。

麋鹿们开始一个个示弱，以免引起“赛老虎”的注意，枉送了生命。

几年后，“赛老虎”死了，但因为最勇敢、最强悍的已死的死，伤的伤，残的残，野性慢慢磨灭着。这种娘娘腔一代代遗传了下去，每年麋鹿发情时，愿意去争去斗的越来越少。

在两三千年前，彪悍的麋鹿王还可以连续三年、两年连任做鹿王，到了一百年前，鹿王基本上只能做一年，第二年就被新的更年轻的雄性麋鹿斗败下去。到了近年，鹿王想一统天下一统江湖已几乎不可能了，出现了一个又一个群，小的群十几只，大的群五六十只，每个群有自己的鹿王，各有领地，相安无事。

麋鹿的野性正在消失，这可能是鹿王“赛老虎”万万没有料到的。

写于2020年8月11日

庚子年笔记

荒诞篇

凌鼎年微型小说新作精选

《三个和尚》续篇

无名山上有无名寺，无名寺原本四个和尚，即一个住持与三个和尚，多年来一直寂寂无名。不料住持圆寂后，三个和尚为挑水的事闹得满世界都知道了，但很多年来大家都只知道三个和尚，没有人知道他们的名字，其实三个和尚都有名字的。住持生前给他们起了名，一个叫释甲，一个叫释乙，一个叫释丙。

三个和尚出名后，游客蜂拥而至，都想亲眼瞧一瞧这三个和尚，香火也就旺得数钱数到手抽筋。

人手明显不够了，三个和尚决定招募点新和尚、小和尚。只是招募新和尚后，谁管他们啊，当务之急是先选一个住持。

释甲说："我们三个抓阄吧。"

释乙说："让进香的善男信女投票。"

释丙说："寺庙也要讲民主，我们三个人投票。"

释甲想：释乙比释丙先进寺庙三天，按资历比释丙老，他撞钟也比释丙撞得响，念经也比释丙念得好，如果把票投给释乙，估计自己就没戏唱了。他猜测，释丙很可能也会选释乙。于是，他把票投给了释丙。

没有料到释乙就像释甲肚子里的蛔虫，也把票投给了弱于释甲的释丙。等唱票时，唯释丙三票，他无可争辩地当上了住持。

释丙当上住持后，当即宣布："从今天起，释甲与释乙负责挑水，给烧香的善男信女看看，谁说我们三个和尚没水喝？！"

释甲与释乙表示抗议，寺庙可以立马招募小和尚，让新来的和尚挑水，让我们两个元老级的和尚挑水多没面子。

释丙说："我是民主选举的住持，你俩不服，不愿挑水，可以还俗，也可以到其他寺庙，来去自由啊。"

释甲与释乙无话可说。

三个和尚没水吃的局面终于改变了。

写于2020年1月21日

农夫的儿子

话说很久很久以前的一个冬天，有个农夫看到路边有一条冻僵的蛇，素有好生之德的他，把蛇放在怀里，想救蛇一命。不料蛇苏醒后，咬了农夫一口，农夫毒发不治，死了。这个故事被文化人记录了下来，收录进《寓言集》，流传甚广。

可惜，当时记这故事的文化人也许是道听途说，所以没有详细记录农夫姓甚名谁，也没有具体说何年何月，哪个国家。

后据有心人考证，这农夫系奇葩国子民，姓赵，名大憨。

他死的那年留下了一个襁褓中正吃奶的孩子。可惜，赵大憨没能与儿子见最后一面就被毒蛇夺去了生命。

赵大憨的儿子出生时难产，他母亲差一点见了阎王，为了好养，为了阎王不惦记，取名二傻。

岁月静好，不知不觉，一晃17年过去了，赵二傻长大了，长成了一个浑身肌肉、蛮力充沛的傻小子。

按奇葩国法律，18岁成人，成人后可以外出，自食其力。

赵二傻自小练中国功夫，什么“金钟罩”“铁布衫”，一套一套的。在他生活的那个镇上，赵二傻如果说自己是老二，没有人敢说自己是老大。唯一让他生气的是，有人竟说太平河对岸的普大强比他厉害，比他强。赵二傻咽不下这口气，树要皮，人要脸，赵二傻决定与他比试比试，较较劲。他凭着自己一身功夫，又随身带着《葵花宝典》，他告别了母亲，外出闯荡世界去了。

赵二傻不选择春暖花开的时候上路，也不选择金风送爽的季节外出，而是单挑了寒冷的冬天，就是要验证验证自己的本事。

赵二傻一路走，一路想，你个普大强算个什么东西，早过气了。老话说"皇帝轮流做，今年到我家"。他觉得一定有番轰轰烈烈的大事业等着他去完成呢。

走着走着，赵二傻发现路上有一条冻得奄奄一息的蛇。赵二傻想起了自己的父亲就是因为救蛇而枉送了性命。不由为父亲悲哀起来。刚想走，又一想，父亲能与我比吗？我如今青出于蓝胜于蓝，武艺超群，堪称天下第一，不要说蛇，就算老虎、狮子来了，又能奈我何也。

正好有两个顽童也看到这条蛇了，捡起石头，要砸死它。赵二傻很英雄地拦住，大大咧咧地把命悬一线的毒蛇放在了自己怀里。

两个顽童惊呼："这是毒蛇，会咬死人的！"

赵二傻自信满满地说："放心，放一百个心。想咬我、毒我，门都没有，我有金刚不坏之身。我要让世界看看我赵二傻与蛇共舞的绝活，让你们长长见识。"

蛇在赵二傻的怀里暖和了一阵，缓过了神来，可能闷得慌，本能地在赵二傻厚厚的胸大肌上咬了一口。

一阵刺痛，麻酥酥的感觉漫上身来，"小样，真敢咬我"。赵二傻相信凭自己的硬气功、点穴法，完全有把握排毒、祛毒，他迅速拿出《葵花宝典》，复习了一遍，按师父传授的24字诀，开始运功，把毒血逼了出来，果然死里逃生了。他朝着天空吼了一嗓子："我——赵二傻，是最棒的！"

山谷里回荡着赵二傻的吼声："最棒的！最棒的！！最棒的！！！……"

赵二傻继续赶路了。他准备找个像样的客栈，好好吃一顿，再美美睡一觉。他仿佛闻到了烤羊腿的味道，闻到了烧鸡的味道，闻到了女儿红的味道，他终于看到了满桌的美食美酒，迫不及待地大嚼了起来，大口喝了起来，不一会就晕乎乎地醉倒了，这一醉就再也没有醒过来。

第二天，有人发现了赵二傻的尸体，仵作检查了半天，觉得这尸身好奇怪，从肤色看，像中毒，从脸色看，似乎没有痛苦。而且，无刀伤剑伤，加之肚子瘪瘪，胃里空空，也不像食物中毒，正难下决断之时，两个顽童看见了，对仵作说："这傻子昨天傍晚把一条毒蛇放在怀里。"

仵作似乎意识到什么，再一查胸口，有小小的牙印，认定这愣头青死于蛇毒。

最后查实，死者系赵二傻，乃农夫赵大憨的儿子。当年，农夫就是因为救蛇，被毒蛇咬死的。

人们百思不得其解，农夫的儿子怎么没有接受老爹的惨痛教训，会重蹈覆辙，第二次阴沟里翻船呢？

很多人都不相信仵作的尸检结论。

不少人怀疑赵二傻被人陷害了。但谁陷害了农夫的儿子呢？

有人怀疑那两个顽童，只是他们素不相识，顽童为什么要害赵二傻呢，再说赵二傻人高马大，两个顽童小小年纪能害了他？难以让人信服。

那一定是仇家！

谁是赵二傻的仇家？

对了，最值得怀疑的是普大强，他是太平河对岸的练家子，一直牛皮哄哄，好像他才是天下第一。一山不容二虎嘛，普大强PK赵二傻，演化为你死我活，信不信由你。

关于普大强谋害赵二傻的传言，越传越广，越传越有鼻子有眼。

有人坚信不疑，有人打死不信，有人将信将疑，竟引发了一轮争吵，吵得不可开交。

写于2020年2月19日

原载日本《中文导报》2020年2月27日

庚子年笔记

凌鼎年微型小说新作精选

法制篇

你还记得我吗？

权一衡还是大学生时，勤工俭学，在暑假里应聘去了一家公司推销产品，赚点生活费，更是锻炼自己。但连连遭冷遇，或敲不开门，或隔着防盗门，一脸不信任，甚至语带不屑不满地说：走、走、走。不要、不要！……

权一衡走了差不多整个小区，又热又渴，闪过打退堂鼓的念头。

他鼓起勇气再次敲门时，遇到一个中年人，说了一句："大学生吧。"就招呼他进去，还给权一衡倒了一杯酸梅汤。

好爽口啊，此时此刻，权一衡觉得比什么都好吃。他对主人充满了感激，退堂鼓的念头就此消得无影无踪。

中年人问这问那的，说他有个儿子去英国读书了，说不定也正在外打工呢。

权一衡趁中年人讲话的间歇，介绍起了AA牌保健品，建议中年人买一包试试。中年人一听198元钱一包，就掏出200元。

权一衡得找零2元钱，可皮夹子里最小的钱是5元票。他爽气地说："没有硬币，找你5元吧。"他很想听中年人说："不就2元钱嘛，算了，不用找零了。"谁知中年人却说："你再找找看。"

权一衡摸了又摸，总算在裤子后屁股袋里找到了两个硬币。

这是权一衡推销出去的第一盒保健品。还是很感谢中年人的。

权一衡出门时，中年人叫住他，说："这保健品我也用不着，送你了。"

权一衡一愣，以为中年人反悔了，是不是想要回那198元。

中年人大概已看出权一衡的心理，说道："买归买，送归送，一码归一码。年轻人打工不容易，权当我支持你。"

权一衡对这位中年人印象深刻，感觉是怪人，更是好人。

权一衡注意到墙上挂着一幅字，"会当凌绝顶，一览众山小"，上款"文扬作家正之"。落款有点潦草，没有看清书法家的名字。

三年后，权一衡毕业了，当了一名检察官。

两年后，他独当一面经手的第一个案子，就是一个大案：携带毒品——这可是大罪，要判很重的刑。

一看名字文扬，心里兀自一惊，是他，还是同名同姓？

及至看到，果然是那个中年人。怎么会是他呢？文扬不是作家吗？怎么会贩毒，权一衡很难把作家与毒贩联系在一起。难道真的是人不可貌相，真的知人知面不知心，真的有两面性？

文扬大喊冤枉，说他根本不知道包里有毒品。凭直觉，权一衡感觉文扬是冤枉，但公安机关移交来的资料，白纸黑字：在高铁站当场逮住，人赃并获，属证据确凿。

权一衡耐心地听了文扬的解释。文扬说：那天他在高铁站候车，邻座一个大学生模样的女孩子，对他说："叔叔，我突然肚子不舒服，要去厕所，你帮我看一下行李，谢谢！谢谢！"可一去再不见人影，等了半个小时还不见女大学生来拿那拉杆箱。文扬恨不得去女厕所门口喊一嗓子。结果女大学生没有等来，却等来了警察，你说我冤不冤？……

权一衡觉得文扬不像编故事，现有材料不能起诉，就让退回重查。

刑侦大队的对权一衡很有意见，这种当场人赃俱获的案子有什么好怀疑的。对毒贩心软，就是对人民的犯罪。对这种毒贩就是要从快从重，杀一儆百，绝不能心慈手软。

在权一衡的坚持与督查下，案子进行了梳理、复查，还查考了高铁站的监控录像……

最后查明：文扬果然冤枉。原来毒贩发现异常，就物色了老实的文扬来背锅，自己逃之夭夭。幸好权一衡的认真，及时地阻止了一桩可能的错案。

释放文扬时，权一衡去看望了文扬。问他：“还记得我吗？”

文扬摇摇头，说：“不记得。”

“五年前，上你家来推销保健品的大学生。你给我喝了一杯酸梅汤，临走时，你还把保健品送给我。想起来了吗？”

“嗷，是你啊？谢谢！谢谢！！”

“不，我得谢谢你。”

写于2020年1月10日

老宅院·破门楼

古庙镇是个老镇，有千年以上历史。为什么叫古庙镇，顾名思义，这小镇上有过年头久远的寺庙。据老辈人回忆，解放前有关帝庙、城隍庙、文帝庙、驱蝗将军庙、火神庙、黄道婆祠、土地祠、先农寺等，不知哪个更古老。后来，有位文史爱好者写了一篇考证文章，说古庙镇最古老的庙是黄庙，其历史可以追溯到唐代武则天时期，当时古庙镇有个姓黄的大商人，外号“黄大仙”，他经常率船队出海航行做贸易，赚了大钱，捐资兴建了一座财神庙，俗称黄庙。可惜后来遭雷击，烧毁了，也没有重建，但因此留下了古庙镇的名字。

古庙镇因为地理位置比较特殊，靠近长江入海口，靠近大上海。近年常有上海人来看房，准备收买老房子，改为个性民宿。

镇西头有一个老宅院，有年头了，当年是陈家的，陈家是地主，解放第二年枪毙的，地主婆在老宅上吊死的。地主的儿子是个读书人，父母都不在了，没有了去处，就住后院的那房子里，后来得了肺痨，咳咳咳，最后咳了一摊血，就咳死了。镇上的人嫌这房子晦气，分到了房也不肯去住。宁可放放杂物，堆堆东西。谁知没有人住的房子天长日久，阴森可怕，坏得快。

八十年代，落实政策时，陈家有人来要过房子，但不是直系亲属，又拿不出过硬的房契等证据，也就不了了之。房子一直空关着，但陈家人一直在上访。

过了新千年，就列入了危房。可能因产权不明晰，镇上也不去维修，老宅子越发破烂不堪，似乎随时可能倒塌。

近年，有外地人来看过，想收购、改造，但老房子太破旧了，若想住人，得大动干戈，等于重造，不太划算。

这不，前不久，镇上又来了一位上海人，他在镇上转悠了两天，可能是相中了这陈家老宅，他里里外外反复察看，他看到里面的厢房有一间房顶的瓦都碎了，客厅的方砖缝里都长出草来了。那门楼更是歪歪斜斜，爬满了爬山虎，门楼的本来面目已看不清了，若不是两根木柱撑着，可能就倒塌了。进出门楼时一般步子都很快，就怕一不留神万一倒了塌了压着了，那可不是闹着玩的。

上海人很有耐性，他去图书馆、档案馆查了资料，走访了镇上的耄耋老人，东打听，西打听，刨根问底，不厌其烦。

也算这上海人有本事，他竟找到了解放初分配到这房子的佃农后人，达成了购买意向，还付了定金。他说，买房的蒋老板一星期后来拍板，办过户手续，一手交钱，一手交钥匙。

上海人付定金的时候说："这门楼会不会倒啊，太危险了。"

一星期后，蒋老板在上海人的陪同下，开了小车来了。

一下车，上海人就惊叫了起来，气急败坏地问："门楼呢，门楼怎么不见了？"

房主代表很讨好地说："拆了。这门楼随时会倒，太危险了，怕压着你们贵人。"

上海人又问："是谁来拆的，拆下的砖头、木料弄到哪儿去了？"

房主代表说："外地一个建筑老板主动联系我们来拆的，不要我们一分钱，拆下的断砖碎瓦烂木头，都交给他处理了，总不能让人家白干吧？"

上海人气得脸都变了，“你呀，你呀，被人骗了！”。

蒋老板也大失所望地说：“算了算了，这房子我不要了。定金也不要了。”

小车绝尘而去。

房主代表感到莫名其妙，不就拆了一座快要倒塌的门楼吗？至于吗？

后来，有小道传：上海人与蒋老板真正看中的其实是这门楼。因为整个这幢宅院是民国初年翻建的，唯有这门楼是货真价实的明代建筑，而这门楼上的砖雕出自明代砖雕大师陆天翼之手。有《八仙过海》、《商山四皓》、《三顾茅庐》、《孟母教子》等四块深浮雕，是砖雕精品中的精品。“文革”时，被镇上的老学究用纸筋糊了，要不然就被红卫兵小将砸了毁了。后来老学究也过世了，门楼又爬满了爬山虎，面目全非了，也就没有人知道砖雕不砖雕了。

再后来，有人在上海的一家高档私人会所见到了装饰在仿古门楼上的那四幅砖雕，古色古香，吸人眼球。

还有人说：经查证，那私人会所的总经理是来过古庙镇的那个上海人，法人代表呢就是蒋老板。

就是不知这传说真的假的。

写于2020年3月24日

认养古树

1999年的娄城注定是要载入史册的——这一年，大规模的老城区改造拉开了帷幕。

所谓老城区改造，说白了就是把原本黄金地段的老房子、老弄堂、老街道拆了，腾出地块来建新的商业街区或开发房地产。

娄城的老房子不少是带天井与院子的，老树古树还不少，在拆迁中，有的卖了，有的砍了。有些土生土长的老街坊老邻居痛心疾首，连呼："作孽、作孽！""罪过、罪过！"

武陵街上，原五美园地块有一棵600多年的古黄杨树，据说最早的园主应该是清代陆状元家，但时过境迁，两百年来房子主人已变了多次，解放后，归了公家，已没有哪个陆家后人敢出面说这树是他们家的。

在一般人的想象中，600多年的古树可能是老态龙钟，垂垂老矣，但这树主干圆润，皮色清晰，不疤不结，且树冠如盖，枝繁叶茂。没有谁下得去手砍了，最后拆迁办主任一锤定音：移种弇山园！弇山园是目前娄城最大的古典园林，占地一百多亩。这次老城区改造，有好几十棵名贵的古树名木移植到了弇山园。

这棵古黄杨因了拆迁办主任的偏爱，受到了特殊的待遇，移种在了进大门不到一百米的土坡上，这土坡上建有一个石亭，名曰"双树亭"。拆迁办主任说：这双树亭，请不要望文生义，以为是鲁迅笔下的“一棵是枣树，另一棵也是枣树”。我释读为十年树木，百年树人。有了这古黄杨，联想陆氏家族两百年来人才辈出，生生不息，傲居娄城名门望族首位，不觉得有很历史很现实的启发吗？当场有人竖起大拇哥，为拆迁办主任点赞。是的，大家都认为拆迁办主任有水平，解读得精妙无比。于是，古黄杨就移在了亭子的东侧。朝阳、敞风，傲然而立，与石亭相辅相成，浑然一体，是摄影的极佳背景。

古黄杨的生命力真是旺盛，移种的第二年就抽枝发芽，没有任何挪地后的衰败迹象。

新千年后，外地刮起了认养古树名木之风，娄城也不能免俗。娄城古树名木最多的弇山园就推出了市民认养的告示，可以终身认养，也可以十年为期、二十年为期。凡认养的，就在树身上挂牌，把认养人的大名标上。

这是善事，积德的，有利于古树名木的保护，有利于绿化，有利于环境的保护，既减少了财政的支出，也给个人留名，属双赢的好事，不少市民报名认养，爽快掏兜。

600多年的古黄杨树龄不算最大，但在娄城知名度高，而且树的位置醒目，凡进弇山园的游客都要经过，都会看到。这棵树的认养权同时有好几个人在争，其中，娄城爱心慈善协会会长戴舍得是最有力的竞争者。

最后挂牌时，娄城百姓才发现既不是手眼通天的企业家，也不是名声在外的文化人，更不是志在必得的戴舍得，而是一个叫龚朝阳的。龚朝阳何许人也？娄城的百姓多数没有听说过这名字，弄不懂他凭什么取代了有钱的企业家和有名的文化人，挤掉了颇有人脉关系的戴舍得？有知内情的说：这龚朝阳就是拆迁办主任呀，现在升局长了。人们恍然大悟，原来这龚局长就是解释双树亭含义的那位领导。

有人觉得凭戴舍得会长在娄城的关系与知名度，龚朝阳是竞争不过他的，内中一定有故事。

也有人说戴舍得会长真是好脾气、好胃口，竟放弃了与拆迁办主任的竞争。有心人还特意去弇山园看了认养的几十棵树，很失望，没有发现戴舍得会长的名字。

有位认识戴舍得会长的有次在酒席上故意问他：“输给了龚朝阳，就不认养古树了？”

戴舍得会长说：“认养了啊。”

酒席上的客人借着酒意说：“吹吧、吹吧。”

戴舍得没有解释，说了一句意味深长的话：“你说是看眼前好呢，还是看十年、二十年后好？”

大约三年后，那棵600多年的古黄杨开始有点萎靡不振的趋势了，弇山园请了绿化专家给古树修枝条，打点滴，但还是一年不如一年，一年比一年萎。

龚朝阳很生气，发过几次火，但到第六年古黄杨终于枯死了。

那年，外界传龚朝阳要升副市长的，却在“两代会”前“双规”了。龚朝阳判刑后，弇山园把古黄杨连根挖了。

一晃二十年过去了，戴舍得也早卸去会长之职，颐养天年了。有人发现，他常常独自一个人去弇山园，一个人转呀转呀，还一个人在游人很少去的“舍得亭”里静静地坐着，看景看天，怡然自得。

一个偶然的机会，有个认识戴舍得的摄影发烧友在舍得亭堵住了他，对他说：“《新老年》杂志约我拍张可以做封面的照片，想来想去，你是最合适的人选，正好现在光线柔和，来，找个角度，我给你认认真真拍一张。”

后来，戴舍得的照片真的做了《新老年》杂志的封面。

有人发现，戴舍得的背景是一棵罗汉松，从根部分杈为三枝，竟像一炷香之状。

有摄影家专门去拍摄这棵长得与众不同的罗汉松，无意间在罗汉松的树底下，发现一块小青石，刻着“戴舍得认养，2000年3月12日”。

据说：当时有高人指点了他，一点就通的戴舍得毅然放弃与龚朝阳竞争古黄杨的认养权，转而认养了这棵当时还不怎么起眼的罗汉松。

写于2020年3月27日

你为什么不来骗我？

都说女性寿命比男的长，但韩老伯的老伴偏偏走在了他前头，扔下了他，让他影单形只、孤苦伶仃，怪可怜的。

严格地说，这话不准确。韩老伯是有儿有女的，而且两儿一女，不属孤寡老人，不属五保户，而且三个孩子都颇有出息，都属高级知识分子，只是三个孩子都不在身边，大儿子在美国做金融的，二儿子在新西兰的奥克兰大学教书，女儿嫁了西北工大的同班同学，在四川绵阳安家落户，说是军工科研部门，保密单位，几乎不回来。这样，有儿有女的韩老伯等于无儿无女。

以前老太婆在时，也时不时与韩老伯鸡鸡狗狗地说来说去，当然是老太婆埋怨他的多，说归说，吵归吵，两人谁也不放心上去，不说不吵反倒生分了。韩老伯后来干脆把与老太婆的斗嘴看作是生活的一部分，给平淡的生活加点酱油加点醋。论斗嘴，韩老伯不是老太婆的对手，实在说不过了，门一摔，走人，溜达一圈再回来，老太婆的热菜热饭也差不多了，日子就这样在吵吵闹闹中一天又一天，谈不上精彩，但也习惯了，哪天老太婆闷声不响，韩老伯反不习惯了，要问问老太婆咋了，身体哪不舒服了？

老太婆的走，似乎没有什么征兆，说走就走，医生说心梗。韩老伯总不太信，心梗、脑梗不都是男的，不都是抽烟喝酒的人吗？怎么会摊到硬硬朗朗的老太婆头上？韩老伯在人前没有放声大哭，但晚上一个人坐在床上，默默地流泪，止都止不住，伤心得几个晚上睡不着。

女儿请假回来参加了丧礼，大儿子、二儿子因疫情机票都买不到，都没有来，倒都寄了钱来。

丧礼后，韩老伯的房间变得冷冷清清。以前都是老太婆在买，在烧，自己从来不问不管，现在要自己买汏烧了，感觉自己笨手笨脚，该买点啥菜都不知道，更不要说价钱了，也就每顿胡乱对付一下，或下碗面条，或带回一两个熟菜。

就在这时，韩老伯接到了一个声音甜美的姑娘的电话，自称是娄城娱乐养老文化中心的工作人员，说她姓赵，是志愿者，愿意为韩老伯排忧解难，并约了时间来接韩老伯去娱乐养老文化中心看看。

韩老伯去后，发现了一个老人的新天地，有唱歌组，有跳舞组，有下棋组，有旗袍组，有旅游组，有太极组，有瑜伽组，有养花组，有烹饪组，五花八门，可以说，每个老人都能找到自己有兴趣的活动与组织。只转了一圈，韩老伯就说："啥也别说了，我参加！"高高兴兴填了表，交了费。

从填表的第二天起，韩老伯吃好早饭，就往娱乐养老文化中心跑，中午，把赵姑娘代买的菜带回。饭后，睡一觉后，再去，风雨无阻，雷打不动，成了名副其实的活动积极分子。年终的联欢会上，韩老伯受到了表彰，戴了大红花，让他高兴得像个孩子。

春节过后，赵姑娘带人送来了电动按摩床，要一万多元呢。

邻居对韩老伯说："你呀，被他们骗了。什么关心，无非是要推销这些保健品之类的东西，一万多元，你也不肉疼吗？"

韩老伯笑笑说："骗了？你真以为我老糊涂了，告诉你，这叫周瑜打黄盖——一个愿打，一个愿挨。懂不懂？"

邻居傻傻地看着他，不知说什么好。

有次，小女儿打来电话，说："爸，听说你被骗了？家里保健品都吃不完，用不完？"

韩老伯说："我心甘情愿被骗。你们为什么不来骗我呢？"

小女儿无言以对，似乎什么都明白了。

写于2020年9月2日

二手房

阿豫不是娄城人，来娄城三年了，算是新娄城人。这不，他买了房，准备扎根娄城，做个名副其实的娄城人。

说起来阿豫算白领，可想要凭自己的工资收入，在娄城买新房，那要猴年马月。就算在父母的资助下，也只能买个二手房。

阿豫关注娄城的二手房信息好几个月了，他一直没有出手，倒不是想等大降价，而是实在太贵了，超出了他的经济能力，他下不了买的决心。

他做梦都想，哪天突然出现奇迹，某老板要移民了，某老板破产了，房子急于出手，结果白菜价，让他捡了个大便宜。

还真有梦想成真的，阿豫看到了一个卖房信息，有间二手房，78平方米，只要88万，但必须现钱。

阿豫知道，娄城的新房都2.5万一平米了，二手房再便宜也得1.5万吧。过了这一村，就没那一店。他在第一时间，去办了买房手续。

房子买下了，阿豫去看了，九成新，这房子显然一直空关着的，不像有人住过的样子，阿豫很满意。他唯一不喜欢的是老式的浴缸。阿豫决定拆除浴缸，改为淋浴房，这才卫生。

因疫情，工人不好请，阿豫就自己动手，用榔头砸了浴缸，装了几个纸板箱，运走也方便。如果是整个浴缸，阿豫一个人还真搬不动。

敲碎浴缸后，阿豫意外地发现浴缸下铺满了金块，数了数，109块，大的大，小的小，厚的厚，薄的薄，阿豫用手掂了掂，凭手感，有三两、四两的，也有半斤左右，或一斤上下的，最重的几块，阿豫估摸有两斤一块。阿豫家从没有金块，只听说过金子的分量叫盎司，一盎司合几克，多少钱？他都不清楚。

但阿豫马上意识到这金子十有八九是贪官的，因为金块的样子、成色都不一样，显然不是一个人一次性贿赂的。虽然贫穷限制了想象力，但阿豫毛估估这些金块的总价值应该已超过了他购房的88万元。

怎么办？这发现的金块如何处理？阿豫犹豫了。

阿豫拿起了手机，拨通了父亲的手机，父亲刚说了一句：阿豫啊，你一切都好吗？

阿豫就关了电话。

父亲打他手机，他死活不接。只回了一句微信：我在忙。

阿豫陷入了沉思，他想起来了，这房子的主人是个50多岁的女人，徐娘半老，风韵犹存。好像有人叫她庞阿姨。

阿豫给房产中介公司打了个电话，说："我买的这房子怎么有人说不吉利，是不是有什么猫腻？"

中介公司的倒也不想隐瞒什么，老老实实地说："房主人受贿、渎职，判了无期徒刑。要不，这房子怎么可能这么便宜卖给你。"

阿豫的怀疑终于证实，他的心反而定了。

阿豫猜测，这浴缸下的金块，庞阿姨应该不知道。她老公即使还记得，也不敢说了。换句话说，就算自己不上交，也不会有人知晓。再说了，这房子是自己买下的，这房子里的所有东西从理论上都算自己的了，不属偷，不属骗，也不是敲诈，更不是抢。

阿豫回到借住的房子，天已黑了。父亲的电话又来了，他不能再不接了。

父亲一听他那语气，就盯着他问：“阿豫，是不是出了什么事？”

“没事没事。”阿豫底气不足地搪塞着。

……

那晚，阿豫翻来覆去睡不着，乱梦颠倒。

第二天晚上，父亲突然出现在了阿豫面前。

阿豫吃惊地说：“爹，你怎么来了？”

“你一定有事，我是你爹，我感觉得到。我不放心，怕你走错路，来看看。”

“没事，真的没事。”

“别骗老爹了，是不是房子有事？”

“爹，你怎么知道的？”

“我再不来，你离犯罪一步之遥了。”老爹把一块金块扔在了阿豫面前。

阿豫惊出一身冷汗，突然醒了，原来是梦。

阿豫开灯一看，才半夜三点多。阿豫反正也睡不着，索性起了床，想了很多很多，熬到天亮。阿豫向派出所报了案……

写于2020年6月15日

昆石收藏家

阳灿冬从小受父亲的影响。父亲喜收藏，他不藏字画，不藏玉器瓷器，单单偏爱收藏石头。刚开始，他常念叨着米芾的审石标准“瘦、皱、漏、透”，太湖石、灵璧石、栖霞石、昆石、英石等都收集，也觅到过几块上品，但体量太大，家中没有地方摆放，最后无可奈何地改为收藏五彩斑斓、小巧玲珑的雨花石。

阳灿冬知道父亲内心里最喜欢的还是昆石，他说太湖石适合园林，灵璧石适合大厅，昆石才是文人的最爱，适合案头清供，只是昆石早就不准采挖，物以稀为贵，到哪去觅？

阳灿冬对父亲印象最深的一句话是，“你如果真喜欢石头，有本事将来就收藏昆石。”

阳灿冬是娄城的，产昆石的鹿城是邻县，读初中时他就去过鹿城，特地登上产昆石的马鞍山看过。想凭运气捡到昆石，简直是做梦，带工具去挖，更不可能。

高中时，阳灿冬就去鹿城的古玩市场转过几次，昆石倒有，但品相都一般般，难以入眼。稍微有点模样的，价格就高得离谱。他咬咬牙，买过一块拳头大小昆石。他查过，称之为海蜇峰，可惜色泽不纯，也谈不上什么造型，但毕竟是阳灿冬收藏的第一块昆石，他还是极为宝贝的。

阳灿冬考取的是南京大学的中文系，与他同宿上下铺的冷舒羽是鹿城的，娄城与鹿城只相距十几公里，算半个老乡，两人成了同窗好友。

阳灿冬知道冷舒羽是鹿城的，就问冷舒羽有没有办法搞到昆石？

冷舒羽一拍胸脯说："昆石是鹿城特产，哪有弄不到的。"

大话是说出去了，真要觅到手，还真不是那么容易的。不过冷舒羽还是说到做到，半年后，送了一块胡桃峰昆石给阳灿冬。

阳灿冬一看那昆石有十几厘米高，表面呈胡桃壳的那种肌理，那颜色，就知道是上品，要给钱，冷舒羽无论如何不肯收，说是亲戚家的藏品。

不知是受了阳灿冬的影响，还是听了老昆石收藏家的话，冷舒羽也决心收藏昆石。

大学毕业后，阳灿冬进了娄城的机关，从办事员做起。

冷舒羽则进了他叔叔的公司，做起了业务员。

阳灿冬与冷舒羽很少见面，但偶尔也会通通电话，少不了要问问：你收藏了几块昆石？

这阳灿冬就自惭不如了，他只是个一般公务员，而冷舒羽已经是叔叔公司的副经理了，再说他毕竟在鹿城本地，近水楼台先得月，他已收集到了好几块。阳灿冬耿耿于怀，发誓一定要后来居上，超过冷舒羽的收藏。

一晃十几年了，阳灿冬升任了娄城的市委办主任，仕途看好。

冷舒羽也全面接手了他叔叔的公司，出任董事长。

又三年后，一纸调令，阳灿冬出任鹿城副书记兼市长。走马上任的前一晚，阳灿冬打电话给冷舒羽，说约个时间，我俩老同学小聚一下。

冷舒羽诚挚祝贺后说："抱歉了，我人在澳大利亚呢，我们公司买了澳大利亚一个矿山，我得一两年后才能回来。"

两年后，冷舒羽春风得意地从澳大利亚回到了鹿城。他打电话给阳灿冬，"今晚我做东，不见不散！"

阳灿冬说："吃晚饭就免了，你知道的，我不喝酒、不抽烟，不好这一口。这样吧，今晚我上你家，看看你的昆石藏品。"

当晚，阳灿冬自己开车去了冷舒羽家。

阳灿冬开门见山说："你我是老同学，客套话就免了。亮亮你的宝贝吧。"

冷舒羽有一间房间，桌子上放着大大小小十几块昆石，有红木底座的，有老树桩底座的。小的十来厘米高，中的二十几厘米高，只有两块稍大些，一块尺余，一块一米上下。

欣赏了一番后，冷舒羽问："有入法眼的吗？看得中，我割爱一块。"

阳灿冬说："说老实话，确有几块上档次的，堪称精品，但君子不夺人之爱。不过，我们可以交换。"

说好第二天晚上冷舒羽去阳灿冬家看藏品。

去后才知道，阳灿冬有一间朝南的房间，两面墙都是顶天立地的装饰柜，一格格全是昆石，每一格的尺寸都不一样，下面大，上面小。大的昆石放最下面一格，最小的放最上面一格。

冷舒羽扫了一眼就知道，这些昆石有鸡骨白、胡桃色、荔枝峰、海蜇峰、雪花峰、杨梅峰等多个品种，从红木底座的包浆看，有些是好几百年的老货，那造型、那色泽、那精美程度，冷舒羽见所未见，大开眼界。

冷舒羽看到空墙上挂着两幅书法作品，一幅写着"雁山菖蒲昆山石，陈叟持来慰幽寂。寸根蹙密九节瘦，一拳突兀千金值"，是省城书法家协会主席写的行草。冷舒羽记得是宋代大诗人陆游的诗。另一首"拳拳一石雪玲珑，无限风云皱褶间。咫尺千寻悟大千，且看入诗又入眼"，是鹿城书法家协会主席写的隶书，只是不知诗是谁写的。

阳灿冬指着西边一排柜子说："这边的昆石你看中可以挑一块。"又指指那幅隶书书法作品说："这诗我瞎写的，你瞧得上，也送你。"

冷舒羽说："诗是好诗，石是好石。但老同学你真的悟大千了？"

阳灿冬觉得老同学话里有话，就说："有话直说。"

冷舒羽也就无所顾忌地说："我在鹿城生意做得不算小，第一不差钱，第二，现任商会会长，好孬也算个人物，本乡本土的，照理，天时、地利、人和都优于你，但我二十多年来，也只觅到十几块昆石。你来了鹿城也就两年左右，你却收藏了上百块昆石，还尽是精品。你说正常吗？"

阳灿冬兀自一愣，心一紧。

三个月后，鹿城举办了一个捐赠活动，冷舒羽无偿向市博物馆捐赠了118块昆石。

阳灿冬代表市委市政府到场讲话，并表示要建一个"昆石博物馆"。

结束时，阳灿冬与冷舒羽对视一笑，都笑得很灿烂。

写于2020年3月15日

原载《大观》2020年5期

被《传奇传记文学选刊》2020年9期转载

附录：

《先飞斋笔记》欣赏与漫议

◎ 何与怀（澳大利亚）

凌鼎年先生把今年写的没有发表过的六篇微型小说组合在一起，起了个总题目：《先飞斋笔记》。

这个总题目可说一下。所谓“笔记”，自然让人想到中国历史上短小精练的笔记小说，那些志怪、传奇、杂录、琐闻、传记、随笔之类的文言文，其内容广泛驳杂，举凡天文地理、朝章典制、草木虫鱼、风俗民情、学术考证、鬼怪神仙、艳情传奇、笑话奇谈、逸事琐闻……不一而足，千奇百怪就是了。至于“先飞斋”，这是凌先生的书房，即是他的“凌鼎年文学工作室”，书斋的匾额为已故著名国画大家宋文治先生生前所题。在江苏太仓市阅读节组委会组织评选的“最美书房”活动中，先飞斋被评上太仓市“十佳最美书房”。它放了多个直达天花板的大型书柜，藏书近两万本，还有几千册文学杂志，特别是，收藏的微型小说专著文集刊物堪称世界第一。所谓“先飞”，寓意“笨鸟先飞”，凌先生当然不是笨鸟，飞，确是先飞，这点我绝对有把握。虽然我与他不过是君子之交，只见过几次，在维也纳参加欧洲华文作家协会年会、在奥克兰的文学研讨会、在墨尔本的“华人作家节”、在悉尼的“中澳作家悉尼文学研讨会”，但在交谈中，在对他的关注了解中，我知道，凌先生已发表过千万字作品，先后出版了五六十部个人作品，有小说集、散文集、随笔集、评论集，还有多本文史集子。

他的阅读量非常大，知识面广，所写的微型小说，不好说是千奇百怪，但内容也够广泛的，大多像评论家所称赞的，富有“文化意蕴”，很有独到之处。凌先生这“先飞一步”确是非同小可，也让他常常获奖——据统计，大大小小奖项竟有二三百之多，在微型小说界，肯定是世界第一了。

《先飞斋笔记》中的六篇微型小说，三篇是历史题材，三篇则与当今“文化事业”有关。

《传国玉玺》讲朱棣做了永乐皇帝后，着手三件大事，其三是传令不管武取智取，一定要得到传国玉玺。经过数度战事和血腥阴谋，玉玺终于到手，朱棣本来大喜过望，但发现是赝品，有点伤感。国师姚广孝献计说，此事可以将计就计，做得滴水不漏。他主持了一个极为隆重的大典，朱棣还一本正经地吃斋三天，沐浴更衣后，焚香敬祖，祷告天地，郑重其事地把“传国玉玺”捧在手里，高高举起，向群臣展示。为了把戏做足，还颁发圣旨，表彰敬献“玉玺”者的功绩，封王封地。此后，传国玉玺就锁在深宫，束之高阁，再无人见过，最后又在一场大火中失去踪迹，成了无解的历史之谜。

姚广孝曾对朱棣推心置腹地说过：国运长短，在于德政，皇上顺天而为，天道赐福，祖宗庇佑，其实不必耿耿于怀是否得到传国玉玺。然而，一国之君往往不这么想。即使皇位已稳，但为了向天下证实自己的确是受命于上天的，传国玉玺不时拿出把玩，不失为赏心乐事；如若皇位未稳，那传国玉玺对即位的合法合理性就太重要了，其有与无，分分钟是政权得失、身家性命保与不保的事。好在，假作真来真亦假，传国玉玺即使是假的，也是有办法的。

《老将军挂帅出征》讲的“历史之谜”没有传国玉玺那么高大上，没有直接涉及顶层秘事。故事不过是：某朝边境有事，皇上请老将军白近鹏挂帅出征，老将军有痔疮病，向皇上要了一个擅长医治肛肠的谢御医随军打仗。不幸一次战役中，谢御医为了冲进帐篷抢救出那些中药，被流箭射中，活活烧死。没有了谢御医及中草药，老将军却硬要披甲上阵，结果痔疮破裂，战事不利，最后死在了边陲。这次失败，尽管不无偶然性，却让皇上很没面子。白近鹏将军以病故处理，史书上一笔带过，后来也就湮灭于历史的尘埃中了。的确，古今多少事，都是不明不白；许多成功与失败，竟然不过原因于小事。小说小说，从小事说起，小故事背后有故事以外的东西，让人咀嚼、回味、领悟，那就算是好小说。

《杨将军庙碑》，顾名思义，也事关古代一位将军。话说娄城的古庙镇早年庙宇众多，后来历经时代风雨，一座寺庙也没有了。幸得原在京城工作如今退休回镇定居的钱病榆老干部出面交涉，当局同意重建杨将军庙。故事便在撰写碑文与碑文落款上展开。碑文敬撰者为丁双丁。碑文写就后，捐款最多的大户孙牛空局长却希望把他的名字刻上去，丁双丁拒绝得很干脆，说如果这样“就一定不要把我名字刻上”。这让钱病榆很无奈、很头痛，最后，他改了又改，重写了碑文，不很情愿地加上了孙牛空的名字，落款了他自己的名字。一年后，孙牛空局长被小三举报，“双规”了。钱病榆被人指责没有丁双丁的先见之明，感到很难堪，最后下决心把孙牛空的名字凿去，并要求把落款“钱病榆敬撰”五个字也凿去。

本来一件文化雅事，却落得如此难堪的下场。小说中，作者让我们见识一篇文采飞扬的《辛卯年重建杨将军庙碑》碑文。但其意肯定还不仅仅在此。请看碑文：“嗟夫！杨将军与娄城非亲非故，因功在社稷，利在百姓，故娄城乡民敬之祀之，顶礼膜拜，斯可谓有情有义，有胆有识也欤。”“噫吁！综观历史，数度兴衰，然百姓眼中有尺，心中有秤，拆庙墙易，去口碑难……”杨将军的功绩与品格，对比现今部分官员如欺世盗名、贪污腐化的孙牛空局长之流，反差何其之大！

《你会明白的》又回到古代，讲述某朝大臣们不明白皇上为什么会把康国霞这种奸佞小人委以监察御史之高职，有的甚至表示即使退老还乡也不愿与其为伍。左都御史宁有谅有次趁着与皇上单独的机会，鼓足勇气对皇上说了自己也有所不解，请皇上赐教。皇上笑笑，说："刑部、大理寺、都察院并称为三法司，是朝廷不可或缺的部门，你与右都御史等都是朕的股肱之臣，我要保护你们啊。到时你就明白了。"宁有谅听后还是有点云里雾里，摸不着头脑。第二年秋天，顺天府破获了一个高丽国的谍者窝点，抓获了为首者朴德宏以及他手下的喽啰。皇上同意康国霞"和为贵"的建议，就派他为钦差大臣，护送朴德宏一行回国。在快要进入高丽国的前夜，他们遭到一伙不明身份的歹徒截杀，朴德宏中刀身亡。高丽国异常愤怒，皇上为了平息，下令把康国霞急召回京，并当着高丽国来使的面，推出午门斩了。此时，左都御史宁有谅突然想起皇上说过的话，"到时你就明白了"。

皇上的某些决策，说是心机深重也好，雄才大略也好，常常只可意会，不可言传。小说的巧妙之处在于通过历史小片段，让读者在欣赏好故事的同时，引发思索，得到启示。

《老宅院·破门楼》可以说是当下某些有钱的生意人玩弄小心计的故事，绝不血腥，倒很有文化，围绕一个有千年以上历史的古庙镇里的一个老宅院的破门楼展开。故事说，这座陈家老宅，最后被一位代表蒋老板的上海人相中买下。他付定金时，说了一句："这门楼会不会倒啊，太危险了。"说得不动声色，但房主听进去了。一星期后，蒋老板在上海人的陪同下来交钱收屋。一下车，上海人就惊叫了起来，气急败坏地问："门楼呢，门楼怎么不见了？"房主代表很讨好地说："拆了。这门楼随时会倒，太危险了，怕压着你们贵人。"蒋老板大失所望地说："算了算了，这房子我不要了。定金也不要了。"房主代表感到莫名其妙，不就拆了一座快要倒塌的门楼吗？至于吗？后来，有小道传：上海人与蒋老板真正看中的其实是这门楼。因为整个这幢宅院是民国初年翻建的，唯有这门楼是货真价实的明代建筑，特别是这门楼上的砖雕出自明代砖雕大师陆天翼之手。再后来，有人在上海的一家高档私人会所见到了装饰在仿古门楼上的那四幅砖雕，古色古香，吸人眼球。还有人说：经查证，那私人会所的总经理是来过古庙镇的那个上海人，法人代表呢就是蒋老板。

故事读到结尾，真相大白，让人想到美国小说家欧·亨利那些结尾出乎意外的构思奇妙的作品，不能不拍案叫绝。

凌先生熟悉文化人文化事，写来得心应手。就说《认养古树》这篇吧。他怎么会想到写认养古树的呢？其实，他是个爱旅游的人，国内外各地到处跑，而且爱植物，特别留意古树名木，奇花异草。他发现如今景区有些大树，会挂着一块小木牌，上面写着树的编号，树的品种，并注明某某某认养，还有年月日。这似乎很受爱心人士的青睐，愿出资认养的还不少。凌先生就想，他们为什么愿出资认养呢？原因可能有多种，或者确有爱心，或者出于对环保的考虑，或者真的喜欢某种树，某棵树，或者是爱情的纪念，或者是到此一游的纪念，或者是为了留名……不管什么原因，都值得点一个赞。在他这样七想八想时，小说故事也就浮现在他眼前了，情节越来越清晰。

而且，凌先生一位同学九十年代是当地一座古典园林的负责人，近水楼台先得月，他们号称“十君子”的十位朋友就出资认养了一棵罗汉松。这棵罗汉松从根部长出三株，凌先生称之为“一炷香”。他们还特意在树下立了一块石头，刻了“娄东十君子认养”，并刻了年月。一晃十几年过去了，罗汉松长得郁郁葱葱，让人欣慰。他人的认养，与自己参与的认养糅合在一起后，凌先生便有了底气，觉得这素材可以动笔了。但作品置于一个什么背景下来展开呢？他想到了新千年前的老城区改造之风。在那次大拆大建的过程中，不少大树被挖了，移植了。他们当地就有这种情况，其中，一棵六百年古黄杨的移植，凌先生还到现场去看，还写了报道。这些都构成了《认养古树》这篇小说的原始素材。

凌先生把移植这棵六百年的古黄杨作为小说的一个重要情节，当然，为的是引出认养。在认养过程中，最引人注目的是这棵古黄杨，不仅仅这棵古黄杨知名度高，而且它移植后的位置也醒目，在弇山园林入口处的一个坡上。接下来，就引发了认养古黄杨的竞争，有企业家，有文化人，有政府官员……竞争结果，呼声最高的当地爱心慈善协会会长戴舍得竟然输给一个一般人没听说过，但其实是拆迁办主任叫龚朝阳的。六年后，古黄杨枯死了，那年要升副市长的龚朝阳被“双规”，他判刑后弇山园把古黄杨连根挖了。再后来，一晃二十年过去，颐养天年的戴舍得常常去弇山园。人们发现，他的一张照片背景是一棵罗汉松，从根部分杈为三枝，竟像一炷香之状；有人更无意间看到，在罗汉松树底下一块小青石，刻着“戴舍得认养，2000年3月12日”。

《认养古树》这篇小说既是篇文化题材小说，也是篇官场题材小说，还是篇反腐题材小说。它也像凌先生其他许多作品一样，故事性强，还有知识性、趣味性，而且寓意深，有启发性。这都是凌先生微型小说的特点。

这是积累之功。凌先生把看到的、遇到的、经历的某些素材都用到写作之中，当然都经过了移花接木、改头换面。所谓积累，在他看来，主要有四方面：文字功底的积累，生活素材的积累，思考深度的积累，以及人脉关系的积累。他还说过，微型小说作家缺少的不是精彩的故事，不是个性的语言，不是独到的结构，不是鲜活的典型，而是深刻的思想。思想哪里来？学习得来，思考得来，交流得来，碰撞得来，越钻越深，越思越广，这也是个过程，这也是一种积累。熟能生巧是一种锻炼，一种成长；他山之石，也不要忘。两者合一，自然就易出精品。

不论现实生活题材，还是历史题材，凌鼎年先生的作品从不为钱写作，不为虚名写作，不为发表而写作，他努力挖掘人性，展现人性，弘扬真善美，鞭挞假丑恶，作品往往有批判锋芒，往往寓意深刻。凌先生也像《辛卯年重建杨将军庙碑》碑文的撰写者一样，高风亮节，而且有先见之明。

2020年8月8日于澳大利亚悉尼

作者简介：

何与怀，新西兰奥克兰大学博士，现定居悉尼，澳大利亚著名华文作家、评论家。主要研究兴趣是当代中国问题和华文文学。著述多种，有评论集、随笔集、报告文学集等，主编多种文集和丛书。现为大洋洲作协副会长、悉尼作协荣誉会长、澳大利亚中华文化促进会副会长、南溟出版基金评审、《澳洲新报·澳华新文苑》主编、《澳华文学网》荣誉总编辑，以及澳大利亚华人文化团体联合会召集人等。

难忘的2020年（跋）

2020年注定是个不寻常的年份，因了新冠病毒的肆虐，打乱了许许多多正常的社会秩序与生活规律。这一年，是我退休以来宅在家时间最多的一年，也是我外出参加活动最少的一年。如果说有什么收获的话，那就是多看了几本书，多写了几篇作品。而最大的收获是终于有时间坐下来静静心心地盘点了自己的创作成果。起因是有大学教授在写《凌鼎年文学年谱》，还有出版社想为我出版《凌鼎年文集》，这当然是好事，但我得先梳理一下自己的创作脉络，摸清自己的家底。于是，我趁宅在家不出门，花了一个多月的时间，翻底稿，查日记，整理出了《凌鼎年大事年表》，又整理出了自己的创作目录，从1970年到2020年，50年来按年按月排列，其中，写中篇小说9篇，短篇小说113篇，微型小说1800多篇，散文、随笔3400多篇，诗歌1200多首，评论750多篇，代序330多篇，共计7600多篇（首），1000万字以上，已发表6600多篇。为了压缩水分，我把转载、选载与重复发表的不统计在内，对外只报创作6000多篇。可惜的是早期的作品没有电子版。

这后，我又把主要精力放在了创作上，从1月份到9月份，我写了153篇作品，其中三分之二是微型小说，其他是散文随笔。今年唯一的一次跨省活动是应邀去山东参加了2020金秋泰山笔会暨第10届中国作家新创作论坛。因为对山东我有特殊感情，当年我曾在苏鲁交界的煤矿20年，我单位的围墙就是省界线，围墙外就是山东，离微山湖也仅一箭之遥。由于七十年代我借在煤矿的文体办公室，而大屯煤矿属上海的煤炭基地，每年要接待多批上海来的文化人，多数是我陪同去山东的曲阜或泰山，故16次去了曲阜的孔府、孔庙、孔林，4次登了泰山。加之《作家报》都是老朋友，就去山东捧场了。

没有想到山东之行有个意外收获，北京的首都师范大学出版社聘请我为驻社作家，还约了我微型小说书稿。我一口答应了，因为我今年1—9月份就创作了一百零几篇微型小说，编一本集子绰绰有余。这些作品大部分都还没有外投，只有少数几篇发表了，用我们太仓土话，这些作品“热水溥汤，赤辣刮新”。我整理后，选了70余篇作品，根据作品类别，编为“历史篇”“宫廷篇”“文化篇”“近代篇”“异域篇”“民间篇”“武侠篇”“情感篇”“动物篇”“荒诞篇”“法制篇”等11篇，因为全部是今年的新作，干脆起名为《庚子年笔记》。《庚子年笔记》的创作理想，是让人们看到中国传统笔记体依然充满生命力，中国传统文化的源头活水取之不尽，用之不竭。

我从1970年起开始创作，1980年开始出版集子，如果年内我的英译本、韩译本、散文集、随笔集、微型小说集都出版的话，这本《庚子年笔记》就是我的第60本个人集子，而且这本集子全部是新作，与我已出版的集子作品没有一篇是重复的。我创作50年，出版60本集子，还是欣慰的，至少我没有虚掷光阴。我还会继续写，写作已成了我生命的一部分，融在血液里了。欢迎新老朋友、新老读者对我的拙作，批评指正。谢谢！

2020年10月6日于太仓先飞斋